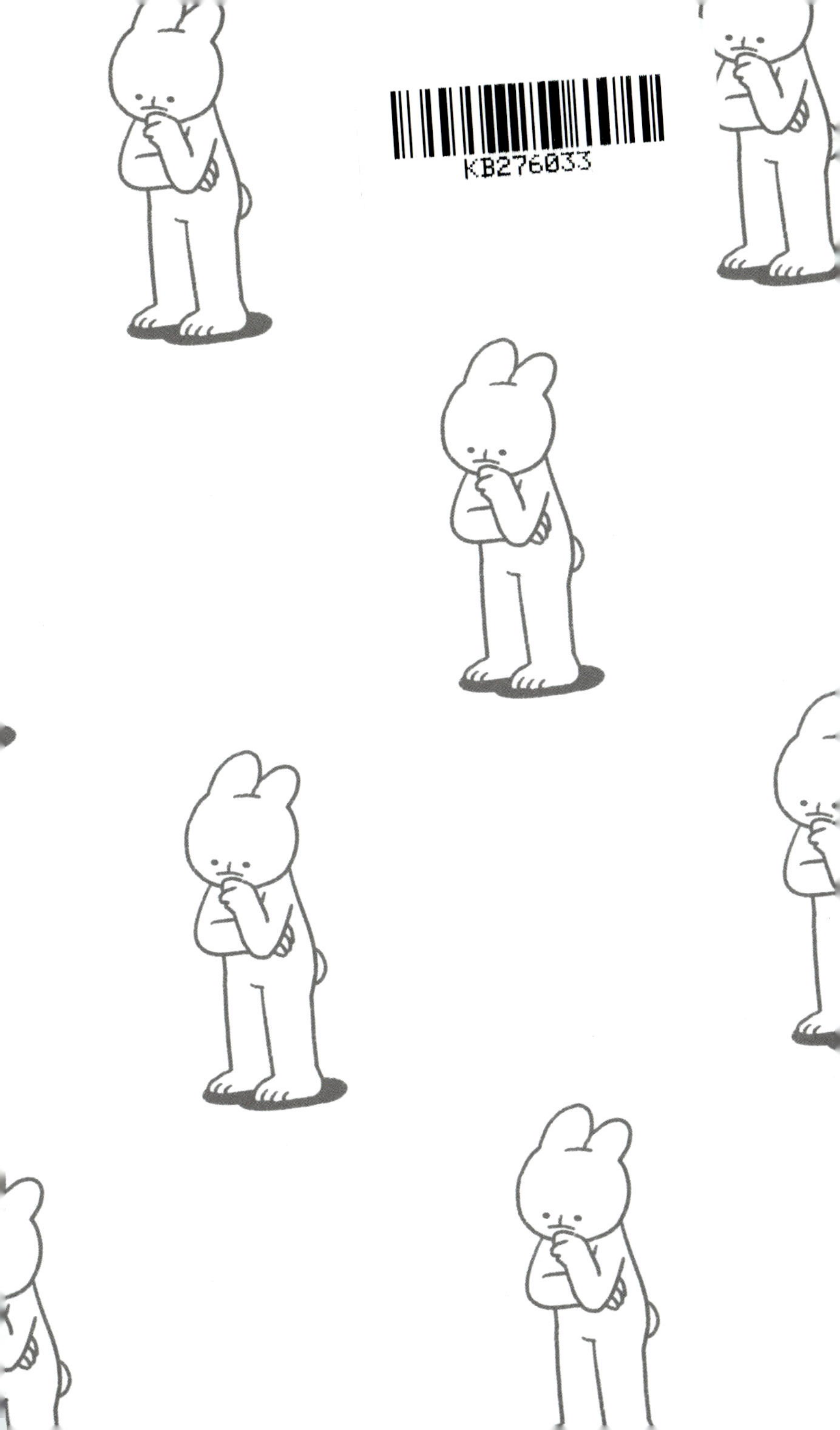

KB276033

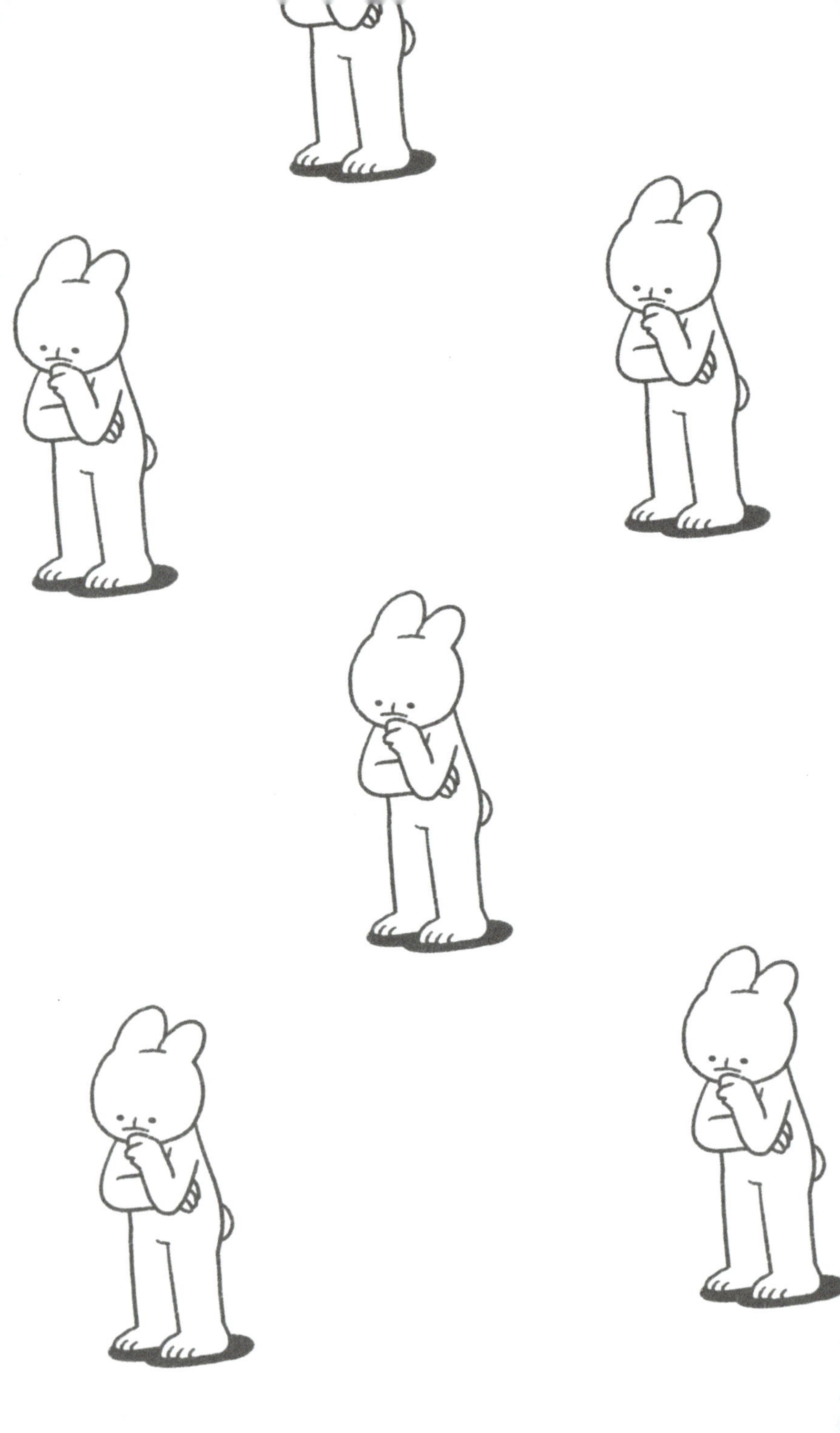

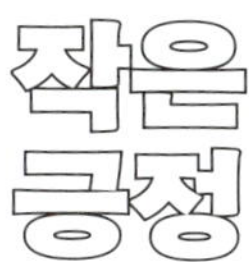

THE WHITE BOOK
작은
긍정

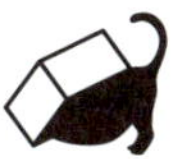

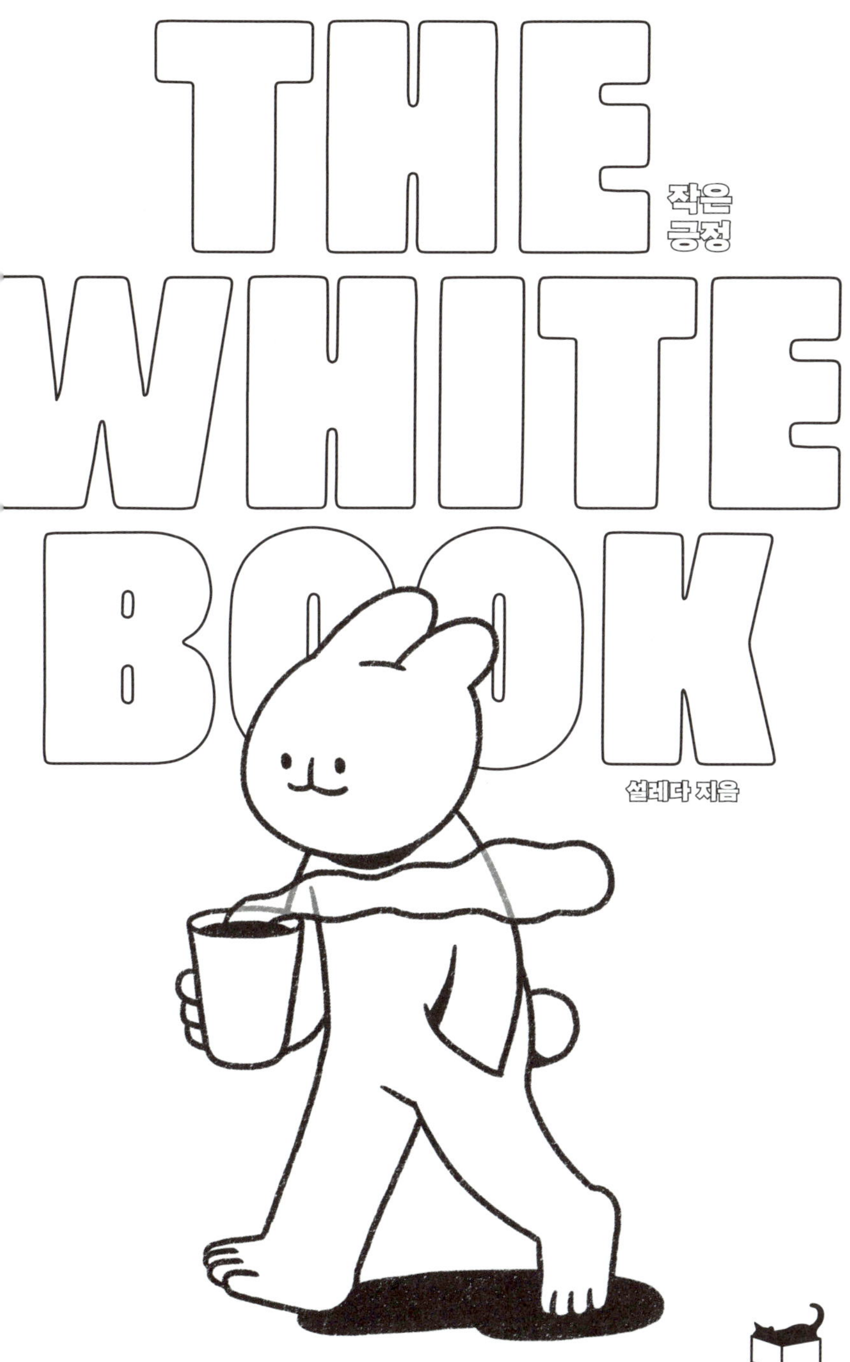

THE WHITE BOOK
작은
긍정
설레다 지음

‘아무것도 하고 싶지 않아.’
‘나는 뭘 해도 안 될 거야.’
‘왜 나만 불행하지?’
‘다 꼴 보기 싫어.’

검은 감정에 휩싸여
빠져나올 수 없을 것같이
허우적거리다가도、

불현듯 우리를 일으키고 나아가게 하는
찰나의 순간이 있습니다。

칠흑 같은 검은 감정의 가장자리에서
하얗게 새어 나오는 긍정의 실마리、

이 작고 하얀 긍정이 스며드는 순간을
그러모아 이름 붙여보기로 했습니다.

자기 수용 돌봄 인정 울기 쓰임 결점 탐색

자기 효능감 면역 수습 협업

자기 존중감 수고 도움 신호

회복탄력성 여유 성장 구원 해법

자기 돌봄 노동 단합 전환

강점 기반 접근법 유연 유쾌 지속

희망 복구 시선 선택 변화 틈새

주관적 안녕감 조절 행동 조우 습득 조화

감사 건강 인생 진전 덕분

목표 설정 개선 해결 관문 애증

자기 성찰 질문 조언 진화 냉소 수용 파악

행복 주역 긍정 결실 함께

순식간에 찾아왔다 지나가는 일이라서、
분명하게 맞이하기에 희미하고 모호해서、
불잡으면 사라지는 착각일까 두려워서……

지나치고、잊고、외면하기 일쑤인
작은 긍정이 우리에게 찾아오는 순간。

하지만 결국 우리를 살게 하는 긍정감정을
알아차리고, 잊지 않고, 익숙하게 다루도록

12가지 긍정심리학 용어와 50개의 순간으로
변화의 가능성을 얘기하고 싶습니다.

작은 긍정이 내미는 손을 놓치지 않게
우리의 하얀 순간을 함께 떠올려봐요.

염세적이고 부정적인 사람이라 매사 내 손으로 내 볼기짝을 사정없이 두드려 팰지라도 아무도 보지 않는 곳에서는 진물이 흐르는 살갗에 연고를 바른다. 상처가 낫기를 바라는 소망을 아무리 달리 보려 해도 긍정이라고밖에는 생각되지 않는다. 결국 긍정의 힘은 상황을 가리지 않고 작용하며 그 결과가 지금의 나라는 사실로 드러난다.

나 자신과의 관계는 모든 관계의 기초다. 기초가 틀어진 상태에서 쌓아 올린 관계는 틀어질 확률이 높고 비뚤어진 관계를 제대로 수정하는 데는 상당한 힘이 든다. 긍정은 많은 사람과 두루두루 친하게 지내거나 자신 있는 사회생활을 위한 소양이라기보다는 자기 자신과 잘 살아가는 데 필요한 최소한의 기술이다.

나는 정신과 의사도 심리학자도 아니다. 하지만 직업에서의 직(공식적인 역할)을 버리고 창작을 업(생계를 위한 일)으로 삼아 일을 하고 돈을 벌고 생활을 꾸려가는 예술근로자이기 전부터 인간의 감정에 호기심을 가졌다. 그림이나 글의 소재로 '감정'을 선택했다고 알려졌지만 사실 의식적으로 선택한 적은 없었다. 내가 바라보는 세계가 감정의 상호작용으로 이루어져 있었고, 그 속에서 자연스레 그것을 다루게 됐을 뿐이다. 그 가운데서도 유독 부정적인 감정이 나를 오래 붙들었다.

　　책을 쓰고 그리는 모든 과정의 중심에는 '부정 정서에 대한 궁금증'이 있었다. 마음 깊은 곳에 단단히 자리하면서도 뚜렷하게 보이지 않는 커다란 덩어리 같은 부정감정은 살아가는 동안 여러 장면에서 흔적을 남겼다. 친구와의 충돌에서 매끄럽게 풀 수 있었던 문제를 군이 비껴가 더 크게 만들기도 했고, 가족과의 다툼에서는 불필요한 말로 서로를 깊이 상처 입히기도 했다. 다양한 관계 속에서 나는 알고 있는 정답을 스스로 비켜나며 더 어려운 길을 택하곤 했다.

　　그래서 내 마음에서 일어나는 감정과 그 얽힘을 외면할 수 없었다. 관련된 책을 무작위로 읽을수록 더 명확히 알고 싶은 지점들이 드러났고, 상담심리학을 공부하게 됐다. 부정적인 감정을 탐구하는 과정에서 그것을 희석하는 긍정 정서에도 자연스레 시선이 머물렀다. 니체는《선악의 저편》에서 이렇게 말했다. "네가 오래 심연을 바라보면, 심연도 너를 바라본다(And if you gaze long into an abyss, the abyss also gazes into you)." 나 역시 호기심으로 시작했지만 어느 순간 스스로 그 심연에 깊이 빠져들고 있음을 깨달았다. 그래서 휘말리지 않고 탐구를 이어가기 위해 긍정의 정서를 삶에 불러들이는 방편을 마련해야 했다. 그것은 내 마음의 균형을 찾는 일이었다.

그 과정에서 얻은 지식을 직접 적용해보고 실제로 변화와 효과를 경험한 일은 내게 큰 힘이 됐다. 이 책은 맑고 환한 긍정만을 좇기보다는 검은 감정에서 허우적이다가 불현듯 포착한 작은 긍정의 순간들을 모아낸 결과물이다. 책을 만드는 일은 쉽지 않았지만 그럼에도 끝까지 붙잡을 수 있었던 건 단순한 개인적 고백을 넘어 좋은 것을 함께 나누고 싶다는 마음 때문이었다. 누군가 이 글을 읽으며 검은 감정 사이에서 발견한 작고 단단한 긍정을 알아챌 수 있기를 바란다. 그것이 내가 이 책을 시작한 이유다.

책에서는 긍정심리학에서 다루는 12개 용어를 활용했다. 내가 한 건 일상에서 이 용어들이 이름을 감추고 스며들 때 어떻게 작동하며 영향을 끼치는지 발견하고 쓰는 일이었다. 가장 흔하지만 강력한 효과가 있고 실천하기 쉬운 12가지 긍정 심리를 통해 마음이 옮겨 간 순간을 최대한 담으려 애썼다. 서로 다른 입장을 충분히 감안하며 각자 원하는 만큼의 시간을 들여 자신에게 맞는 이야기를 선택하고 이해하도록 50가지 순간을 모았다. 언제든 집어 들어 원하는 만큼 읽고 동의하거나 반박하며 자유롭게 생각하는 동안 마음의 변화를 도모한다면 더할 나위 없이 반갑겠다.

두 가지 목적을 갖고 쓰고 그렸다. 하나는 관찰이고, 나머지는 실행이다. 얼핏 보면 실행이 훨씬 귀찮고 어려워 보이지만 관찰이 더 난관이다. 어떤 일을 경험하면 우리는 그걸 스스로 해석하고 이해한 만큼 의미를 부여하고 마음에 간직한다. 오로지 자기 의식에 기대 설명지를 부착하는 과정이니 일반적인 정의가 있을 수 없다. 내가 무엇을 얼마나 볼 수 있느냐에 따라 경험의 의미는 완전히 달라진다. 시간이 흘러 내가 변하면서 경험에 대한 해석도 여러 차례 변하는데, 애당초 왜곡된 해석을 하지 않으면 겪지 않아도 될 괴로움도 없을 것이다. 이 때문에 자기 경험을 들여다보는 일은 무척 중요하고 특히 변화가 감지되는 지점을 발견하는 건 의식적인 훈련이 필요하다. 만약, 자기 경험에 별 관심을 두지 않고 살았다면 관찰이란 어색하고 쑥스럽고 불편한 경험이 될 수도 있다. 하지만 그렇다고 "불편하다면 무관심해도 괜찮아요. 자신을 모르고 살아도 상관없죠"라고 말할 수 없다. 오히려 이 참에 자기에게 관심을 두는 방법을 알아보기를 권하고 싶다. 불편한 마음이 드는 지점을 어떻게든 넘어보자고 끈질기게 설득하고 싶다. 훈련은 자전거 타기와 비슷하다. 한 번 습득하면 언제든 탈 수 있게 되듯 자기 경험을 관찰하는 데 익숙해지면 작은 변화도 크게 애쓰지 않고 알게 된다. 처음엔 남의 이야기처럼 내 이야기에 관심을 두고 사사건건 캐물으며 집요하게 파고드는 것도 좋다. 그렇게 스스로를 구경하고 되묻는 습관이 붙으면 그다음은 깊어지는 일만 남는다. 그리고 실행은 관찰 이후에 자연히 따라오는 인과에 가까운 성과라서 오히려 덜 애써도 된다.

이 책은 부정적 정서에 사로잡혀 있던 한 사람이 부정과 긍정(인간의 감정이 명확하게 나누어지지 않으니 둘로 구분하는 건 의미가 없지만 설명하기 수월하다는 측면에서 일단 이렇게 언급한다) 이 무엇이길래 이토록 삶을 쥐락펴락하는지, 그에 대해 품은 호기심과 궁금증을 풀어가기 위한 개인적 경험의 해부와 생각을 모은 사례집에 가깝다.

김시영 씨(32)는 근래 잠을 통 잘 수 없었다. 오늘도 몽롱한 정신으로 새벽에 깨어 있다 불현듯 냉장고를 열어 그 자리에 앉은 채로 파인트(473ml) 크기의 아이스크림 두 통을 전부 먹어치웠다. 그러고는 밀려드는 죄책감과 수치심으로 빈 통을 쳐다보며 울음을 터뜨렸다. 그는 자신이 어딘가 잘

못됐다는 걸 직감했다. 이튿날 집 근처 정신의학과를 검색해보고 가장 빨리 예약이 되는 곳에 내원해 진료를 받았다. 소량의 스틸녹스[1]와 프로작[2]을 처방받았고, 다음 주 진료도 예약했다.

우리는 이 이야기에서 시영 씨의 일반적이지 않은 행동과 그에 따른 감정, 대처를 알 수 있다. 그리고 그가 당분간 처방약을 먹으며 자신의 마음을 다스릴 거라고 예상해볼 수 있다. 책에는 시영 씨의 이야기와 비슷하고 누구의 이야기도 될 수 있는 나의 이야기를 담았다. 정신의학과를 검색하고 내원하는 것처럼 행동으로 드러난 긍정적 변화와 행동을 이끌어낸 내적 변화를 쓰고자 했다. 한마디로 부정적 마음에서 긍정적 마음으로 발끝을 돌리는 찰나, 그 순간을 담고 싶었다.

'찰나'는 불교 용어로 극히 짧은 시간을 가리킨다. 이를 계산해보면 약 0.013초. 이처럼 너무 순식간에 일어난 변

1. 스틸녹스(Stilnox, 성분명 졸피뎀 타르타르산염Zolpidem Tartrate): 대표적인 단기불면증 치료용 수면유도제.
2. 프로작(Prozac, 성분명 플루옥세틴Fluoxetine): 우울증과 불안장애 완화를 위한 선택적 세로토닌 재흡수 억제제(SSRI) 계열의 항우울제.

부정에서 긍정으로 넘어가는

0.013초

화라서 자신은 깨닫지 못할 때가 많다. 책에 등장하는 이야기를 통해 자기도 모르게 선택한 긍정의 시점을 발견하고 그로 인한 마음의 변화를 알아채면 좋겠다. 그래서 검은 시간을 통과하는 중에도 긍정의 방향으로 이끌 실마리를 찾을 수 있기를 희망한다.

2025년 7월 오전 8시
33도의 폭염 속에서 책에 대한 소망을
독자에게 건네며

설레다

프롤로그

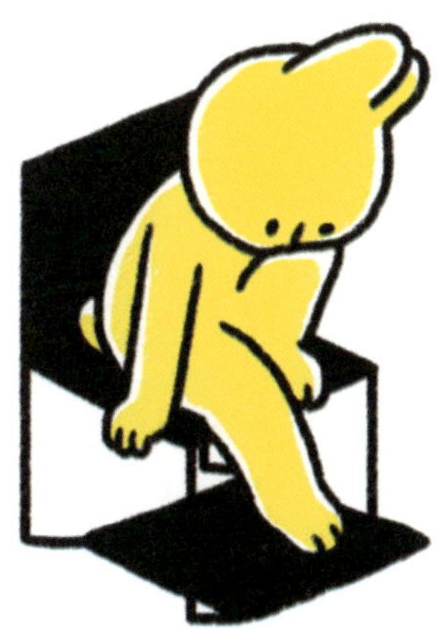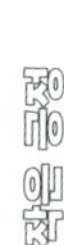

CONTENTS

PROLOGUE

부정에서 긍정으로 넘어가는 0.013초 **014**

PART. 01

자기 수용

돌봄 | 병든 이파리 **030**

인정 | 권할 수 없는 방법 **034**

울기 | 울기의 기술 **038**

쓰임 | 잘못된 계산 **042**

결점 | 무너진 벽 **046**

탐색 | 낯선 나의 등장 **050**

자기 효능감

면역 | 가장 가까운 힘 **056**

수습 | 내 문제는 내 손으로 **060**

협업 | 관리자와 실행자 **064**

자기 존중감

수고 | 잘 익은 말 한마디 **070**

도움 | 나를 사랑하고 싶다면 **074**

신호 | 그만두는 마음 **078**

나를 이루는 세 개의 축 **082**

PART. 02

회복탄력성

여유 | 쫓기면 돕니다 **088**

성장 | 싫지만 좋다 **092**

구원 | 혼자 할 수 없어 **096**

해법 | 웃으면 끝 **100**

자기 돌봄

노동 | 움직일수록 이너피스 **106**

단합 | 겨우겨우 사이좋게 **110**

전환 | 가벼움을 만나면 **114**

강점 기반 접근법

유연 | 완벽은 없어 **120**

유쾌 | 조금은 너그럽게 **124**

지속 | 하고 또 하고 **128**

다시 일어나는 법에 관하여 **132**

PART. 03

희망

복구 | 버리지 않는다 **138**

시선 | 모범 답안 **142**

선택 | 해볼 만한 고통 **146**

변화 | 반짝이는 부스러기 **150**

틈새 | 사그라드는 괴로움 **156**

주관적 안녕감

조절 | 알맞은 기대 **162**

행동 | 의외로 도움이 된다 **166**

조우 | 연결하면 알게 되는 **170**

습득 | 허우적대지 마세요 **174**

조화 | 다른 시선의 교차 **178**

나로부터 걸어가는 삶 **182**

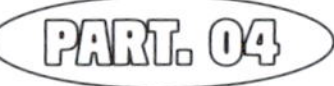

감사

건강 | 분명한 기적 **188**

인생 | 유한한 한정템 **192**

진전 | 작은 것들의 힘 **196**

덕분 | 이로운 비교 **200**

목표 설정

개선 | 숨길 수 없는 문제 **206**

해결 | 되는 방향으로 **210**

관문 | 언젠가 해야 할 일 **214**

애증 | 힘들어서 더 좋아! 218

살아내는 태도에 관하여 222

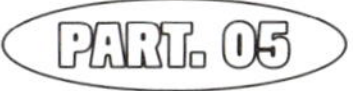

자기 성찰

질문 | 불행과 낙과 228

조언 | 잔소리가 필요해 232

진화 | 함께할 때 만나는 세계 236

냉소 | 뜨거울수록 차갑게 대하겠어요 240

수용 | 가만히 마주 보며 244

파악 | 나를 안심시키는 일 248

행복

주역 | 생각이 달라지고 254

긍정 | 기분 좋아지는 건 쉬워 258

결실 | 전부 나쁘지만은 않다 264

함께 | 예술 안에 있던 우리 268

다시 삶을 구성하는 시간 274

INDEX

한눈에 보는 작은 긍정 276

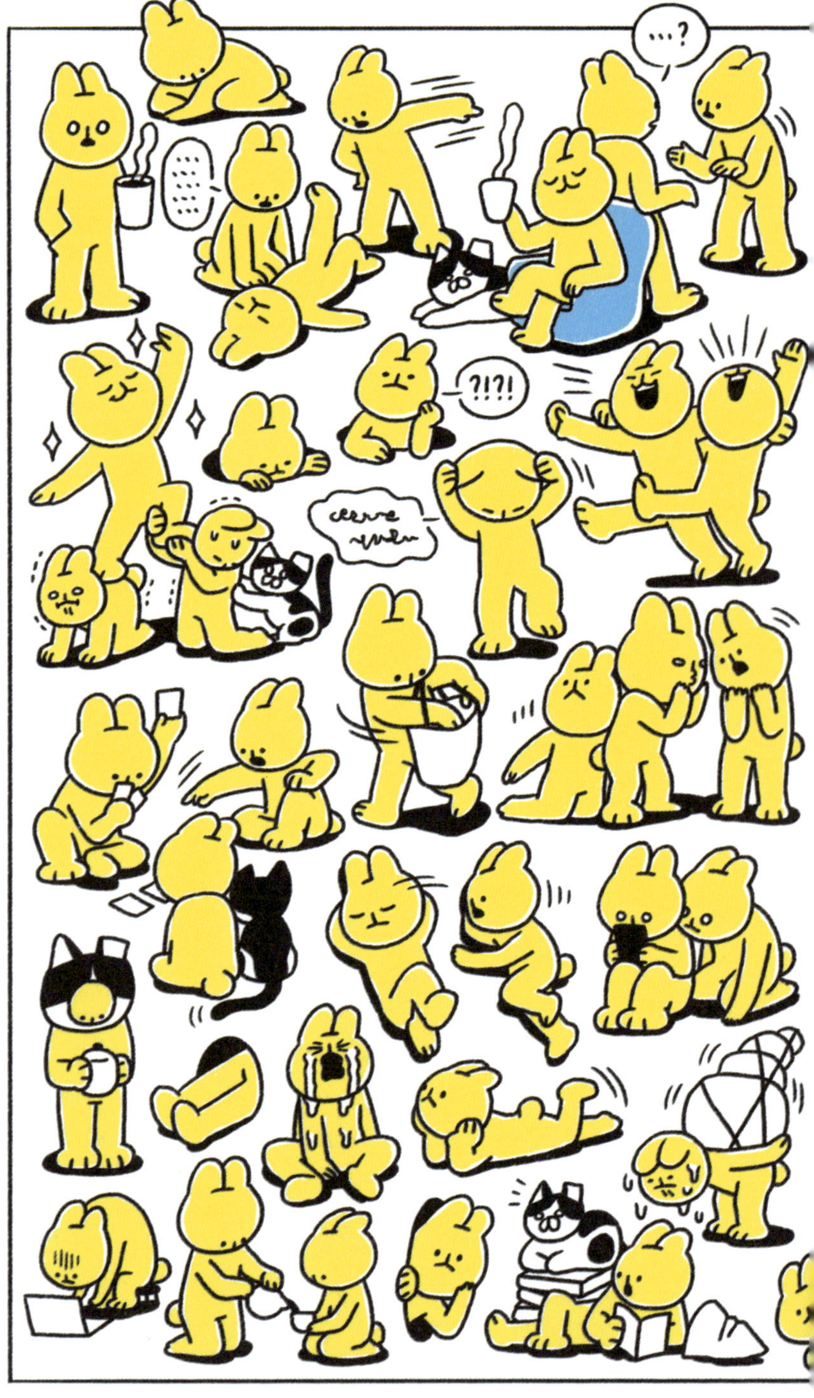

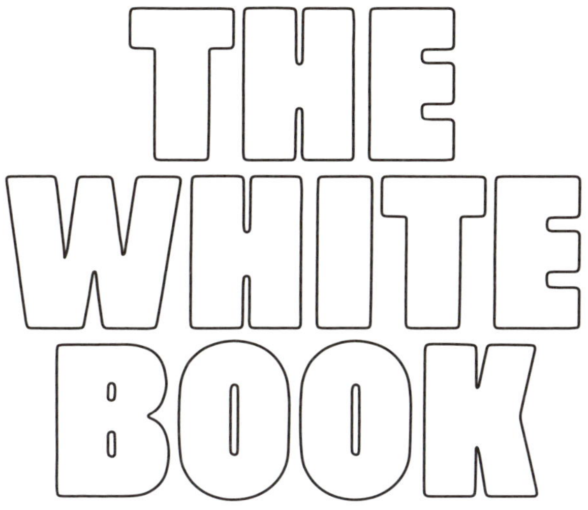

자기 수용

자기 효능감

자기 존중감

나를 이루는 세 개의 축

자기 수용

나의 보기 싫은 모습까지도……
불완전한 존재 전체를 껴안는 행위

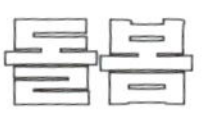

돌봄

—

병든 이파리

몸은 간혹 식물의 이파리 같았다. 매끈한 모양에 싱그러운 초록이 아닐 때면 눈을 바짝 붙여 무엇이 어떻게 언제부터 달라진 건지 유심히 봤다. 끄트머리부터 타들어가고 있거나, 돌돌 말려 있거나, 군데군데 구멍이 뚫린 것도 있고…… 각양각색. 다쳤구나, 상했구나, 아프구나, 그래서 정상이 아니구나 하면서도 이파리란 게 먹히기도 하고, 뜯기기도 하고, 시들기도 하는 거지 그게 뭐 대수야 하며 심드렁하게 굴었다. 나의 무언가가 병든 걸 알면서도 남의 몸 보듯 했다. 모르면 몰랐다는 이유로 면죄부라도 구할 수 있지만, 알면서도 소홀했던 건 변명의 여지가 없다.

내 몸을 무사히 돌보는 일은 너무 단순해서 쉬웠고, 성가셨다. 행동의 난이도가 중요도를 결정하는 게 아닌데도 쉬운 일은 그런 것처럼 여겨졌다. '살려야 한다.' 구호를 실현할 마지노선은 누렇게 뜬 이파리라도 줄기에 붙어 있을 때다. 귀찮음의 엉덩이를 시원하게 발로 차고, 우선 내게서 뚝 떨어지기 직전의 나의 이파리를 살려야 한다. 황태해장국을 한 그릇 든든하게 먹고 해가 지면 나를 재운다. 말도 안 되는 욕을 들으면 말도 아닌 것으로 무시해가면서.

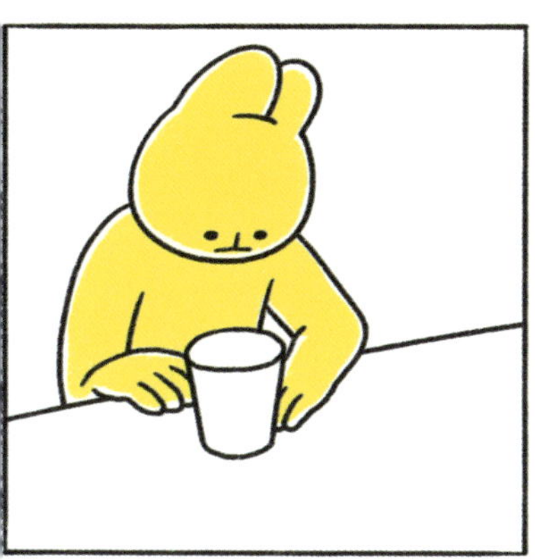

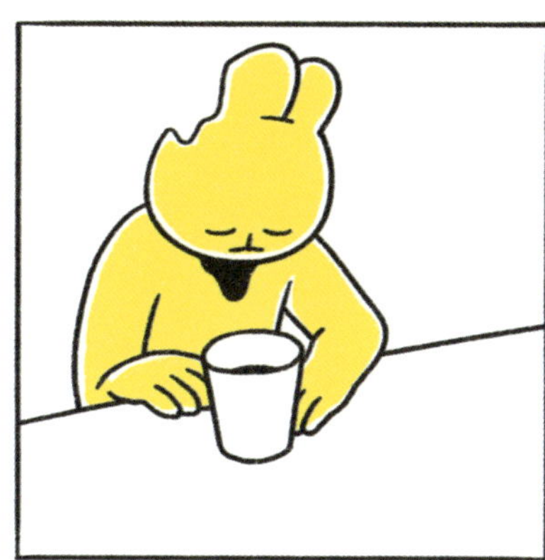

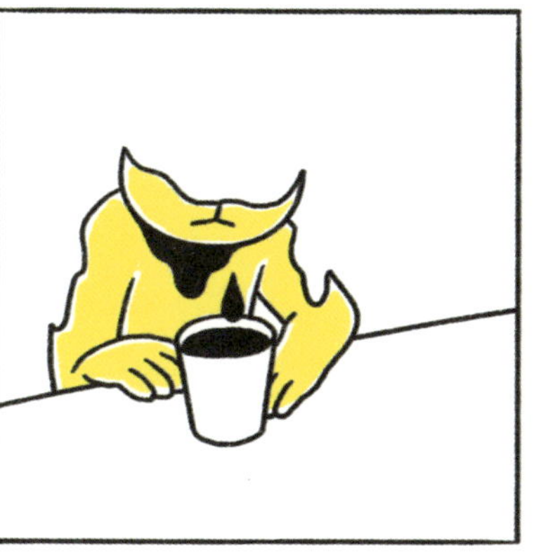

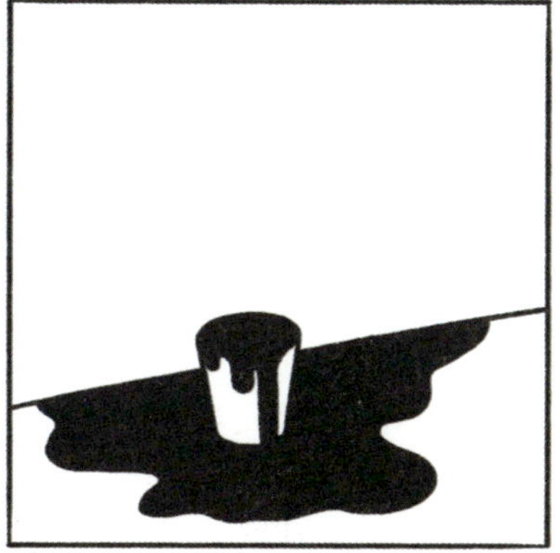

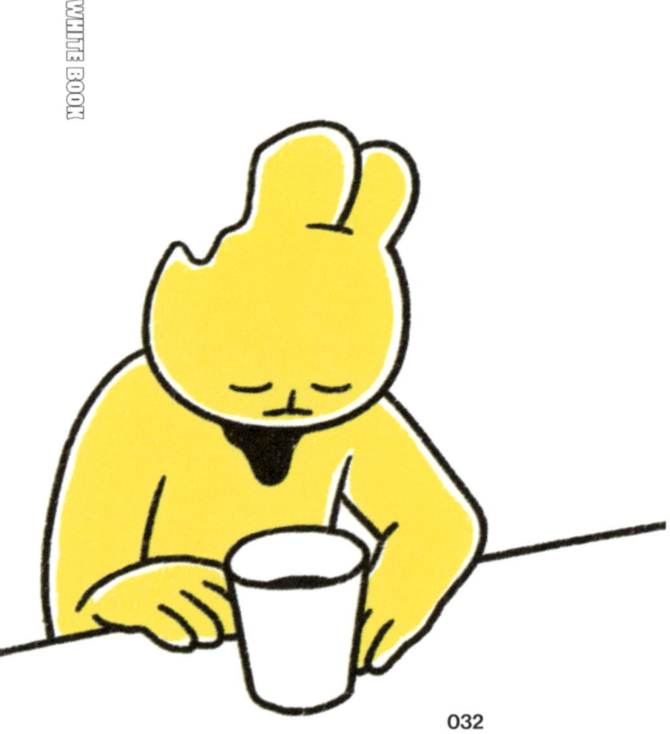

방치된 나를 알아차리고 다시 돌보기 위한
실천은 자기 회복의 시작이다.

자기 수용

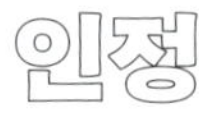 인정

—

권할 수 없는 방법

윗대의 누군가로부터 우울을 전해 받은 것 같다. 감정 기복이 크고 쉽게 기분이 가라앉는 탓에 평소 적정선을 유지하기 위해서는 일부러 마음을 띄워야 했다. 때문에 유머에 관심이 많았는데, 지금도 꽤 장난기를 부리며 살고 있으니 본 적도 없는 조상에게 '물려줄 거면 좋은 걸 물려줄 것이지, 이게 뭐야!' 하며 투덜댈 게 없었다. 오히려 울적한 기질 덕분에 심심하게 살 뻔한 사람이 말장난이라도 갖춰 살 수 있게 된 걸 보면 결과적으로 잘된 일이다.

정서 변화에 유독 예민했던 나는 자신을 남과 비교하지 않는 사람으로 자랐다. 나의 세계를 지키는 것만으로도 힘에 부쳤기 때문에 남의 세계까지 끌어와 저울질할 여력이 없었다. 그래서 어릴 때부터 누가 뭘 가졌고, 뭘 이뤘고 하는 데 관심이 없었다. 더 갖거나 더 이루고 싶다는 바람도 생겼지만 어디까지나 나에게 국한된 것이라서 화려하고 큰 규모가 아니었다. '에계, 겨우?' 할 정도로 시시한 바람을 하나씩 가졌다. 물론 더 해내지 못해서 속을 태운 적도 많았는데, 그럴 때마다 속앓이를 했기 때문에 점점 그러지 않게 됐다. 애태운다고 해낼 수 있는 것도 아니었고, 남과 비교하면서 자신을 자극한다고 기분 좋게 힘이 나는 것도 아니어서 무리하는 게 결국 나에게 전혀 기쁜 일이 아니라는 걸 몸으로 알았

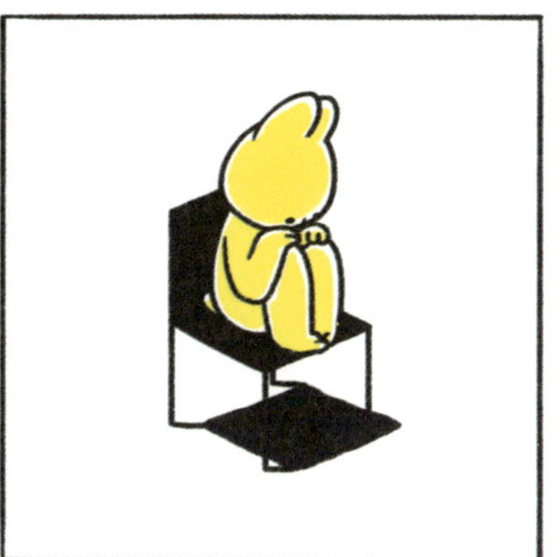

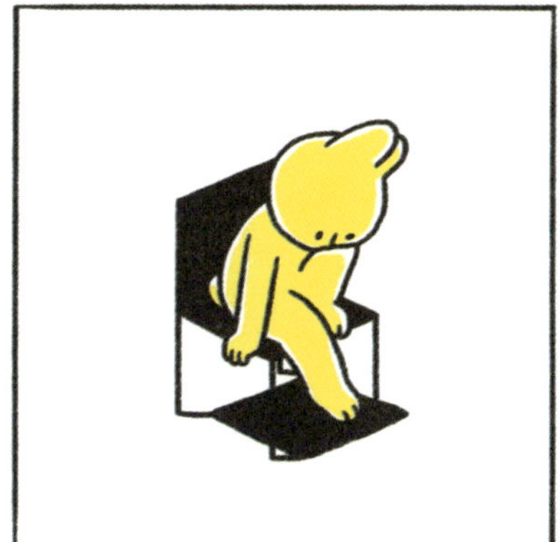

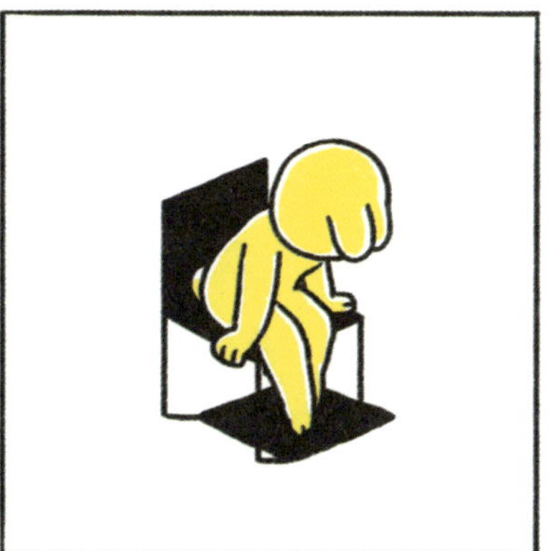

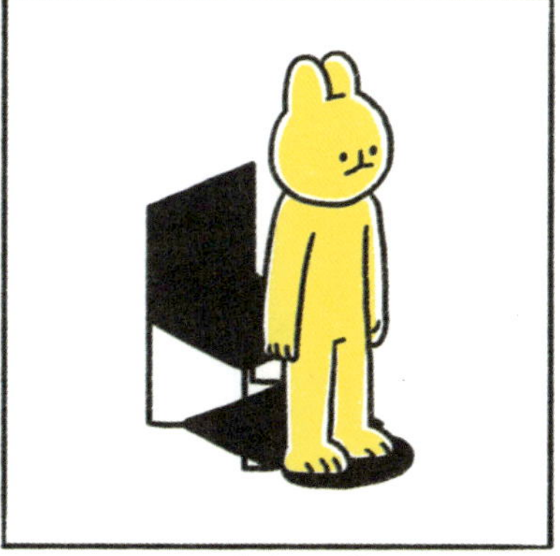
이제 슬슬 가볼까.

다. 나라는 인간의 그릇은 간장 종지에서 계란프라이 하나 담을 정도 크기의 그릇 사이를 오갔고, 소망이나 목표, 성품까지도 그 안에 담길 정도였다. 품지 못할 걸 담으려다가 몇 번 그릇을 깨먹고 난 후부터는 눈썰미가 좀 늘었는지 적당한 선까지 담고 버리며 산다. 이런 방식이 나와는 맞지만 아닌 사람도 많을 테니 "그릇이 콩깍지만 한 사람으로 살면 편합니다"라고 권하지 않고, 남의 방식에 이러니저러니 간섭하지도 않는다.

살다보니 결함이라고 생각했던 점이 때에 따라서 강점으로 발휘된 적이 많았다. 그러다보니 결함이라고 할 만한 게 무언지 모르게 됐고 내가 나를 들들 볶는 일도 줄었다. 어쩌면 살아온 과정을 순수한 마음으로 알아주는 유일한 당사자가 나 자신이라서 애틋함을 갖게 된 건지도 모르겠다. 흥하든 말든 자신을 인정하면 나의 흠을 너그럽게 바라볼 수 있게 된다. 그러면 나를 탓하는 데 기운 빼지 않고 '그랬구나. 그렇다면 이걸 어떻게 고쳐볼까?' 하는 선에서 나와 대화를 할 수 있었다. 꼭 고쳐야 한다는 규칙 없이 '안 되면 어쩔 수 없고' 하는 말을 덧붙이며. '이런 부분이 있어서 좋아!'의 '이런 부분'이 사라져도 나는 나를 좋아할 것이다. 그간 내 앞의 생을 무사히 이뤄낸 데 대한 노고에 보답하기 위해서라도 나를 아껴주고 싶으니까.

2ND MOMENT SUMMARY

결함을 인정하고 자신을 수용하는 과정이 가져오는 삶의 평온.

울기

—

울기의 기술

나의 슬픔이 타인에게 번져 그들의 마음까지 무겁게 만드는 순간들이 있었다. 그때 나는 슬픔을 가둬두는 대신, 얼굴 이면에 살며시 감싸안음으로써 그 기운이 밖으로 흘러나가지 않도록 했다. 슬픔은 여전히 내 안에 있었지만 그렇게 다루고 나면 누구와도 편안히 마주 앉아 이야기를 나눌 수 있었고 내 마음의 어둠이 상대의 빛을 가리지 않게 할 수 있었다.

가족과 밥을 먹으며, 친구와 차를 마시며, 지인과 맥주를 나누고, 파트너와 회의를 하며…… 나는 웃는 낯 아래로 고요히 울었다. 사람들의 이야기가 와르르 쏟아지고 각자의 사연을 왁자하게 베어 먹는 자리에 있다보면 울지 않았던 것처럼 마음이 말개졌다. 어느 날은 지하철에 앉아서, 버스 손잡이를 잡고서, 공원을 걷다가 의자에 앉아 여유롭게 울었다. 눈물 없이 편안한 얼굴로. 공지사항처럼 울음을 곳곳에 흩뿌리지 않아도 울 수 있다는 건 꽤 큰 위안이 됐다.

누군가의 위로는 필요 없지만 혼자서 그칠 자신이 없어 혼자가 아닌 채 울고 싶은 날이었다. 표백된 얼굴을 끼우고 밖으로 나가 사람들 사이에 섞여 원하는 만큼 속울음을 쏟다가 문득, '사람들도 그렇지 않을까?', '다들 속으로 우는 기술을 갖고 있지 않을까?', '지금 여기에 나처럼 우는 사람이

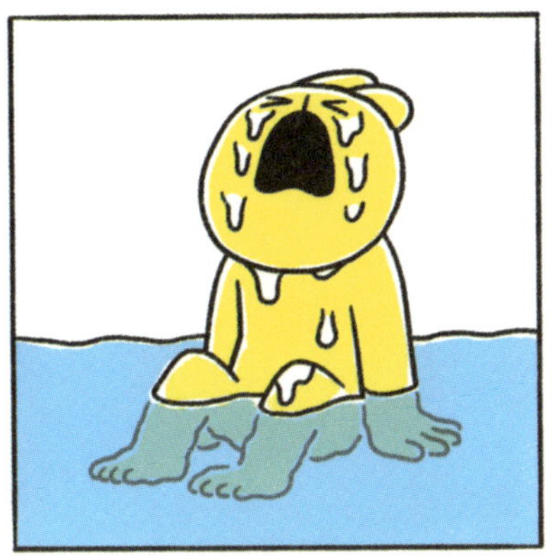

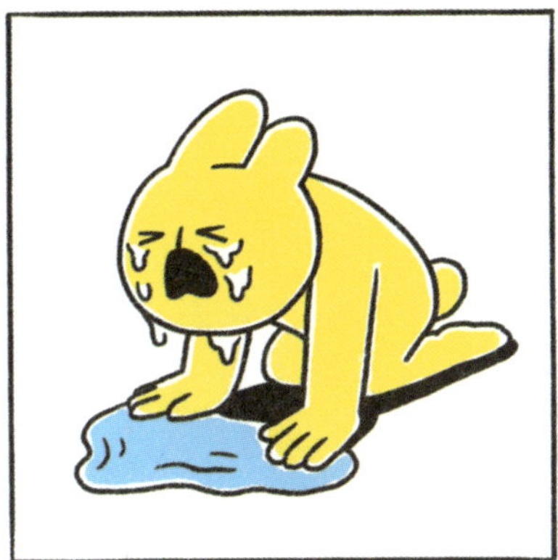

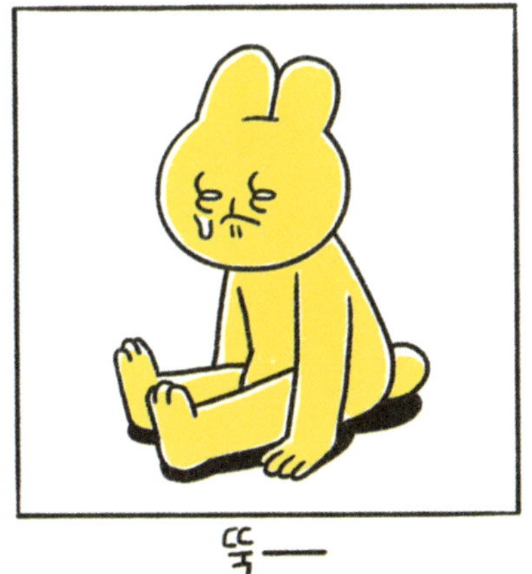
뚝—

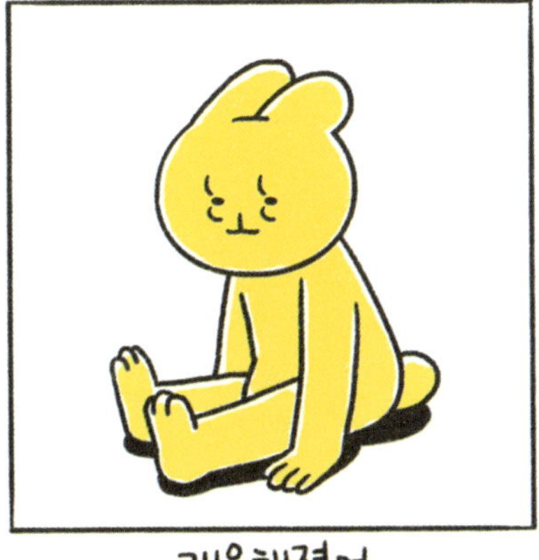
개운해졌어.

울지 않는 사람보다 더 많지 않을까?' 생각했다.

우는 건 온갖 허들을 뛰어넘어야 하는 장애물달리기였다. 울음의 타당성을 입증하고 자기 설득을 거쳐 울어도 된다는 자기 허락을 받은 후 제한 시간을 넉넉히 확보하고서도 "아, 됐어. 다음에" 하고 울음을 꼴깍 삼켜버리는 일이 얼마나 자주였는지 떠올렸다. 우는 일이 낯설다못해 금기를 깨는 듯 느껴지기까지 했던 기묘한 순간도 함께 말이다. 그랬던 내가, 혹은 누군가가 눈물을 꺼내지 않고도 울 수 있다는 건 장애물 없는 달리기를 하게 됐다는 뜻이다. 나는 이것에 능숙해지기까지 제법 시간이 걸렸지만 눈물 없이 우는 기술을 보유했다는 사실이 새삼 다행스러웠다. 덕분에 어디서건, 누구와 있건, 참지 않고 울 수 있었다. "기술 배워, 기술. 먹고사는 덴 기술이 최고야!" 옛말 틀린 거 없다더니, 역시 기술은 배워두면 써먹을 데가 있다. 울기의 기술은 더욱 그렇다.

3RD MOMENT SUMMARY

자기만의 방식으로
감정을 인정하고 다루는 기술의 쓸모。

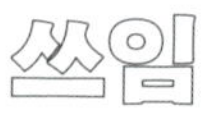

쓰임

—

잘못된 계산

내가 나를 몰아세운 시기의 시작점에 무엇이 있었을까 더듬어보면 '숫자'가 있었다. 정확히는 나의 가치를 계산하기 시작하면서부터. 얼마를 투입해서 얼마를 벌었는가. 일정 시간 동안 얼마나 효율을 올렸는가. 숫자가 필요한 일에는 도움이 됐지만, 수로 계산할 수 없고 그래서도 안 되는 일에는 독이었다. 나를 두고 쓸모를 따지는 순간 온 세상이 숫자로 치환됐다. 사람은 마트에 진열된 물건이 될 수 없고 그것들과 같은 기준으로 가치를 매겨서는 안 됐다. 그런데 그랬다. 나의 일거수일투족에 생산성과 효율, 가격을 붙여 쓸 만하다, 그렇지 않다를 나누고 쓸 만한 정도를 상, 중, 하로 구분해서 어떻게든 상급이 될 수 있도록 사력을 썼던 시기가 있었다. 지나서 생각해보면 '어떻게 그런 멍청한 생각을 철석같이 믿고 살았지?' 싶어서 황당할 지경이다. 그때를 어떻게 지나왔는지 모를 일이다. 하지만 나름 얻게 된 처세라면 처세랄까. 계산하지 말아야 할 것에 계산기를 들이밀려고 하면 "어, 또 이런다. 거참" 하면서 스스로를 괴롭히기 전에 정신을 차린다. 이제 쓸모라는 말을 내게 쓰지 않는다. 말도 제역할이 있듯이 쓰임에 맞는 말을 어울리는 대상에게 쓴다. 쓸모는 물건에게, 사람은 그냥 사람.

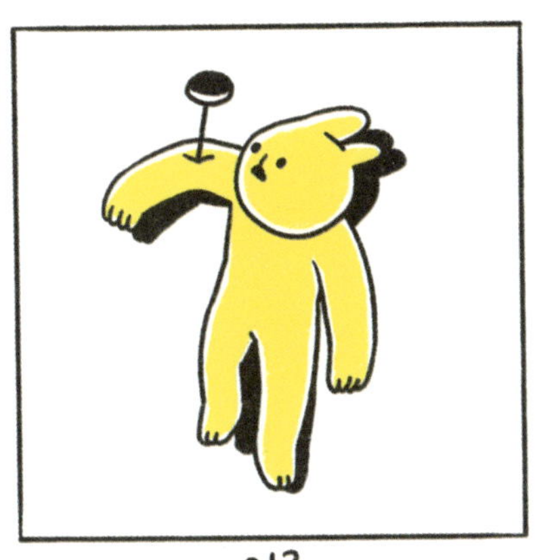

어?

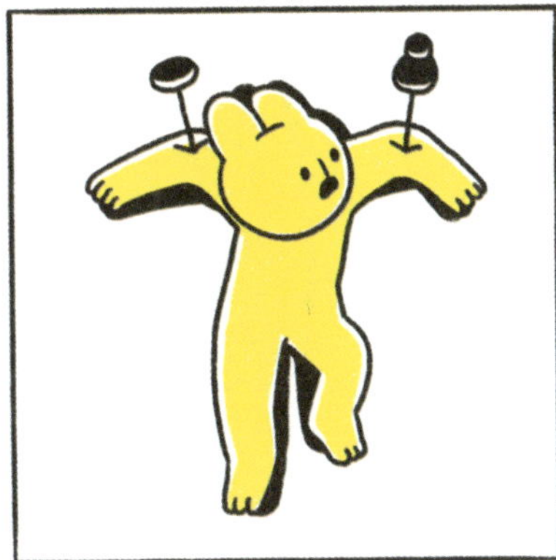

어어?

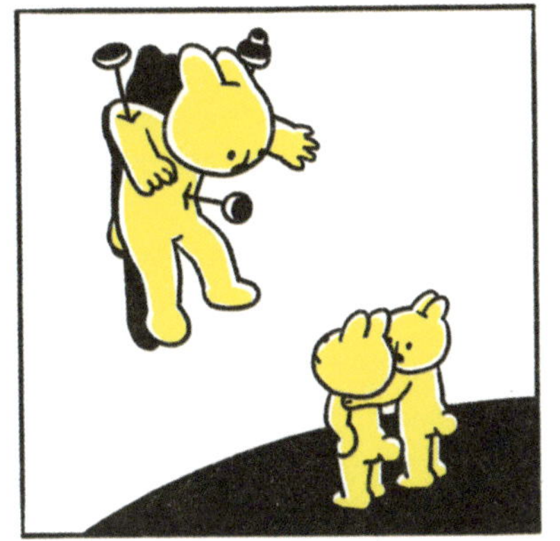

움직이지 못하도록
더 묶어버릴까?

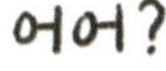

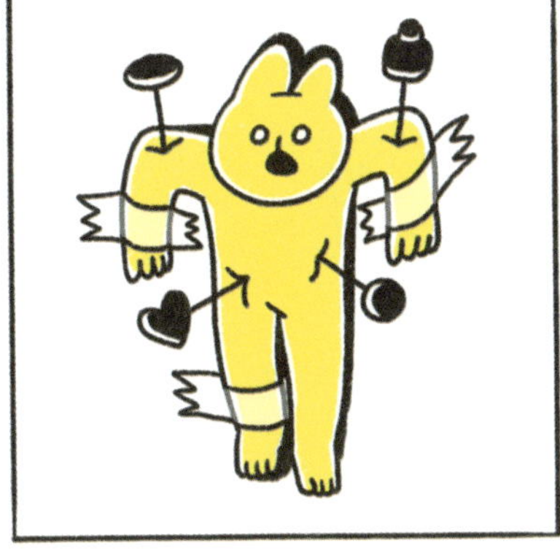

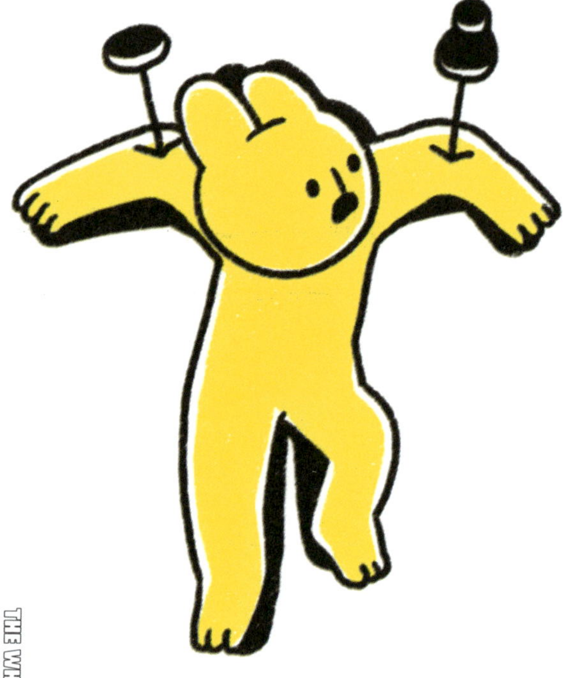

4TH MOMENT SUMMARY

사람은 숫자와 효용으로 판단할 수 없고, 사람 그 자체로 충분하다.

결점

—

무너진 벽

마음껏 실수하고 자기 취약점을 확인한 후 가뿐하게 다음으로 넘어가는 사람이고 싶었다. 실수에 집착하지 않고 다만 성실히 메우는 사람, 얼마나 멋있는지! 하지만 나는 그런 사람을 부러워하는 입장이었지 당사자가 되진 못했다. 습자지처럼 얇은 지식 아래로 밑천이 비칠 때마다 나의 후진 모습을 누군가 알아채진 않을까 신경 쓰였다. 치부를 가득 쓴 메모지를 등 뒤에 붙이고 걸어다니는 기분이었다. 그러다보니 아주 작은 실수에도 신경이 곤두서고 쉽게 지쳤다. 완벽해질수록 후진 모습을 가릴 수 있을 거라고 믿었지만 이런 믿음엔 대체로 근거가 없었고, '완벽'이 어떤 상태를 말하는지 나 자신도 잘 몰랐다. 속으로 '무언가 아닌 것 같은데……' 하면서도 무작정 실수를 경계했다. 이럴 때 가장 큰 문제는 능력을 발휘하는 과정에서 즐거움이 사라진다는 거였다. 일의 시작과 마무리 사이 다양한 감정(기대, 설렘, 실망, 기쁨, 재미, 용기, 긴장, 안도, 만족 등)은 거세되고 경계심의 압력은 점점 더해져갔다. 이쯤에서 누가 건드려주길 바랐다.

마침내 뜻밖의 사람과 예상하지 못한 자리에서 "솔직히 네 작품이 대중성이 충분하고 재미가 있었다면 업계에서 너를 먼저 찾았겠지"로 시작하는 대화에 입장했다. '솔직히'라는 서술을 앞세우면 까방권과 예의를 교환하는 것 같다.

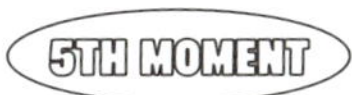

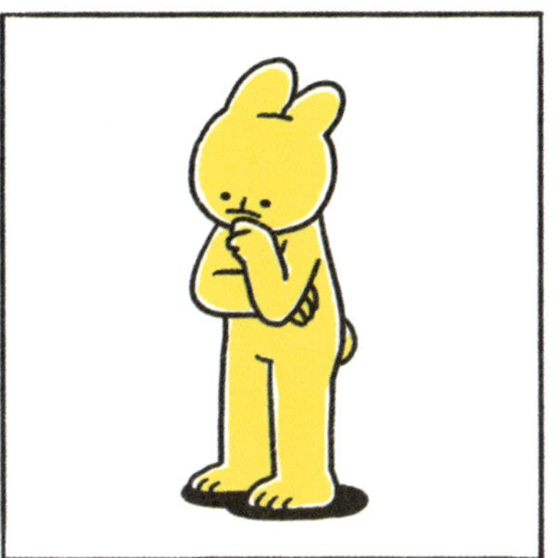

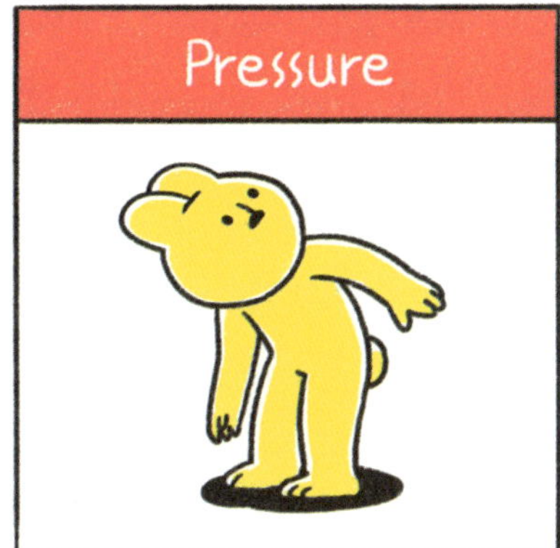
Pressure

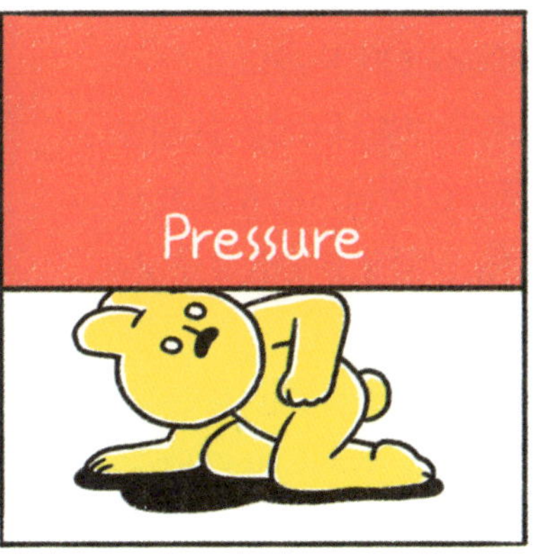
Pressure

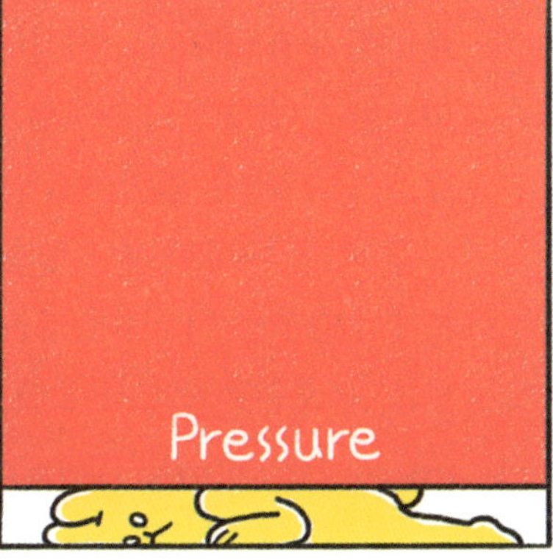
Pressure

저돌적으로 무례하기란 맨정신이라면 쉽지 않은데 '솔직히' 이 단어는 그걸 가능하게 하니까. 아무튼 평소라면 "기분이 상당히 나쁘네요. 가겠습니다" 하고 자리에서 일어나 외면했을 텐데 굳이 언쟁을 벌였던 건, 상대의 태도는 무례했지만 그 내용은 아주 부정할 수 없을 만큼 그동안 내 속을 내내 휘젓던 말이었기 때문이다. 울분을 터뜨리는 동안 방호벽이 여기저기 허물어졌다. 남의 손을 빌려 부수는 것도 나쁘지 않았고 어쩌면 그걸 바랐던 것 같다. 그렇다고 갑자기 결점이나 실수 따위를 시시하게 여기는 호연지기를 갖게 됐다는 말은 아니다. 단지 과도한 의미 부여를 그만두자는 심산이었다. 의미를 두지 않으니 전전긍긍한 시간이 허탈할 정도로 별 게 아니었다. 결점도 그대로였고, 실수도 여전하지만 아무렇지 않을 수 있구나, 안심해도 되는구나, 정말 너무 아무것도 아니구나…… 했다.

5TH MOMENT SUMMARY

결점을 끌어안으면 삶은 가벼워지고
자신과 더 가까워진다。

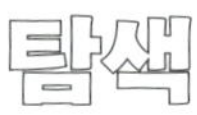 탐색

—

낯선 나의 등장

오전 8시 50분. 홍대에 갈 일이 있어 지하철을 기다렸다. 출근 시간대를 약간 벗어나서 플랫폼은 그나마 덜 혼잡했지만 여전히 두 줄로 조르륵 줄을 서야 했다. 나는 앞에서 세 번째로 섰다. 지하철이 근접해오며 플랫폼에 신호음이 울리자 살짝 떨어져 서 있던 사람들은 서로의 몸이 닿지 않는 최소한의 거리를 두고 다닥다닥 바투 섰다. 사람들을 꿴 실을 누군가 쫙 조이는 듯했다. 등 뒤에 사람이 바짝 다가왔다는 게 느껴졌다. 가방인지 무언지가 엉덩이 윗부분과 등을 슬쩍슬쩍 스쳤지만 시간이 시간이니만큼 그러려니 했다. 금세 도착한 지하철. 더 나은 자리(스마트폰을 볼 만한 공간을 확보할 수 있는 자리)를 차지하기 위한 열망으로 들끓는 예비 승객들은 법에 저촉되지 않는 선에서 더욱 바짝 서로의 앞판과 등판을 부착했다. 승객이 모두 내리면 탑승해야 한다는 룰을 지키려는 자와 무시하려는 자의 기싸움을 실시간으로 느끼며 발걸음을 떼려던 찰나, 내 뒤의 인물이 손바닥으로 나의 등을 꾹 강하게 누르며 나를 좁은 상자에 찹쌀떡 밀어 넣듯 밀었다. 나는 남의 손바닥이 나의 등을 누르는 걸 느낌과 동시에 왼손을 뒤로 젖혀 위에서 아래로 강하게 내리쳤다. 나의 손이 누군가의 손을 '착' 치는 소리가 들렸고, 나는 돌아보지 않고 탑승했다. 뒷사람도 분명 따라 들어왔을 것이다. 하지만 우리

가끔 내 속을

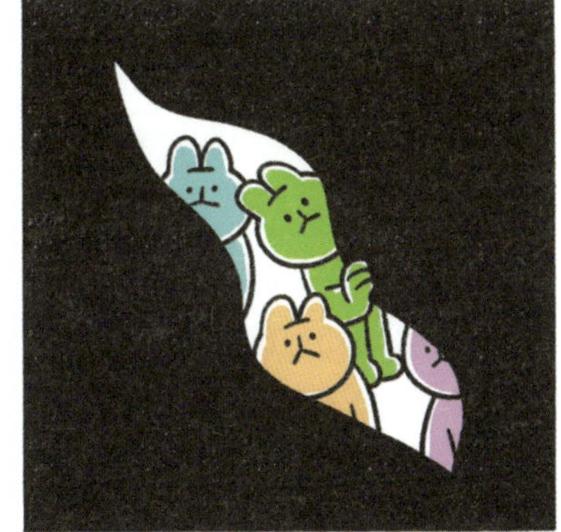

살짝 열어 들여다보면

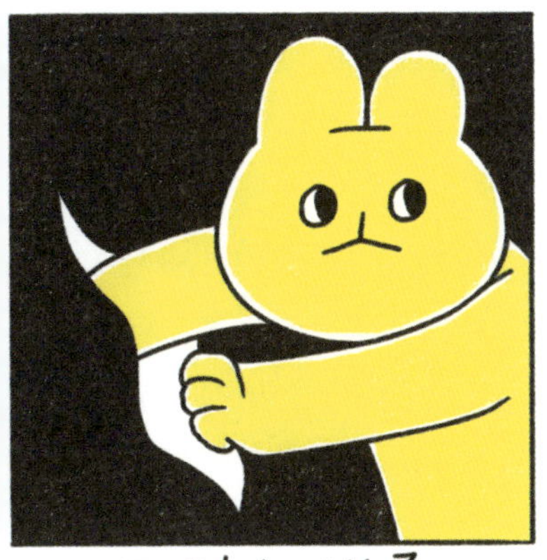

여러 명의 자신 중에

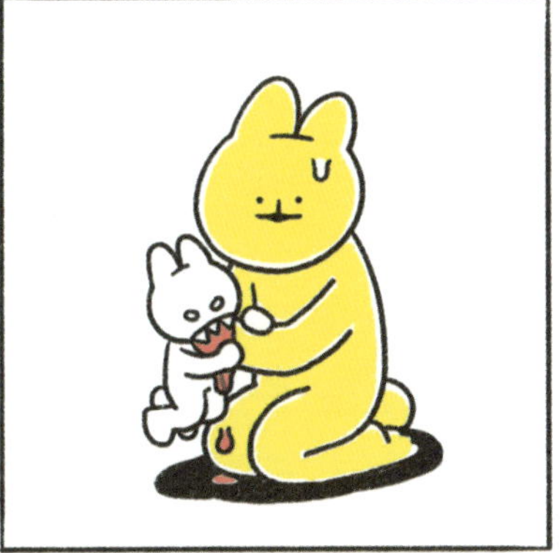

썩 맘에 안 드는 나도 있어.
거의 언제나 그랬던 것 같아.

는 서로의 얼굴을 보지 않았고, 이러니저러니 따지지도 않았다. 서로 갈 길이 바쁜 데다 인파에 둘러싸여 뭘 더 할 수 없는 조건이었으니 상대가 내 멱살을 잡거나 싸움을 걸고 싶어도 그럴 수 없었을 것이다. 혹여 그랬다 해도 이 지점에서 나는 아무런 동요를 느끼지 못한 자신에게 흠칫했다. 누군가와 몸을 부딪치며 싸우는 일은 평생에 몇 번 있지도 않았고 성인이 되고선 거의 없었다. 그래서 남의 손을 철썩 소리 나게 쳤을 때 상당히 어색했지만, 그 외에 별다른 감정을 느끼지 않았다는 사실에 더 놀랐다. 돌아보니 의도된 방어의 몸짓이 너무 낯설어서 소리나 촉감을 더 과장되게 느꼈을지도 모르겠다는 생각이 들었다. 실제로는 '착'도 아닌 '슥' 스쳤을지도. 기분은 감각을 증폭시키기도 하니까. 그럼에도 내 등을 밀친 손을 친 건 맞고, 낯선 경험은 여러 겹의 사회적 자아를 건너뛰어 나의 핵으로 단번에 접근할 수 있는 기회가 됐다. 나의 윤리 의식이나 도덕성, 삶의 가치관처럼 모호하고 변덕스러운 정의들을 이럴 때 다시 생각해본다. 적어도 미어터지는 출퇴근길 지하철에서 등을 밀치는 낯선 사람의 손을 불쾌했다 하더라도 보지도 않고 쳐내는 내 모습이 그리 탐탁하진 않아서 무엇을 다듬어야 내 마음에 드는 자신을 만들 수 있을지 고민하게 되는 것이다.

6TH MOMENT SUMMARY

낯설고 당황스러운 상황에서
자기 반응을 부정하거나 왜곡시키지 않고
탐색하는 과정은 있는 그대로의 스스로를
수용하며 이해하는 기회가 된다.

THE WHITE BOOK

자기 효능감

시도와 실패를 통해 조금씩 쌓아온 총합으로
작은 무엇이라도 해낼 수 있다는 감각을 회복하는 일

면역

—

가장 가까운 힘

모든 생명은 실패를 겪는다. 실패 없는 생이 특이할 만큼 실패는 흔하지만, 내게 미치는 영향은 분명해서 이야기하지 않을 수 없었다. 실패는 A라는 결과가 나와야 하는데 B가 튀어나와 C라는 결과를 얻는 일이니 어떤 측면에선 생물의 변이와 비슷했다. 실패라는 변이를 겪으면서도 나빠지지 않고 더 나은 방향으로 살아가려면 두 가지 방법이 있었는데, 실패를 활용하거나 횟수를 줄여나가는 것이다. 실패를 활용한다는 건 탐색과 분석을 통한 해석과 내 성향에 맞는 가공 및 적용, 적응 등의 고차원적이고 성가신 과정을 동반하기 마련이라 시간이 걸렸다. 한마디로 귀찮았다. 내게는 활용보다 실패의 횟수를 줄이는 편이 훨씬 빨랐다. 하지만 그마저도 귀찮을 땐 실패가 퍼질러놓은 난장판을 싹 정리하고 저 스스로 사라져주길 바랐는데 아직까지 그렇게 눈치 있는 실패를 만나진 못했다. 대부분의 실패는 "아니, 지금 이런 일이 벌어지면 어쩌라는 거야?"라는 말을 내뱉게 만들었다.

항암치료법 중에 면역항암제 투여법이 있다. 직접 암세포를 없애는 게 아니라 활성화시킨 면역세포가 암을 제거하는 방법인데, 앞으로 만나게 될 실패를 이런 방법으로 관리할 수도 있을 것 같다는 생각이 들었다. 실패를 직접 다루는 게 아니라 나를 좀 더 건강하게 만들어서 실패를 감당

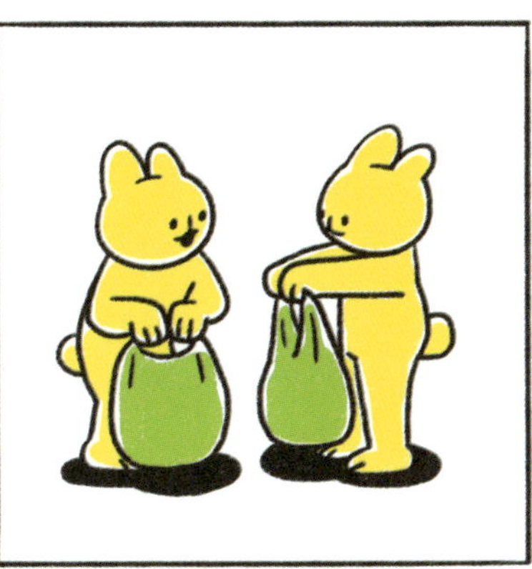

다 가져왔어?

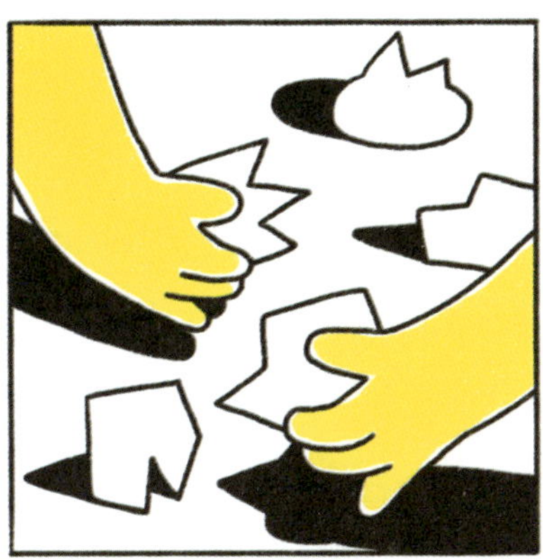

눅눅한 기분들

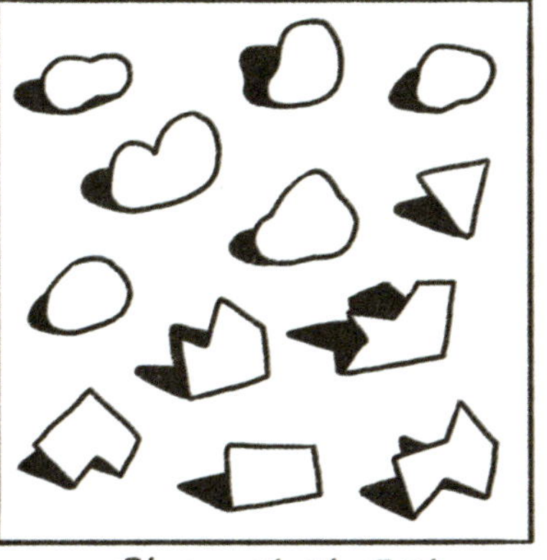

이렇게 바싹 말려주면

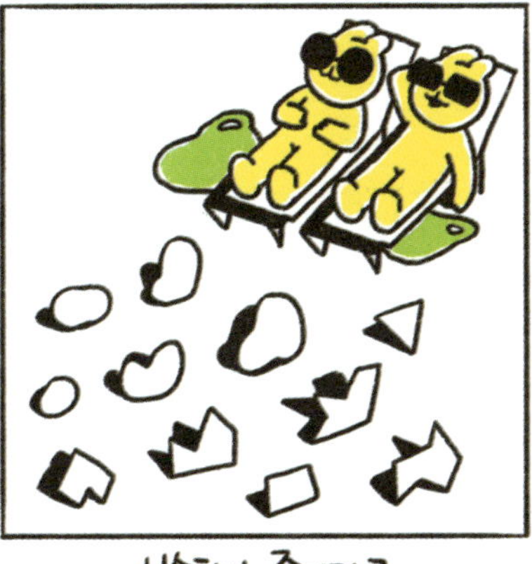

보송하니 좋더라구.

할 힘을 키우는 방식으로의 관리. 잘 먹고, 잘 자고, 기분 좋은 장소와 사람 곁에 수시로 자신을 데려다놓으며 튼튼해진 나의 정신과 체력이 실패가 데리고 오는 패거리(좌절, 자책, 염세, 원망, 분노 따위)가 내 안에 비집고 앉을 틈이 없도록 하는 것이다.

7TH MOMENT SUMMARY

스스로를 잘 돌보는 일이야말로 어떤 실패도 이겨낼 수 있는 힘의 바탕이다.

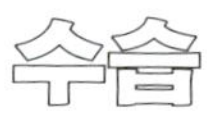

수술

—

내 문제는 내 손으로

'내 문제는 내 손으로!' 인생 좌우명 슬로건 공모를 하면 '아니, 무슨 쌀로 밥 짓는다는 말이 응모작으로 들어왔어? 우릴 뭘로 보고! 탈락!'이라고 할 법한 문구를 새기며 살게 될 줄 몰랐다. 말하기 민망하지만 자주 내 문제를 남의 손으로 해결해보려 했다. 내 손에 피 묻히지 않고 광어회를 떠서 야무지게 먹고 싶다는 심보였다. 이럴 때 나에게 호기심이 동한다. 이 인간은 어디까지 얕아질까? 잔머리 쓰면서 살려면 똑똑해야 하는데, 아무리 봐도 그렇게 명석하지 않은 내가 꾸준히 얕은수를 쓰고 있으니 말이다. 매번 의문을 품으면서도 다음 잔머리를 보면 또 새로우니 그저 놀라웠다.

잔머리를 굴릴 때의 나도 결심이란 걸 했다. 하지만 이때의 결심은 '해야지!'라는 바람에 '적당히'라는 말이 어울리는 정도였다. 이 '적당히'라는 느슨함을 빌미로 문제 해결을 미루거나 다른 사람에게 슬쩍 떠넘겨 어물어물 책임을 피했다. 그러다 문제의 시작은 미약했으나 그 끝이 심히 창대해지는 일이 생겼다. 내용증명과 소송 예고를 받으며 4개월에 걸쳐 거의 매일 수차례 공지사항을 가장한 협박 문자에 시달렸다. 그런 상대를 응대하는 동안 나의 정신력을 철사장 훈련하듯 모래바닥에 내리꽂으며 고통을 감내했지만 어째 시원찮았는지 부상만 늘어났다. 호되게 뒷감당을 치른 후부터 내

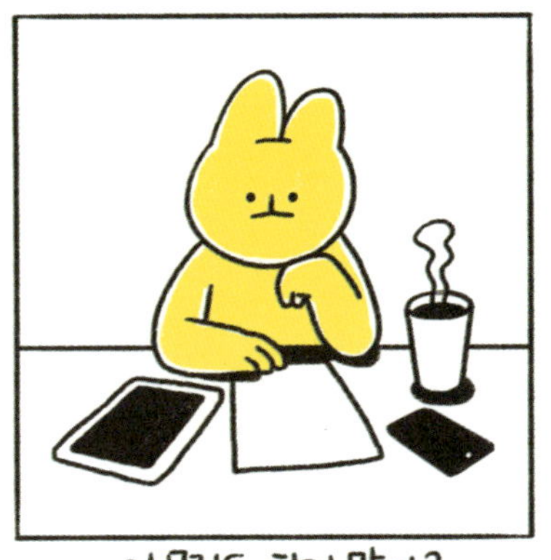

아무것도 하지 말까?

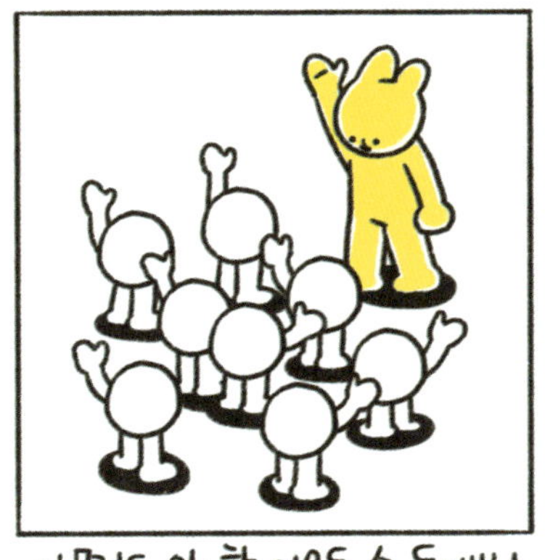

아무것도 안 할 이유들 손 들어봐!

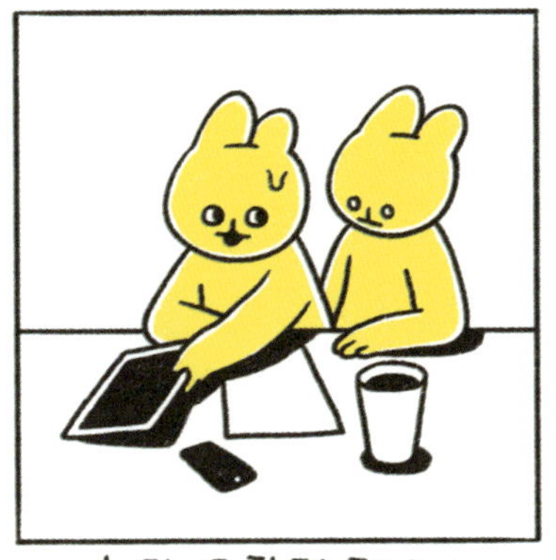

아, 하기로 한 건 해야지~

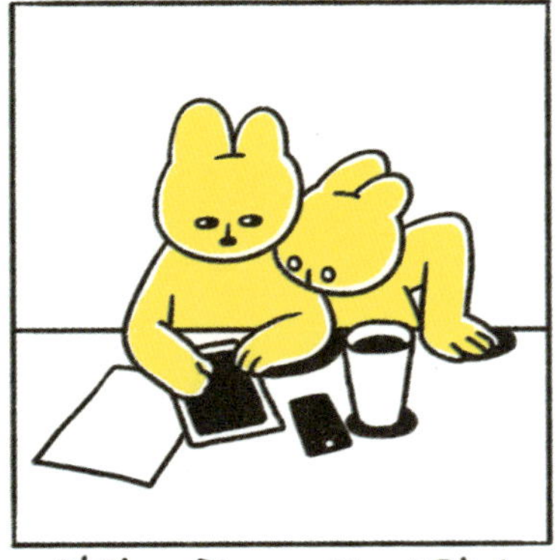

알았어, 한다고, 하고 있잖아.

문제는 내 손으로 직접, 되도록 빨리 해결하자고 마음먹었다.

잔머리를 포기하고 정도를 따라 문제를 바로잡아나갈 땐 시간과 노력이 배 이상 들었다. 하지만 일의 결과와 크게 상관없이 주위에 응원을 구할 수 있었다. '내가 진짜 어떻게든 해결해보려고 열심히 뛰어다닌 거 봤지? 응? 그러니까 이해해줄래?' 같은. 거기엔 문제에 휘말린 대상도 포함됐다. 뭐 하나 해결된 게 없어도 대형 반사판처럼 가슴팍이 쫙쫙 펴졌다. '잘한 게 뭐 있다고 이렇게 당당해?'라는 생각이 들든 말든 그랬다. 끝까지 문제를 해결하려고 버둥거린 노력만큼은 최선을 다했다고 말할 수 있었는데, 아마 그런 이유로 떳떳했던 것 같다. 당당하고 떳떳한 입장이 되기까지 치른 값은 꽤나 비쌌고 같은 지침을 다시 배우고 싶은 마음은 없으므로 쌀로 밥 짓는 이야기를 다시 써본다. '내 문제는 내 손으로! 되도록 빨리.'

8TH MOMENT SUMMARY

문제를 마주하고 스스로 해결하려는 노력은 자기 신뢰를 키우는 가장 빠르고 확실한 방법이다.

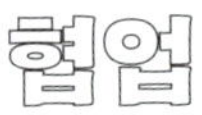

협업

—

관리자와 실행자

일할 때의 나는 관리자 모드와 실행자 모드로 나뉜다. 관리자는 일의 강도나 속도를 올리면 올렸지 느긋하게 하라는 법이 없다. 본격 업무 시작 전 관리자와 실행자 입장에서 협상안을 들고 마주했다. 둘 다 상대의 요구를 듣기보다 자기주장을 할 게 뻔한데 이럴 땐 내어줄 것과 얻어낼 것을 정하고 나머지는 되면 좋고, 아니면 말자는 자세로 임했다. 아웅다웅 치고받고 해서 어느 한쪽이 승기를 잡았다고 해도 내 안에서 일어난 싸움이며 진 쪽도 나라서 내상은 내상대로 입고, 기운은 기운대로 빠졌다. 실행자 모드의 나와 좋은 관계를 유지하는 게 가장 현명한 처신이라는 걸 관리자 모드의 나도 잘 알고 있었다. 특히 사이좋게 지낼 때 얻는 이득의 여러 징표 중 입금 알림 문자라도 받는 날이면 관리자와 실행자는 투닥거리면서도 기꺼이 어깨동무를 했다. 때론 노래하고 춤도 췄다. 못 할 게 없었다.

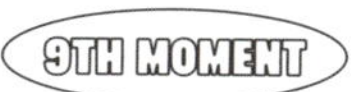
9TH MOMENT

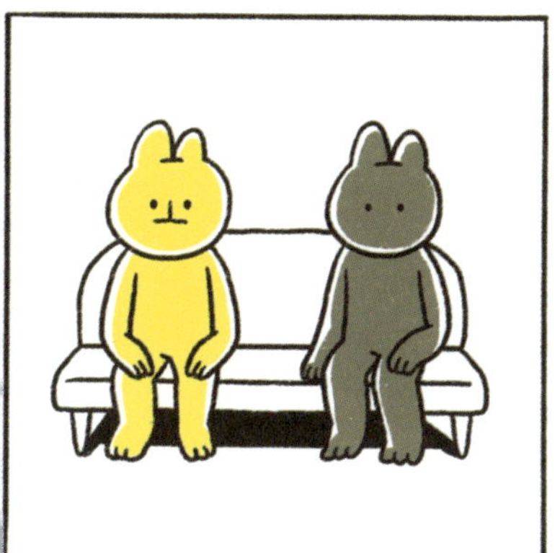

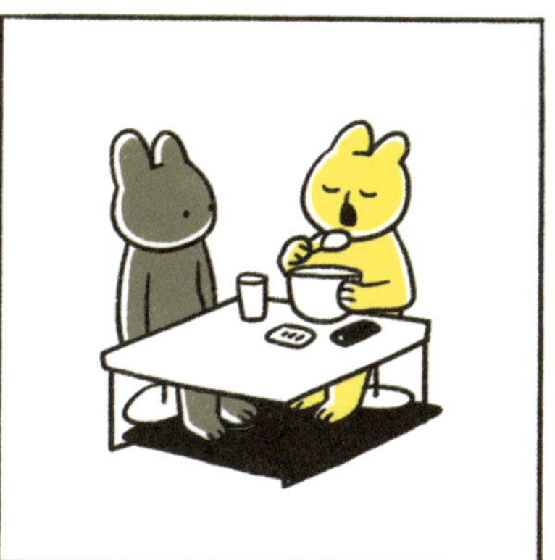

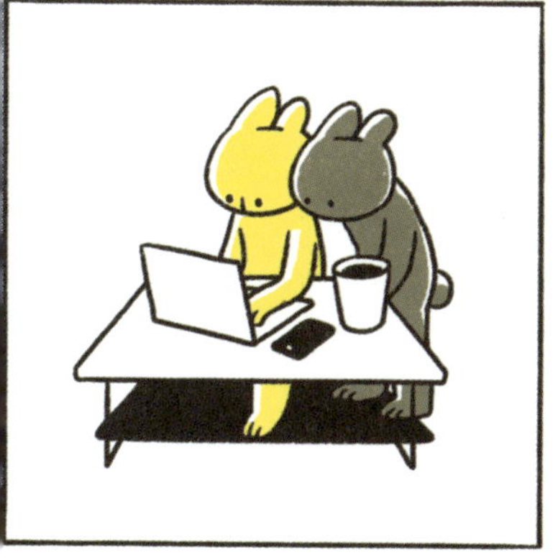

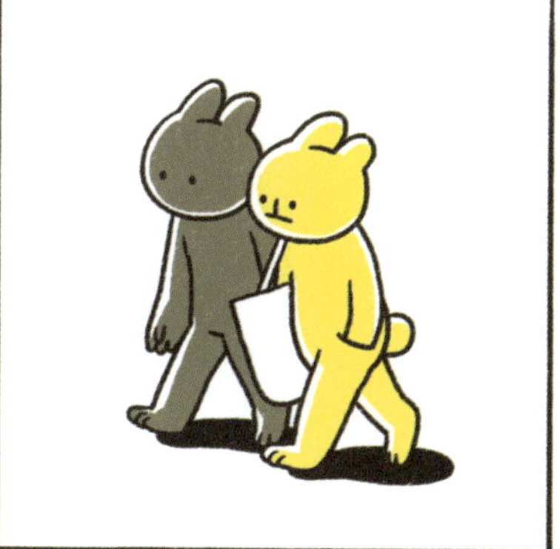

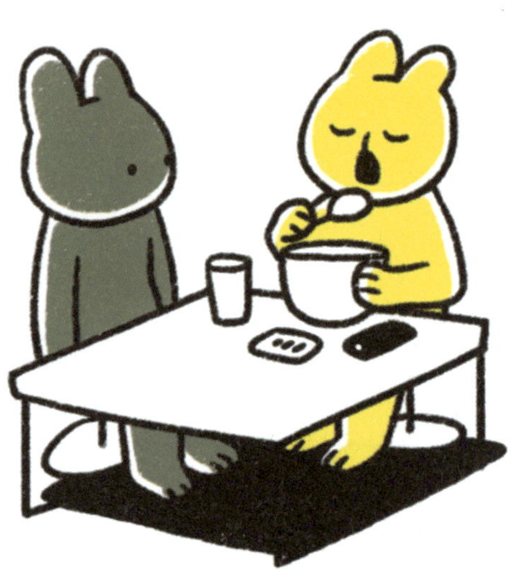

9TH MOMENT SUMMARY

**내면의 서로 다른 목소리를 조율하고
포용하면서 삶을 유연하게 이어간다.**

자기 존중감

무엇을 성취했느냐보다 그 길을 어떻게 걸어왔는지
스스로 알고 있다는 데서 비롯하는 태도

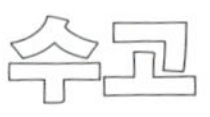 수고

—

잘 익은 말 한마디

스스로에게 그간의 노고에 대한 고마움과 칭찬을 담아 표현하고 싶을 때 "수고했어"라고 말한다. 몸과 마음을 남김없이 갈아 넣어야 했던 고된 일(하루 16시간 이상 의자에 앉아 원고를 쓰고, 외주 만화를 그리고, 드로잉 강의 교재를 만들고, 회의를 하는 정도)을 끝낸 경우엔 탄식과 함께 절로 나오는 말이다. 숨이 꼴깍 넘어가기 직전에 마무리된 일이 시야에서 사라진 걸 확인하고 나면, 주저앉거나 엎드리거나 누운 채로 "수고했다"라고 중얼거렸다. 급하게 긴장이 풀린 탓에 물에 불린 미역처럼 온몸이 흐물거리는 것 같아서 "아휴, 몸에 힘이 없어, 없다고" 하며 실실 웃기도 했다.

일의 강도가 높아질수록 존재의 이유에 대해 자문했다. 이기적 유전자로서의 역할만 하면 그뿐인데 왜 힘들게 살고 있는지 화가 나고 허무한 마음이 깊어질수록 '수고했다'라는 말은 농익었다. 일의 강도가 세질수록 말의 농도 역시 짙어져 둘의 관계는 지수함수 그래프처럼 가파르게 솟구쳤다.

'수고했다'라는 말에는 결과만을 알아주는 세상에서 드물게 노력의 여정을 알아주는 마음이 있다. 애쓴 시간을 인정하는 존중과 존경이 담긴다. 나의 존재 가치를 훼손시키지 않고 알아봐주는 데 대한 고마움과 한 인간의 몫을 했다는 뿌듯함도 든다. 시작할 때 도무지 할 수 없을 것 같았고, 과

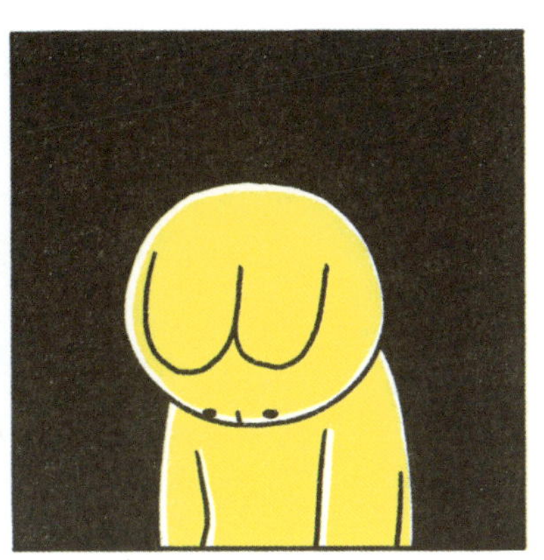

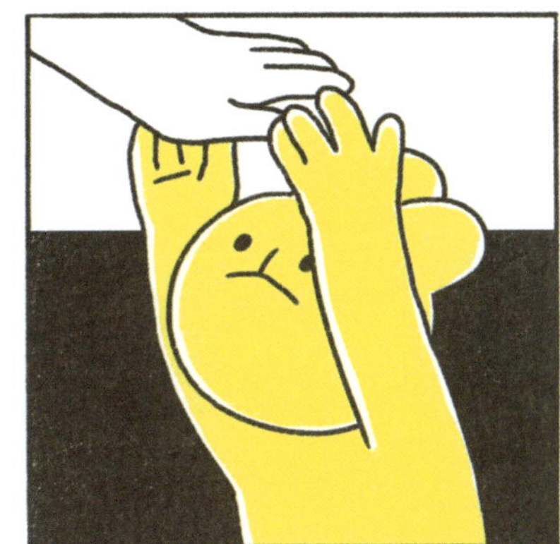
말로 하는 격려도 좋지만

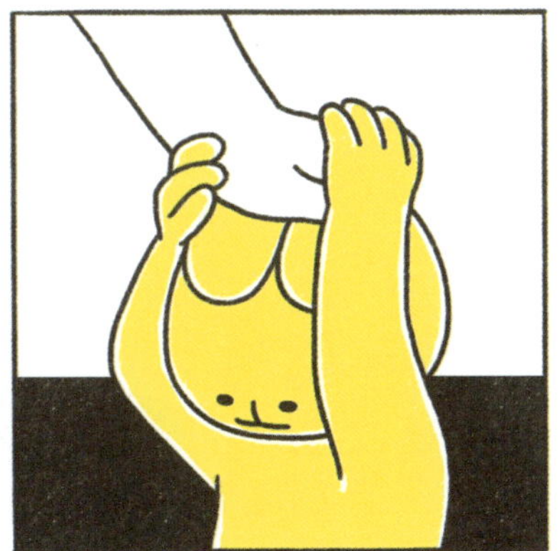
보드라운 응원도 갖고 싶어.

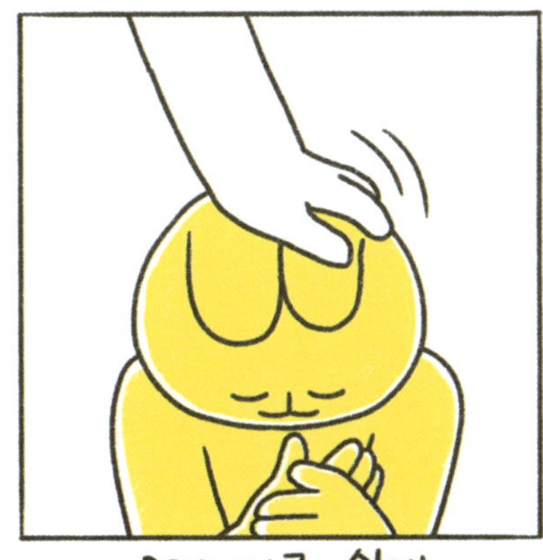
오래, 자주, 쉽게

정 속에서 수없이 그만두고 싶었던 일일수록 마무리와 동시에 스스로 무엇이든 할 수 있을 것 같다는 가능성을 느꼈다. 왠지 잘 살 수 있을 거라는 생각도 들었다. 죽을 것 같았는데 다시 살 것 같았다. '수고했다'라는 말을 좋아하는 건 어쩌면 나의 한계를 뛰어넘었다는 성취감과 무사히 끝냈다는 안도감이 뒤섞인 강렬한 만족감(잘 살아냈다!) 때문이 아닌가 싶다.

10TH MOMENT SUMMARY

고된 시간을 견딘 자신에게 건넨 따뜻한 말이
나의 가치를 인정하게끔 한다.

도움

—

나를 사랑하고 싶다면

일을 해내고 돈을 벌고 지위를 얻는 순간도 기쁘지만, 그보다 내가 사랑하는 사람이나 대상에게 대가를 바라지 않고 무언가를 줬을 때 더욱 기뻤다. 이런 면에서 남을 돕는 건 나를 좋아하기 위한 가장 쉽고 빠르고 부작용 없는 방법이었다. 나를 사랑하고 싶다면 자신을 사랑하게 만들 행동을 하고, 나를 믿고 싶다면 스스로 존경할 만한 행동을 해야 한다.

동물보호단체에서 봉사활동을 시작했고, 예상보다 훨씬 즐거웠다. 물론 상실감, 허탈함, 슬픔, 분노와 같이 봉사자가 감당해야 할 현실적인 문제도 있었지만 봉사라는 행위 자체만 본다면 그랬다. 씻고, 닦이고, 먹이고, 청소하며 대상을 돌보는 동안 나는 약점 없는 사람이 된 것 같았다. 그도 그럴 것이 봉사하는 동안은 돈과 성과가 나를 틀어쥐고 흔들지 못했고, 그런 가치는 기껏해야 "요즘 천 원으로는 과자도 못 사 먹어"의 천 원쯤으로 격하됐다. 밥벌이의 고단함이 넘쳐나는 세상에서 이런 평가는 짜릿했다. 나의 시간, 돈, 노동력처럼 남들에게 설명할 수 있는 것과 대견함, 보람, 감사, 기쁨, 재미 등 구체적으로 보여줄 수는 없지만 오직 나만이 알 수 있는 가치가 교환되며 제대로 된 인간으로 살고 있다는 느낌을 받았다. 이 가치는 고금리 이자를 붙여 월복리로 운영되는 정기적금 같아서 몇 번의 경험으로도 잔고가 불어났고, 마

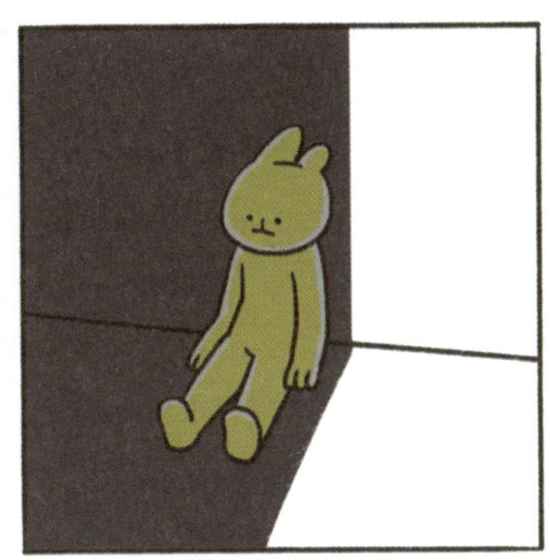

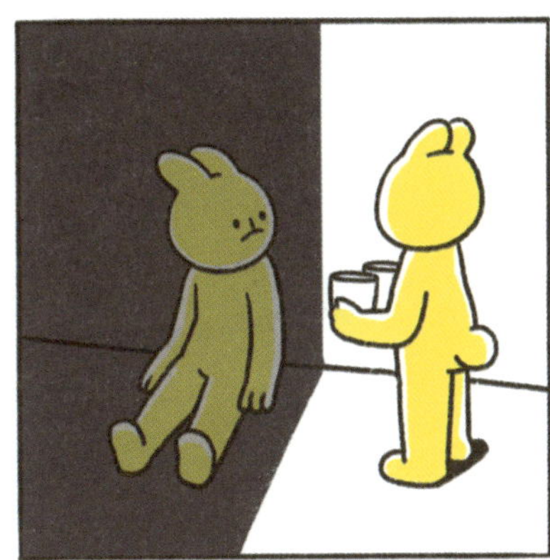

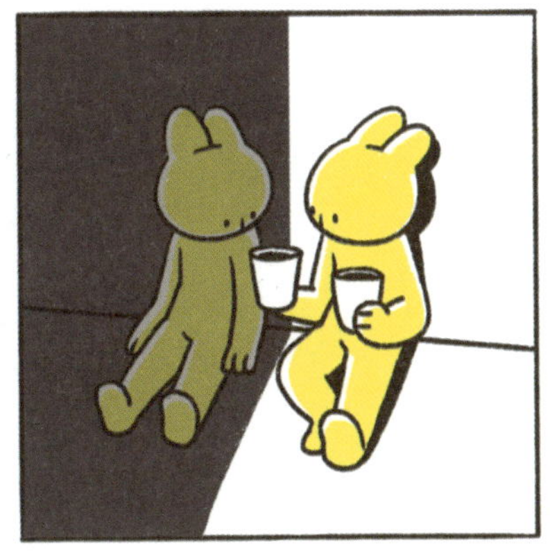

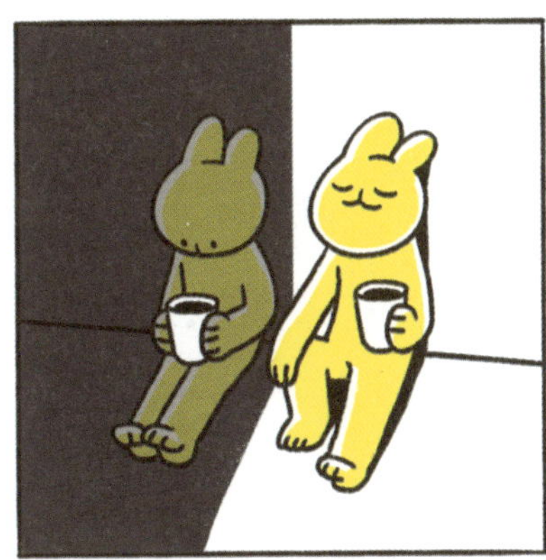

음이 힘든 상황에 처하면 주저 없이 인출해 나를 격려하는 데
쓸 수 있을 정도로 넉넉했다.

　　손에 쥔 것과 마음에 남아 속을 부대끼게 만드는 것
이 0에 수렴할수록 봉사활동이 주는 월이자는 커졌다. 내가
한 일에 비해 얻은 기쁨이 훨씬 컸고, 그 기쁨을 밀폐용기에
꽉꽉 채워 허기질 때마다 꺼내 먹고선 기운을 차린 일이 여
러 날이었다. 결국 도움을 받은 건 나였다. 그러니 하지 않을
이유가 없다.

11TH MOMENT SUMMARY

조건 없는 베풂을 통해 자기 존재를 존중하는
힘은 삶의 내면을 지탱하는 기반이 된다.

신호

—

그만두는 마음

급소가 아니어도 상관없었다. 가벼운 잽도 성실하게 들어오면 부위가 어디든 치명타가 됐다. 당연하다. 모래 알갱이도 한 알씩 꾸준히 뭉치면 미국 대통령 얼굴을 새긴 러시모어산이 될 수 있을 테니까. 가벼운 잽을 참고 참다 치명타에 가까워지면 판을 뒤엎고 냅다 도망치고 싶었다. 누군가 도망친 곳엔 지옥이 있다고 하던데, 딱히 그렇지도 않았다. 오히려 도망치지 않고 끝까지 버틸 때, 그러니까 자존심을 다 내어주고 존엄까지 야금야금 내어주는 지경에 이르렀을 때 버티는 일은 독이 되기도 한다는 걸 알았다. 모든 걸 겪고 뒤늦게서야.

사는 일과 자존심이 샴쌍둥이처럼 붙어 있을 때, 둘의 분리 수술 이후엔 대부분 사는 일이 살아남았다. 살아남는 과정에서 느낀 찝찝함(주로 죄책, 수치, 모욕, 자괴, 창피함 따위들)은 더 나은 다음을 위한 노력의 동력으로 쓸 수도 있었다. 다만 밥벌이가 된다면 웬만한 일은 묵묵히 하기로 다짐했으니 이래저래 자존심이 긁히는 일쯤이야 혼자 부들거리고 말았지만, 그 선을 넘어 존중받지 못한 속으로 밥도 삼키지 못할 정도가 된다면 하고 있던 일에 어떤 의미가 있건 없건 망설이지 않고 그만두기로 했다.

삶은 시간이고, 시간은 수명이다. 수명을 팔아 하는

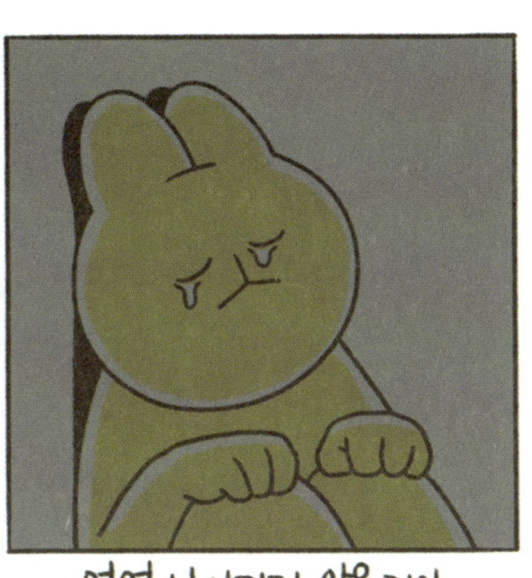
영영 나아지지 않을 거야.

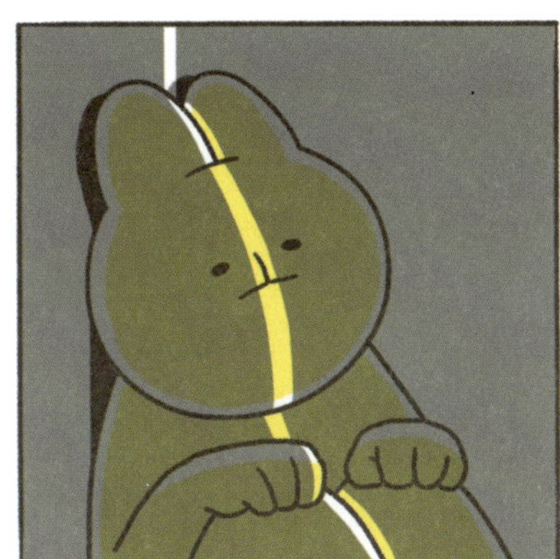
계속 이렇게 힘들 … 아?

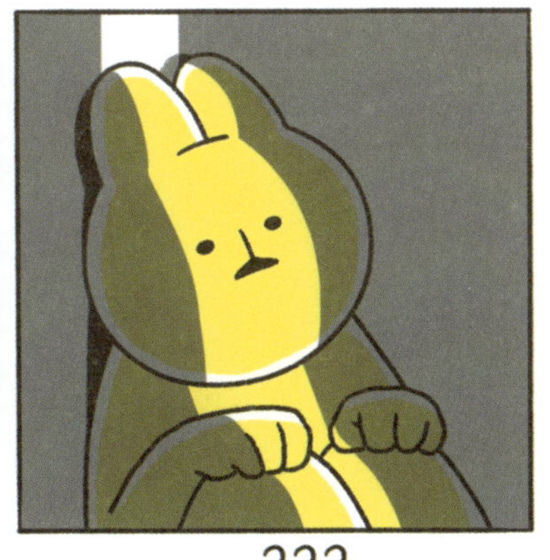
… ???

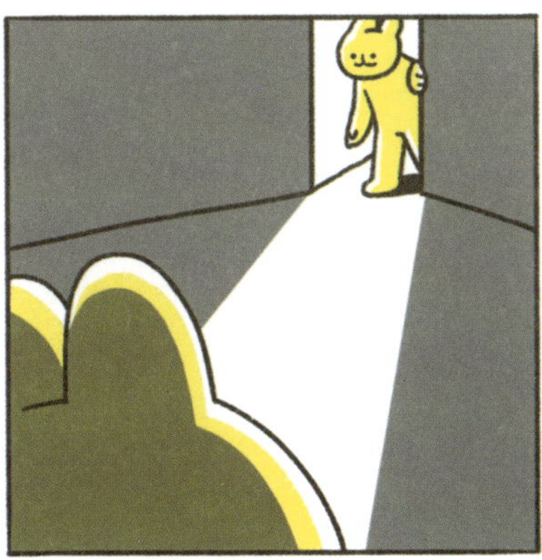

일이 나를 무너뜨리고 있다면 굳이 그 일을 고집할 이유가 무엇일까. 그렇게까지 하고 싶지는 않았다. 버티려 했다면 그럴 수도 있었겠지만 무턱대고 버티기만 해서는 안 될 것 같다는 위기감이 들었고, 이건 어떤 논리적인 이유보다도 무너지기 직전의 자신을 보호하는 힘이 됐다.

**정직한 자기 돌봄은 자기 존중을 훼손하는
타협은 거절하는 것을 전제한다.**

나를 이루는
세 개의 축

나는 나를 얼마나 받아들이고 있을까.

있는 그대로의 나를 바라보는 일은 생각보다 어렵다. 성취나 인정, 타인의 반응 없이도 나를 긍정할 수 있느냐는 질문 앞에서 선뜻 고개를 끄덕이기란 쉽지 않다. '잘난 나'는 쉽게 수용되지만 '흠 많은 나', '무능한 나', '감정이 흔들리는 나'는 거절당하기 일쑤다. 그러나 '자기 수용'은 나의 일부분만 받아들이는 선택이 아니라 불완전한 존재 전체를 껴안는 행위다. 나의 어설픔과 상처, 때로는 보기 싫은 모습들까지도 '그럴 수 있다'며 인정해주는 것이 자기 수용의 시작이다.

나를 받아들이기 시작하면 변화의 가능성도 열린다. 내가 무엇을 할 수 있는지를 체감하는 힘, 즉 '자기 효능감'은 여기서 싹튼다. 자기 효능감은 단지 '나는 잘할 수 있어'라는 맹목적인 믿음이 아니라 시도와 실패를 통해 조금씩 쌓아온 경험의 총합이다. 자기 수용이 나를 있는 그대로 인정하는 일이라면 자기 효능감은 그 '있는 나'가 삶 속에서 작게나마 무엇인가를 해낼 수 있다는 감각을 회복하는 일이다. 작은 성공 하나, 무사히 끝낸 하루가 나를 믿을 근거가 돼준다. 내가 나에게 기댈 수 있게 되는 것이다.

그리고 이러한 과정을 통해 비로소 '자기 존중감'이

자란다. 자기 존중감은 내가 나를 대하는 태도에서 나온다. 무엇을 성취했느냐보다 그 길을 어떻게 걸어왔는지를 스스로 알고 있다는 데서 비롯된다. 잘 해냈다고 여기는 순간보다 힘들었지만 포기하지 않았던 순간에 우리는 나를 더 신뢰하게 된다. 그런 과정을 몇 번이고 반복하다보면 남이 나를 어떻게 보느냐보다 내가 나를 어떻게 바라보는지가 더 중요해진다. 자기 존중감은 타인을 향한 존중과 이해로도 연결된다. 자신을 함부로 대하지 않는 사람은 타인에게도 그런 태도를 보인다.

자기 수용은 기반이고, 자기 효능감은 가능성이며, 자기 존중감은 그 모든 여정을 기억하는 태도다. 이 세 가지는 별개의 요소가 아니라 서로를 지지하고 북돋우는 정서적 순환 고리다. 결국 나를 돌본다는 것은 나를 있는 그대로 받아들이고 그 안에서 할 수 있는 일을 찾으며 그 길 위의 나를 존중해주는 일일지도 모른다.

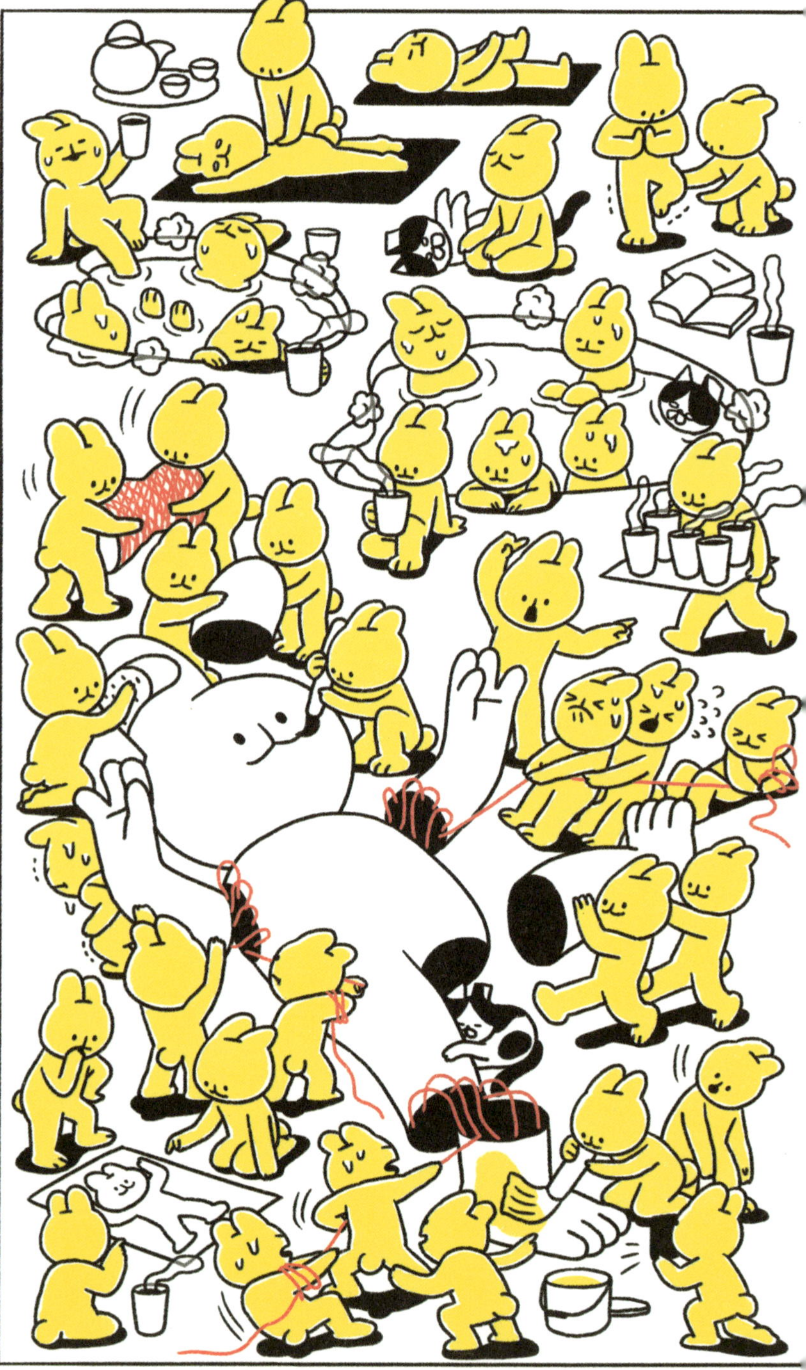

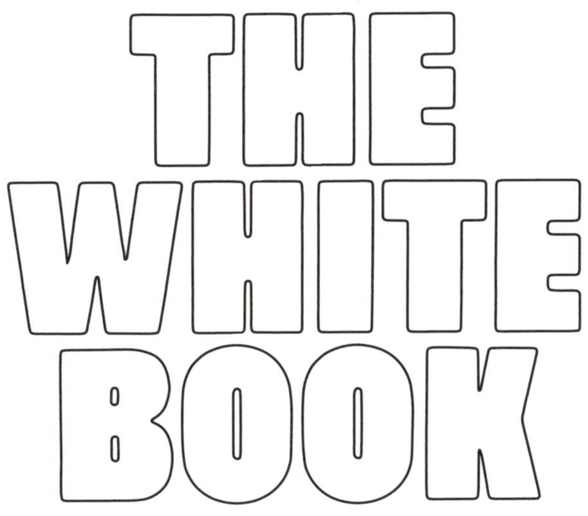

회복탄력성

자기 돌봄

강점 기반 접근법

다시 일어나는 법에 관하여

회복탄력성

무너진 자리에서 자신의 형태를 조금씩 되찾아가는 일,
망가진 자리를 기워가며 다시 살아내는 일

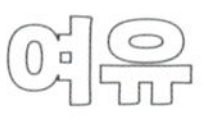

—

쫓기면 뭅니다

여유는 나의 정신에서 혈액뇌장벽(Blood-Brain Barrier, BBB)과 같은 기능을 했다. 혈액뇌장벽은 몸에서 뇌로 물질이 들어갈 때 뇌로 흘려보낼 것과 막을 것을 구분해주는 구조물인데, 여유도 이와 비슷했다. 그건 마음 저변에 깔려 있는 비도덕적, 비윤리적, 비사회적인 생각이 날뛰지 못하도록 스스로를 보호하고 배려나 이해, 협력처럼 인간관계를 유지하는 데 중요한 필수 요소들은 적극 받아들이도록 했다.

여유를 잃을수록 나는 오만하고, 건방지고, 무례한 태도를 드러냈고 무시, 경멸, 모멸감을 무한 생성하는 부정적 사고를 이어갔다. 이런 때면 이상적이라 여기는 나의 모습에서 아주 멀어져버리고 마는데 그 모습을 다른 사람에게 보이는 것도 싫었지만, 스스로 자신을 꼴불견이라고 생각하는 건 더욱 싫었다. 그보다 더 최악인 건 여유를 잃은 나를 알아보고 "그저 지쳐서 날카로워진 것뿐"이라며 자기가 가진 여유를 나눠준 사람에게까지 상처를 줬다는 점이다. 나긋한 상태가 아닌 걸 알면서도 나를 위로하는 사람이라면 내가 무슨 말을 하건 당연히 들어줄 거라는 확신에 이르자 나는 선을 넘었다. 내게 내민 호의를 두고 "누가 이런 거 바란다고 했어?"라는 말로 비아냥댔다. 속으로는 '고마워'가 먼저 떠올랐지만 말이 나오지 않았다. 나는 그런 나에게 경악했다. 놀람과 당

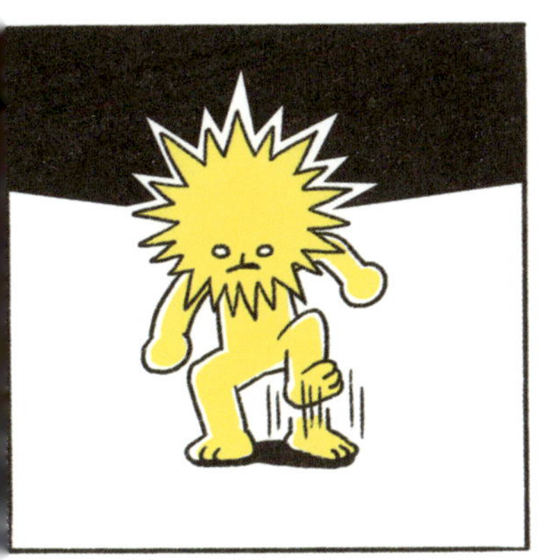
싫어, 싫어! 싫다구!

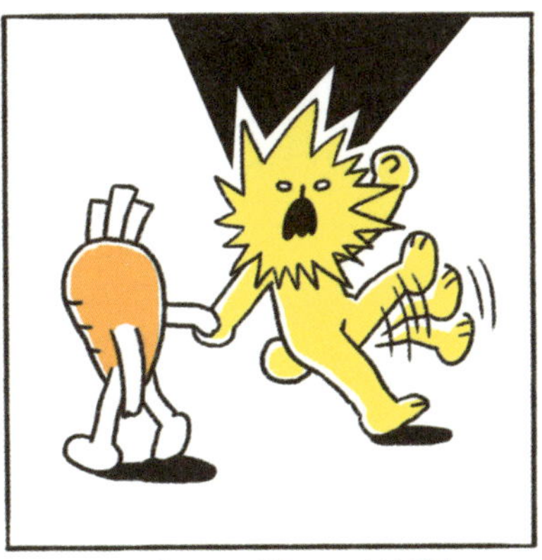
꺼져, 꺼져! 꺼지라구!

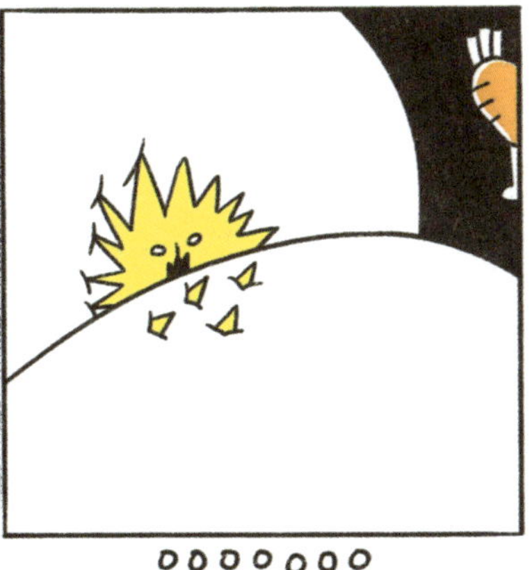
ㅇㅇㅇㅇㅇㅇㅇ
잔다고 뭐? 나아져? 어?

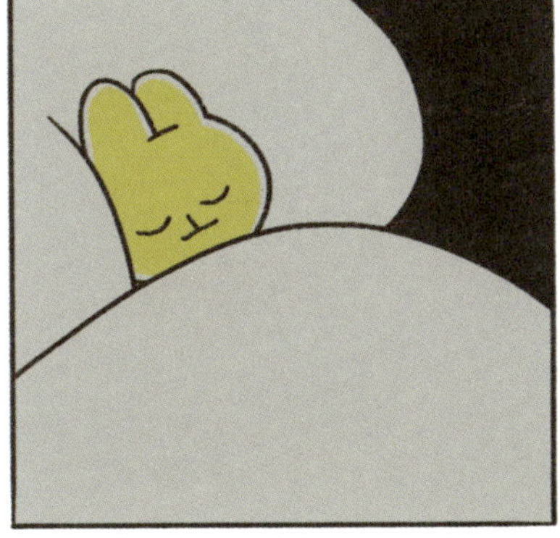

혹감이 지나가자 슬픔과 우울이 남았고 그 감정을 수습하며
후회와 실망이 겹쳤다.

　　여유를 가지라는 말은 느긋하게 인생을 누리라는 의
미가 아니었다. 여유가 사라지면 자신에게도 남에게도 난폭
해지고 결국 상처를 남기게 될 테니 미리 제 마음을 살피라
는 말이었다. 이 뜻을 알았다고 항상 그에 맞게 지내진 못했
지만 적어도 마음이 빡빡해지면 어떤 종류의 여유든 가지려
노력했다. '가졌다'가 아니라 '노력했다'에 방점을 찍으면서.

스트레스 상황에서 챙기는 여유는 균형을 회복하려는 노력.

회복탄력성

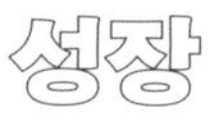

성장

—

싫지만 좋다

시작부터 무모하다 싶은 일이 있다. 주로 한참 모자란 능력을 본체만체하고 질러버린 일이 그랬다. 잘할 수 있다고 생각만 할 때는 정말 잘할 것 같았는데, 실전에서는 하면 할수록 엉망이 돼가는 일. 잔을 잡으면 깨지고, 종이를 들면 찢어지고, 문을 밀었더니 박살 나는 형국이었다. 한 발 한 발 디딜 때마다 연못 위의 쿠크다스로 만든 다리를 걷는 듯 위태했던 과정들이 마침내 거칠게 내 어깨를 밀쳤다. 거기서 가진 거 다 털어놓고 냅다 도망쳤어야 했는데, 쓸데없는 자존심으로 달콤한 솜 주먹을 휘두르다 신나게 얻어맞고선 바닥으로 나동그라졌다. 얼굴이 곤죽이 됐으면서도 싫지만은 않았다. 엉망일수록 세상에 어떤 역할을 하고 있다는, 그렇게 무언가 하고 있다는 느낌을 받았다. 문득 쉼터 학생들에게 강연했던 날, ARS 응답기처럼 기묘하고 낯설지만 똑 부러지게 설명하던 한 아이의 말이 기억났다. "죽을 것 같다고 진짜 죽는 건 아니에요. 죽는 게 어디 쉬운 줄 알아요?" 90도로 허리를 숙이며 "아이고, 선배님!"이라고 부르고 싶을 정도로 수긍했다. 학생의 말처럼 웬만해선 삶의 밑바닥에 닿는 것도 쉽지 않다. 나는 나의 밑바닥으로 내팽개쳐진 적이 있었나? 기억에 없다. 그랬어도 이미 잊었다.

지쳐서 못 할 것 같아도 조금 지나면 '다시 해볼

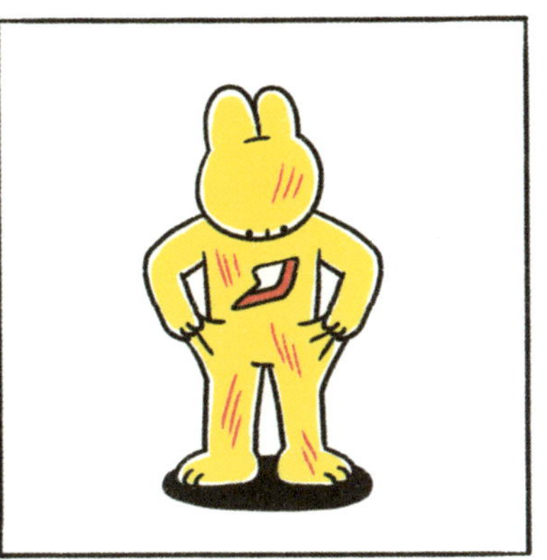

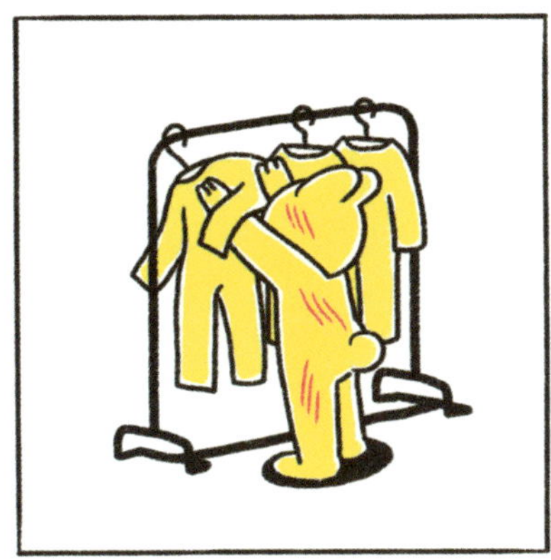

아⋯이건 좀⋯

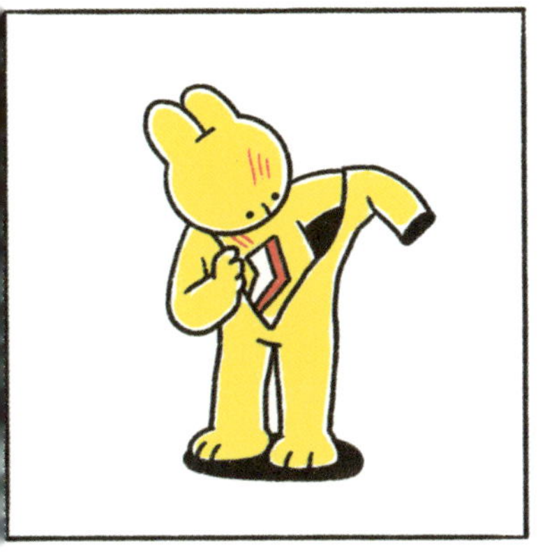

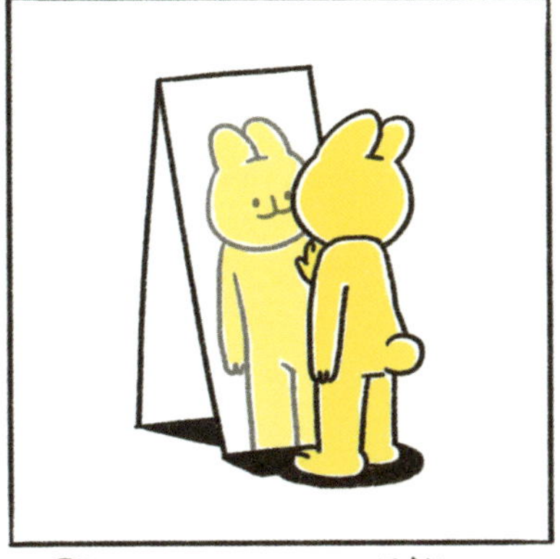

됐다. 이제 나가도 괜찮겠어.

까……’ 했다. 다시는 쳐다보기도 싫다고 고개를 획 돌렸지만 이내 슬쩍 눈길을 줬다. 좌절에 대한 내 마음이 그랬다. 나는 깨지고, 찢어지고, 부서지는 일 다음에 덧붙이고, 잇고, 고쳐가며 달라지는 나를 보는 게 좋았다. 그래서 싫으면서도 좋았던 것 같다. ‘천천히 빠르게 처리해주세요’처럼 앞뒤 안 맞는 말이지만 그렇게밖에 생각되지 않는다.

14TH MOMENT SUMMARY

실패로부터 일어난 자신을 덧붙이고, 잇고, 고쳐가며 자기다움을 회복한다.

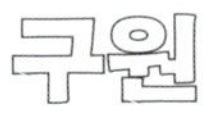

구원

—

혼자 할 수 없어

힘들다고 웃을 일 없지 않고, 길을 잃었다고 영원히 헤매지 않는다. 지난날이 오물과 자갈로 뒤덮인 비포장 흙길이라도 앞으로도 그러리라 확단할 수 없고, 지금이 어둡다고 내일도 같은 어둠일 거란 법은 없다. 언제든 모든 일이 생기는 현장을 벗어나 아무 일도 생기지 않는 곳으로 갈 수 있다.

다만 이건 혼자 할 수 있는 일이 아니었다. 혼자 하려 애쓸수록 나아가는 거리보다 드러누워 뒤로 구르는 거리가 훨씬 길었다. 앞으로 가기 위해서라도 타인의 도움을 거절하지 말아야 했다. 여기서 타인은 가까운 지인이 될 수도 있지만, 확인된 관계에서만 도움이 탄생하는 건 아니었다. 내 생활권 바깥에 있는 이의 도움도 드물지 않았다. 누가 봐도 남의 도움이 타당한 시점에서는 그들의 도움이 오면 오는 대로 그냥 두면 됐다. 빵을 주면 받아먹고, 커피를 주면 얻어 마시고, 수제 비누를 건네면 씻을 때 쓰고, 스트레스 완화용 오일을 주면 손목과 귓등에 바르고, 나의 어깨를 다독이면 다독임을 받고, 유머를 건네면 웃고, 나를 대신해 울어주면 나도 울고. 나는 먼저 손을 뻗지도 않았고 거절하지도 않았다. 그저 멀뚱히 서 있었지만 봄철 논에 물을 대는 것처럼 도움은 정수리로, 어깨로, 귀와 코와 혀로 빈틈없이 내게 닿았다. 말라비틀어져 쩍쩍 갈라진 틈을 촉촉이 채운 그들의 호의는 식용수

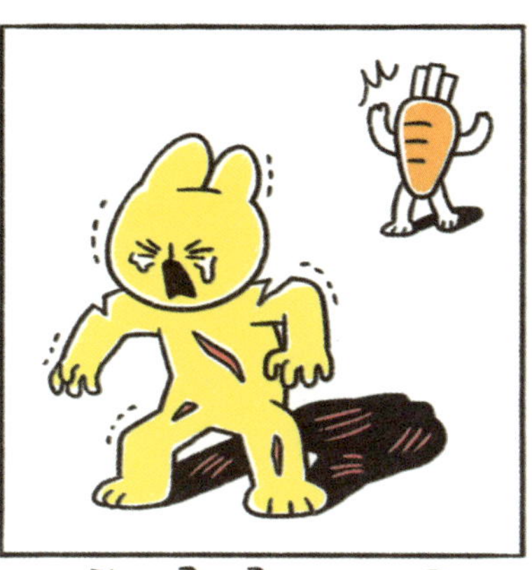

어찌할 바를 모를 정도로 힘들 때

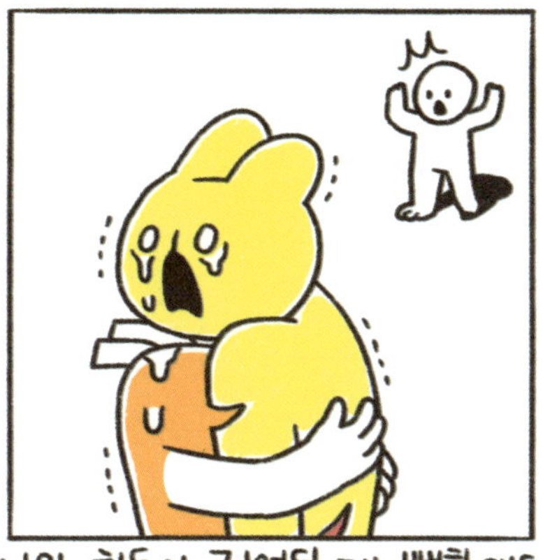

나의 힘듦이 전염될 게 뻔한데도

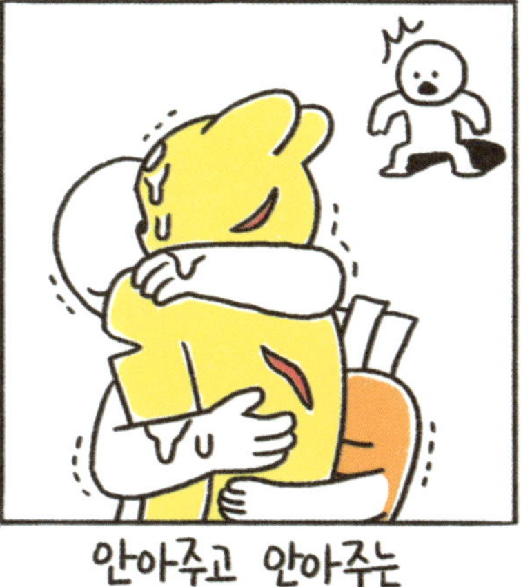

안아주고 안아주는

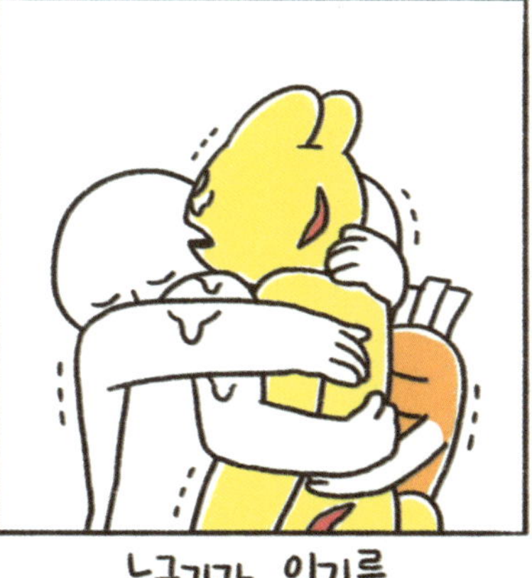

누군가가 있기를

를 넘어 생명수가 됐다. 다시 무언가를 심고 싶어졌다. 그것
이 일이거나 관계거나 혹은 보답이거나 작은 무엇이라도 심
어 싹을 틔워보고 싶은 열망이 생겼다.

　　어쩌면 자신에게 이렇게 물어야 할 것 같다. "다른 사
람의 도움을 사사건건 밀쳐내고 그렇게 나를 고립시킨 이유
가, 매몰차게 대했던 그 이유가, 대체 뭐요? 어디 들어나봅시
다." 그리고 중언부언으로 답을 얼버무리는 자신을 그냥 보
내지 않고 약속을 받아내고 싶다. 언젠가(그리 머지않을 것 같지
만) 다시 엎어지고 넘어지고 구르고 깨질 때엔 지금처럼 가만
히 서 있지 않고 열심히 도움을 구하겠다고. 그렇게 얻은 힘
으로 나 역시 홀로 버둥대는 누군가에게 호의를 갖고 물을 대
듯 도움을 흘려 보내겠다고.

15TH MOMENT SUMMARY

타인의 도움을 수용하면서 얻게 되는
삶에 대한 회복력.

해법

—

웃으면 끝

혼자 뱉은 말을 내가 들었다. 가장 먼저, 가장 가까이, 가장 크게. 마음이 깊게 상하면 한동안 직설적이고 거칠고 천박한 말이 만두처럼 속을 꽉꽉 채웠다. 그러다 터진 날카로운 말은 세상에 나와도 누구 하나 자르지 못하고 결국 나만 찌르고 사라졌다. 그걸 아니까 입 밖으로 꺼내고 싶지 않았다. 참을 수 있을 때까지 참으며 녹슨 칼날같이 조야한 말들이 사라지길 기다렸다.

무슨 말이든 생각할 수 있지만, 어떤 말을 꺼낼지 고르는 건 내게 달렸다. 내 귀에 들려 기분 좋아질 말을 택하는 건 쉬웠다. 다만 속이 좀처럼 진정되지 않아 화가 끓는 상태에서 그 쉬운 일이 쉽게 되지 않는 날도 있었다. 그때 쓸 독백 대사를 하나 마련했다. 이미 임상도 수차례 해봤는데 효과가 좋았다.

"인생 참 뭣 같네."

대명사 '뭣'에 무엇을 대입하냐에 따라 말의 기운이 확연히 달라졌다. 일이 안 풀리다못해 앞구르기 뒤구르기 사방팔방 발광을 하면 '뭣'을 적당히 좋은 것으로 바꿔 중얼거렸다. "인생 참 그림 같네"라고 혼잣말을 하면서 피식댔다. 뜻대로 안 풀리는 그림 같은 인생은 대체 어떨까! 보나 마나 엉망진창이겠지. 어차피 마구 칠해진 마당이라면 다른 색

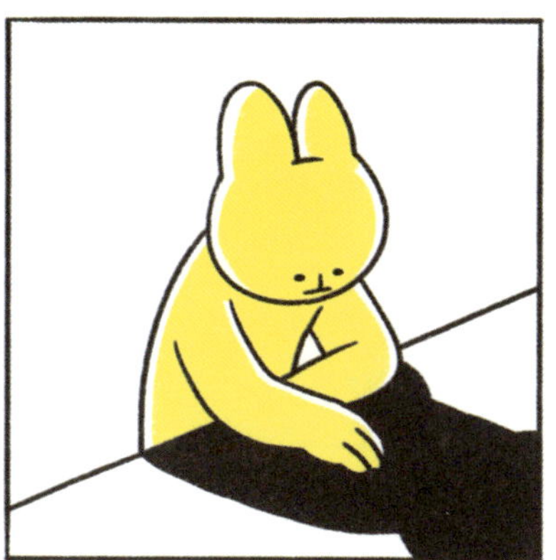

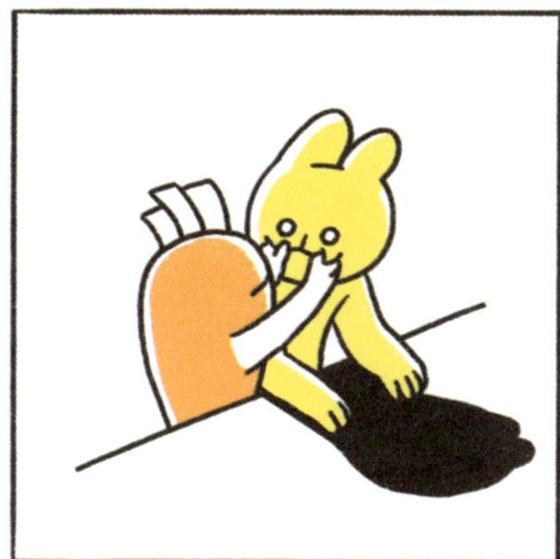

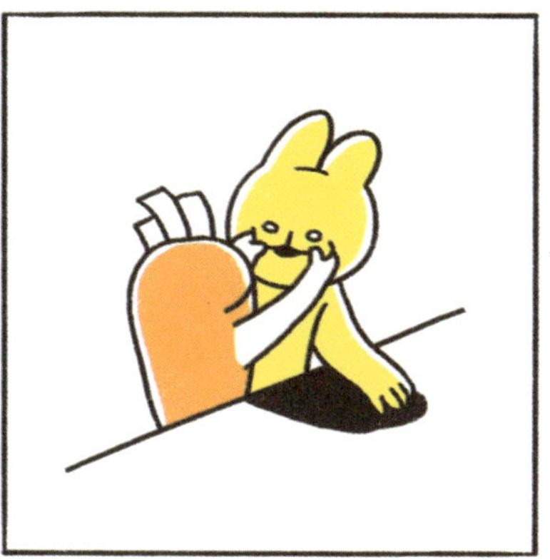

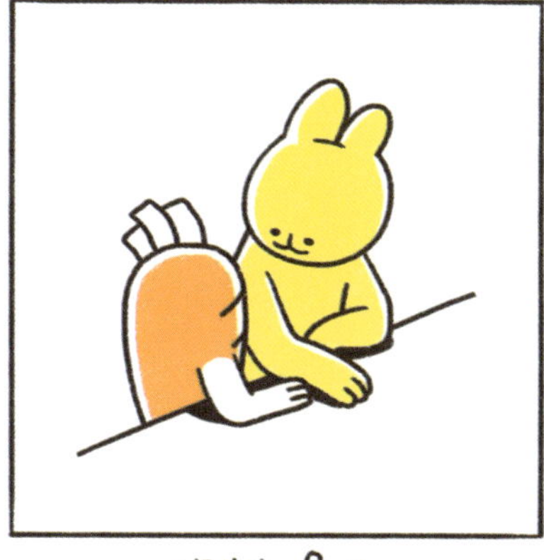

이제야 웃네.

도 칠해볼까 싶었다. "인생 참 책 같네"라고 하면 꼬이고 꼬
이는 이야기가 재밌기 마련이라더니 아주 읽을 만한 게 많겠
다 싶었고. "인생 참 빵 같네", "인생 참 맥주 같네", "인생 참
노을 같네" 하니 뭘 넣어도 일단 웃음이 샜다. 웃으면 끝이었
다. 미치고 팔짝 뛸 것 같은 마음을 팔짝 뛰기 전까지로 순식
간에 돌려놓았다.

유머와 긍정적 표현으로 마음을 다독일 때 훨씬 빠르게 회복되는 마음.

자기 돌봄

자신을 다독이는 말 한마디를 건네고
청소를 하고 식사를 챙기며 스스로를 일으켜 세우는
단순하고도 단단한 벽돌을 쌓는 일

노동

—

움직일수록 이너피스

돈만 벌기 위한 일, 특히 보고 단계가 첩첩산중이거나 종이에게 석고대죄라도 해야 할 정도로 불필요한 서류작업을 끊임없이 하다보면 울컥 부아가 치밀다가 팍 식은 자리에 자괴감이 고인다. "이게 다 무슨 의미가 있어?" 어차피 아무도(자신을 포함해서) 알아주지 않으니 돈만 잘 받으면 충분할 것 같지만, 아니다. 오히려 돈만 남을 때 문제가 생긴다. 대표적인 증상이 번아웃이다. 물론 돈도 남지 않을 때가 많아서 더욱 번아웃에 시달리는 것 같지만. 내 시간과 노력 사이에 어떤 만족감도 심지 못할 정도로 마음이 황폐해지면 세상에 혼자 남겨진 듯 허망한 기분이 들고 존재의 의미가 사라졌다는 생각에 사로잡히기도 한다.

하지만 욕실에 더러운 줄눈을 박박 닦고, 창틀 먼지를 쓸어내고, 옷이 위태로운 젠가처럼 쌓여 있는 탑을 해체하고 정리하는 일은 그렇지 않다. 내가 청소가 되고 청소가 내가 되어 세상에 오로지 청소만을 남긴 채 털고, 쓸고, 닦고, 문지르고 나면 그렇게 뿌듯할 수 없다. 한파 특보가 내린 날 노천탕의 뜨끈한 온천수에 몸을 담갔다가 나온 후, 냉장고에서 소스라치게 놀랄 만큼 찬 맥주를 꺼내 선 채로 한 모금 마신 것 같은 개운함은 덤이었다.

시간과 노력을 갈아 넣는 건 비슷한데 어떤 일은 나

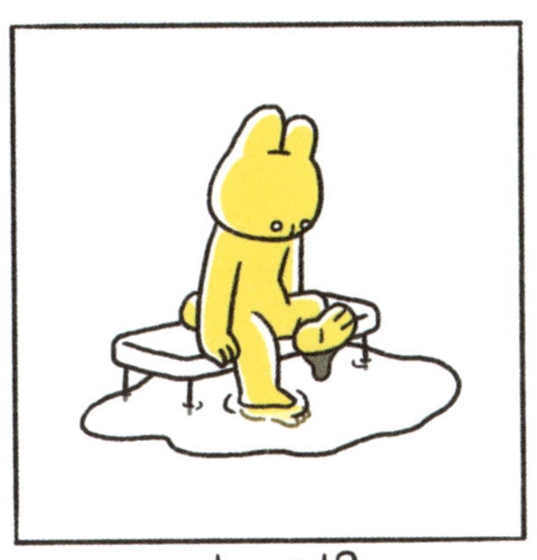
어…어?

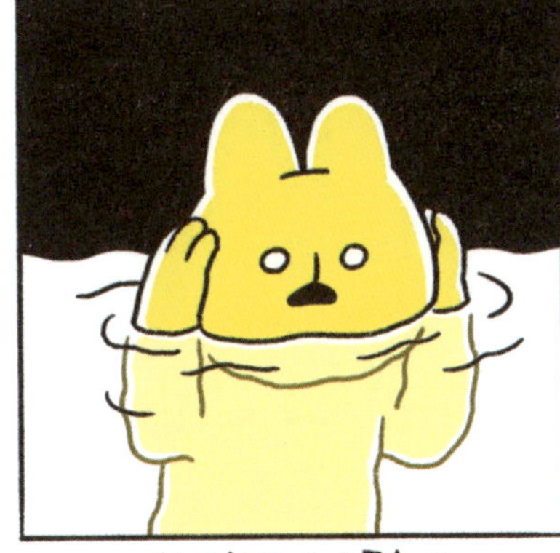
더 심해지기 전에

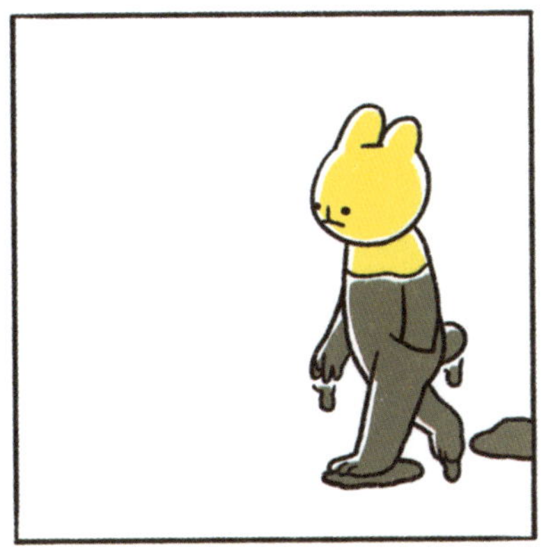
걷자, 걷다 보면…

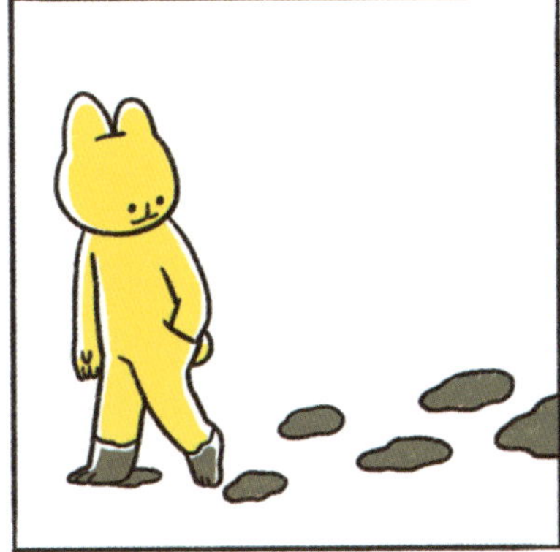

를 갉아먹고, 어떤 일은 나를 촘촘하게 채운다. 종일 시달린 일에 쏟아부은 나의 인생이 하수구로 버려지는 먹다 남은 라면 국물처럼 느껴져 난데없이 들이닥친 허무함으로 영혼이 이탈되는 기분이 든다면 청소를 하는 게 좋다. 몸을 움직이면 생각은 단순해지고 마음은 안정된다. 너무 단순 명료해서 '거짓말. 그럴 리가 없어'라는 생각이 들겠지만 사실이다. 오랜만에 꽤나 요란하게 움직인 날엔 몸에 붙인 파스 개수 이상의 보람으로 잠자리에 누워서도 펄떡이는 활력을 느끼곤 했다. "오늘도 참 잘 살았다"라는 말을 잠꼬대처럼 종알거리다 스륵 잠들 수 있었다.

지친 마음은 손으로 할 수 있는 일을 통해
주도적으로 회복된다.

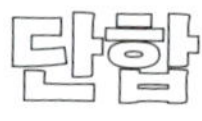

단함

겨우겨우 사이좋게

아무리 심각한 문제라도 내 삶을 계속해서 망가뜨리지는 못했고(앞으로의 일은 모르겠다), 당시엔 재앙이라고 절망했던 일도 지나보면 딱히 그렇지 않았다. 심지어 대부분은 난감함과 사소함 사이를 오갔음에도 야단을 부렸으니 나의 엄살 수준은 리커트 5단계 척도에서 '매우 그렇다'에 체크돼 5점을 기록할 만했다. 그렇지만 소란 피우지 않아도 되는 정도라는 걸 알아도 마음은 달랐다. 다 아는데 안 되는 게 있었다. 내가 나를 데리고 살면서 종종 내 손을 뿌리치고 멀리 도망간다든가, 말도 안 되는 걸 해달라고 드러누워 생떼를 쓴다든가, 어르고 달래도 며칠을 빽빽 운다든가, 원하는 대로 해주지 않았다고 입이 댓 발 나와 말 한마디 안 하고 불퉁해져 심통을 부릴 때면 내게 주어진 인생의 대주제이자 궁극적 목표는 역시 '나나 잘하자'가 아닐까 싶다.

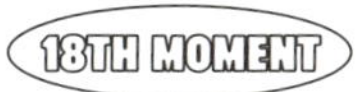

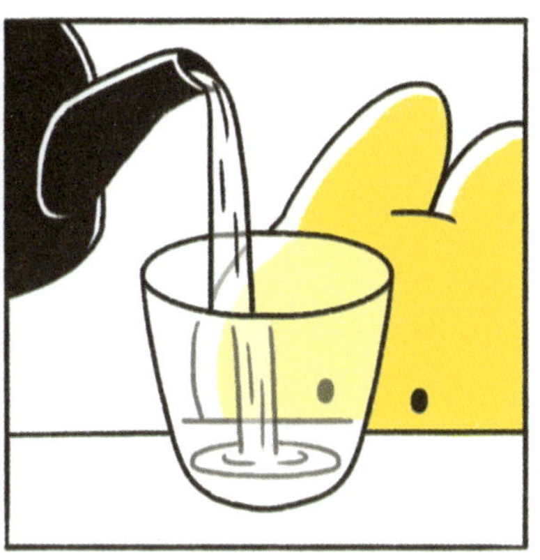

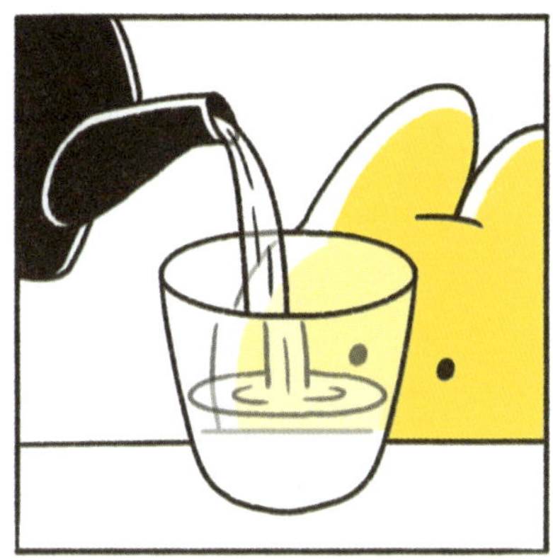

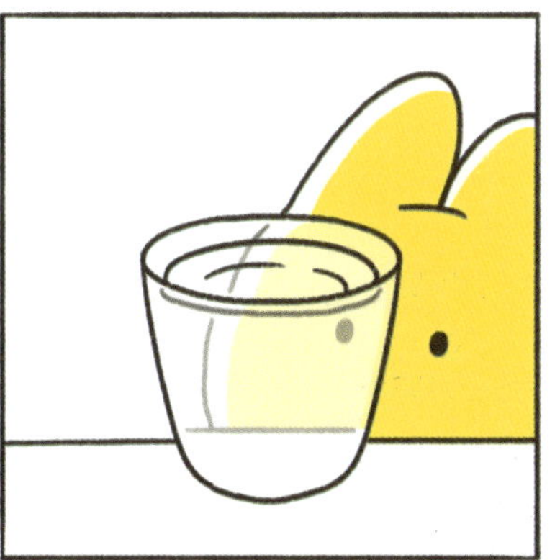

내 마음도 이렇게 볼 수 있다면

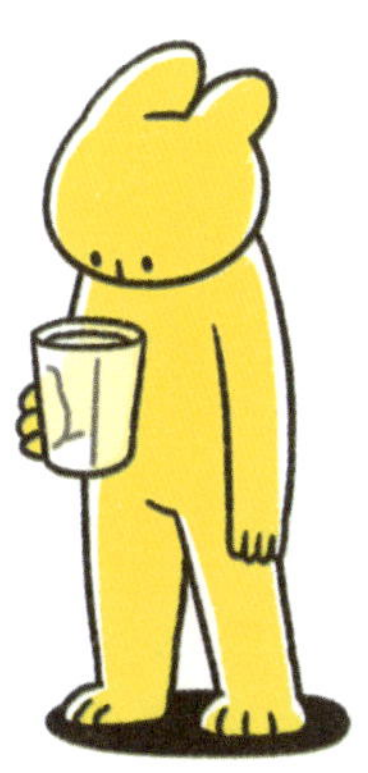

얼마나 좋을까.

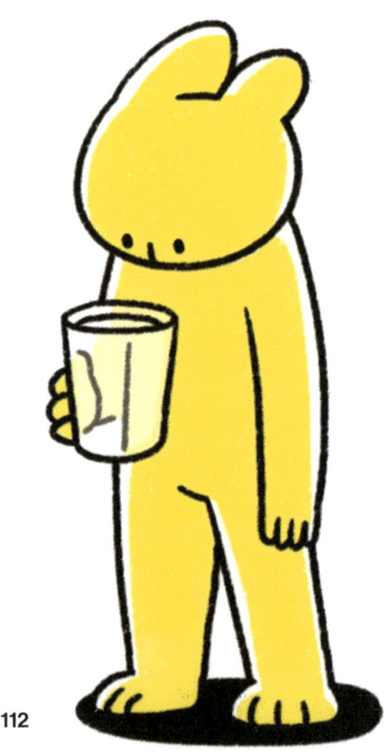

18TH MOMENT SUMMARY

자기 비난이 이어진다 해도 나를 이해하고 다정하게 돌보고 싶은 마음.

전환

—

가벼움을 만나면

우울은 보드랍고 미지근했다. 내 체온과 비슷한 온도를 가진 우울의 말랑한 가슴에 안겨 있으면 그간의 수면 부족을 단숨에 보상받는 기분이었다. 이참에 깊게 잠들어 푹 쉴 수 있을 것만 같았다. 바로 그 점이 우울의 무서운 면이었다. 거부감 없이 침잠하게 만드는 기묘한 편안함. 한없이 가라앉는 자신을 끄집어내려면 역시 가벼워지는 수밖에 없지만 대체 그 '가벼움'을 어디서 구한단 말인가?

내게 '가벼움'이란 '살짝 들뜬 기분'이다. 가만 보면 그건 언제나 사방에서 데굴데굴 구르고 있었다. 한여름 대청소를 마치고 샤워를 한 후 아이스커피를 마시기까지의 과정을 들여다보면 이런 거다. 청소를 하면서 물건이 하나씩 제자리에 놓일 때, 머리카락과 먼지를 청소기로 빨아들일 때, 물걸레질을 시작할 때, 닦은 자리마다 광이 도는 걸 볼 때, 책장 구석 먼지를 훔쳐낼 때, 시커멓게 된 걸레를 확인할 때, 살짝 들뜬다. 이어서 땀으로 흠뻑 젖은 옷을 훌렁 벗을 때, 샴푸하며 머리를 벅벅 문지를 때, 몸에 묻은 거품을 씻어낼 때, 빳빳하고 깨끗한 옷을 입을 때, 냉장고에 넣어뒀던 차가운 유리잔을 잡을 때, '카랑' 하고 얼음 부딪히는 소리를 들으며 커피를 잔에 담을 때, 첫 모금이 목을 타고 내려가 위장에 닿는 순간! 쉼표 찍은 모든 때에 살짝 들떴다. 마늘 다지듯 더 잘

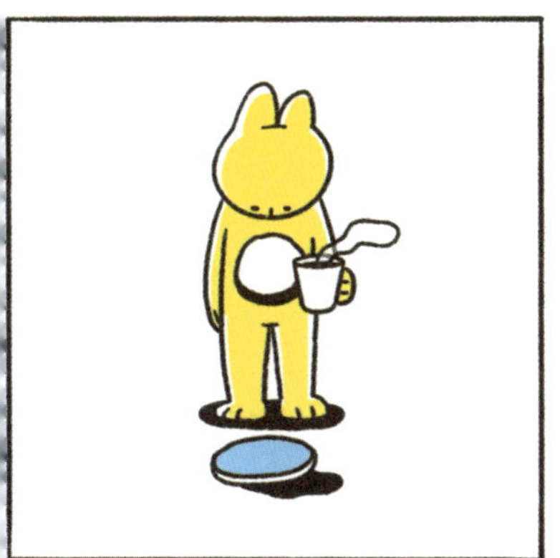
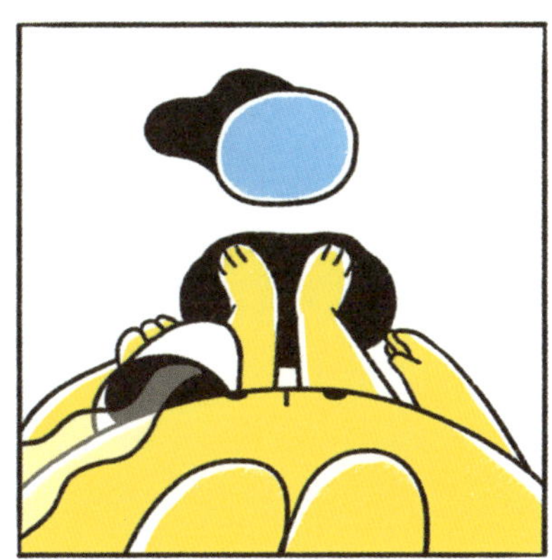
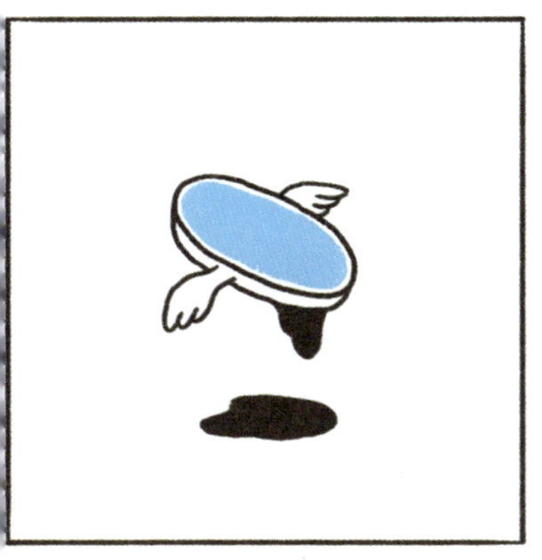
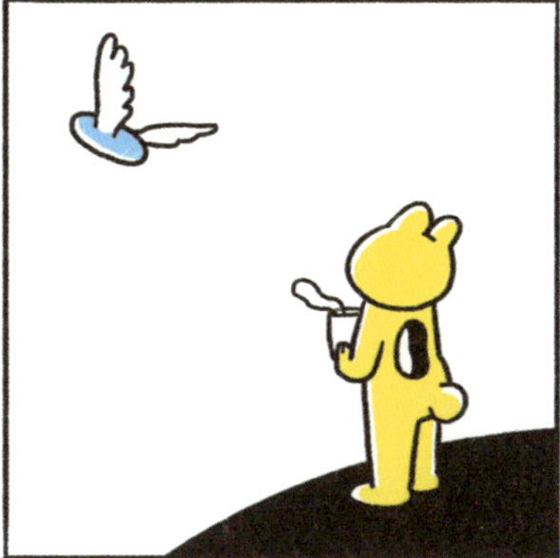

게 잘게 다지면 더 많은 '살짝'이 와르르 쏟아질 것이다. 그러니 이렇게 쉽게 찾을 수 있는 가벼움을 간혹 단 하나도 찾지 못한 날이 있다면 그건 내 눈이 어두워졌기 때문이다. 이유는 그것뿐이다.

가벼움은 내 마음에 들어와 무엇도 붙잡아두지 않고, 고인 곳마다 물길을 틔워 흐르게 했다. 기쁨이든 괴로움이든 너무 깊게 파고들지 못하게 했고, 밖으로 빠져나가 사라지게 했다. 내 안을 말끔히 비워내 바람이 오가도록 길을 열었다. 여름의 이른 새벽 공기처럼 상큼하고 싱그러운 가벼움에 마음을 내어줄수록 우울은 투명해졌다. 그렇게 우울과 헤어지는 줄 모르고 헤어졌다.

19TH MOMENT SUMMARY

**일상 속 감각으로 발견한 가벼움이
나를 우울로부터 회복시키는 과정.**

강점 기반 접근법

내가 무엇을 잘하고 있는지보다
무엇을 계속하고 있는지에 더 주목하는
유쾌하고 유연한 태도

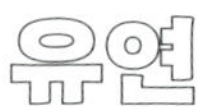

유연

—

완벽은 없어

하나의 일을 진행하는 과정에서 마주하는 문제는 장마철 신발 속으로 새어든 빗물에 발이 흠뻑 젖은 채로 걷는 것처럼 찝찝했다. 찝찝한 기분에 몰두해서 찝찝하게 만드는 데 힘을 쓸 때가 많았는데 그럴 땐 내 일을 가장 방해하는 사람이 나라는 걸 반박할 수가 없다. 버릴 건 버리고 넘길 건 넘겨도 되는 시시한 문제도 깔끔하게 해결하지 못하고 얼쩡댔다. 완벽한 과정은 없었다. 완벽하고 싶은 것과 완벽한 건 달랐고, 심지어 그 완벽이란 건 존재하지도 않았다. 대부분의 일은 변수를 해결하는 과정의 연속이고, 그 해결이라는 것이 답을 찾지 않고 대충 넘어가는 식이었어도 결과는 나왔다.

과정이 도무지 마음에 안 들어도 일이 되는 방향으로 어떻게든 나아가고 있다면, 그리고 그 일을 당장 그만둘 수 없다면 과정과 나의 방식 차이로 발생하는 잡음에 속까지 끓이는 건 얼마나 손해인가. 차근차근 짚어보면 일을 하며 생긴 문제들이 분명 마음을 불편하게 만들었고 그 정도가 심했을 때도 있었지만 불특정 대상을 향한 원망까지 끌어올 만큼은 아니었다. '젖은 신발을 신고 걷는 일은 아무것도 아니야. 어떤 꼴이라도 목적지에 가기만 하면 되는 거지. 이왕이면 얼른. 과정이 영 내키지 않지만 해야 하는 일이라면 차라리 빨리 해치워버리자'라고 내게 말했다.

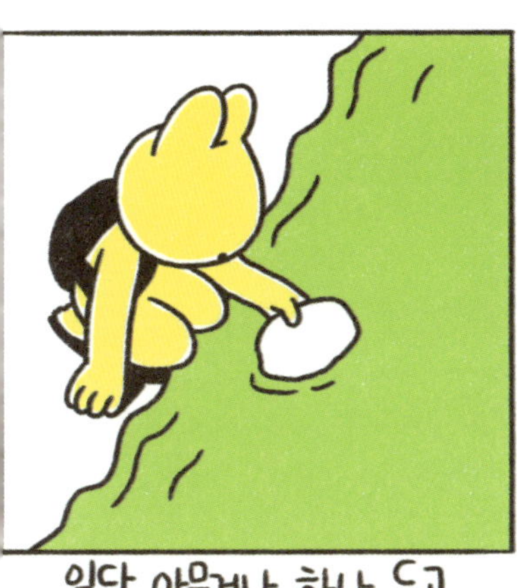
일단 아무거나 하나 두고

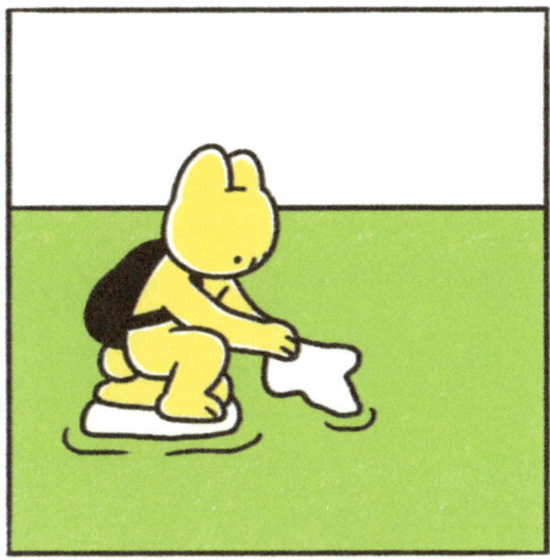
뭐든 다음에 놓고

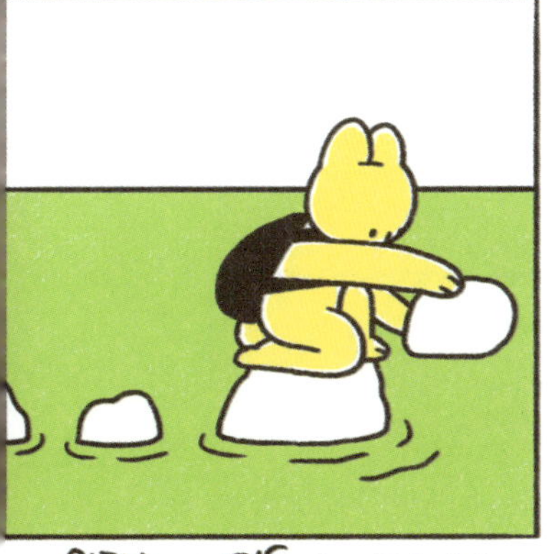
원하는 디딤돌이 아니어도

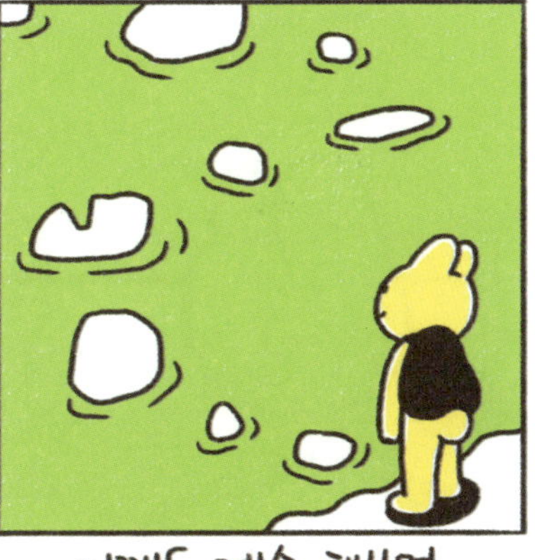
어쨌든 계속 해보면,

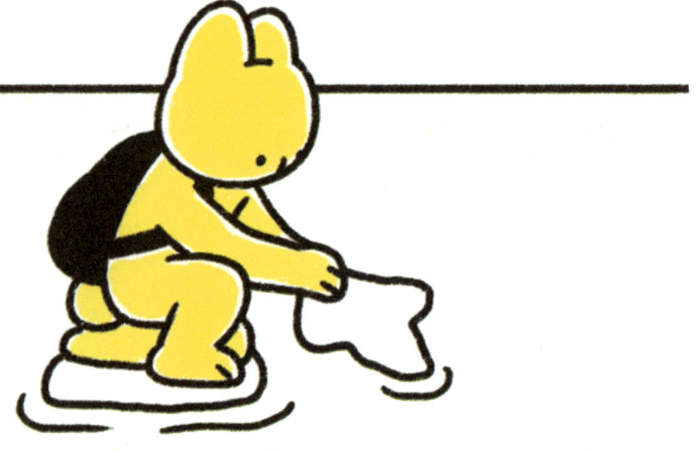

20TH MOMENT SUMMARY

마음이 덜 소모되는 방식으로 목적지에 도달하게 만드는 자기만의 문제 해결 방법.

유쾌

—

조금은 너그럽게

자신을 사랑하지 않아도 아무 문제 없다. 괜찮은지까진 잘 모르겠지만. 자신을 사랑하는 건 원래 어려운 일이다. 공개된 단점부터 나만 알고 있는 단점까지, 이 모든 걸 속속들이 알고 있는 내가 자신을 사랑하기가 어떻게 쉬울 수 있을까? 그렇다고 미워할 이유도 없다. 대상이 나라도 싫어하는 데엔 얼마간 적극적인 태도가 필요한데 그건 그것대로 피로한 일이어서 정신없이 바빠지면 미워할 시간이 모자라거나, 기운이 달려 미워할 힘이 없었다. 이런 점에서 자기를 미워하는 건 시간과 힘이 남아돌 때 하는 취미 활동 같았다. 틈틈이 마음에 안 드는 모습을 하나하나 골라내 기괴하게 조립해놓곤 나는 왜 이것밖에 안 되냐고 속상해했는데, 아무리 생각해도 그런 멍청한 일이 없었다.

나의 울퉁불퉁한 면에 바짝 갖다 댔던 현미경을 치우고 멀찍이 떨어져 망원경으로, 이왕이면 모든 뾰족한 것들을 매끄럽게 보정하는 뷰티 모드가 설정된 렌즈를 끼워서 바라봤다. '저런 점은 아쉽지만 고쳐보려 애써도 안 된 거니까 어쩔 수 없지', '이런 성격은 꼴 보기 싫지만 그 꼴 보기 싫은 모습을 주야장천 보면서도 이렇게 생겨먹은 자신을 데리고 사느라 나름 고군분투했구나'라고 생각했다. 거리감은 미운 점을 여러 면에서 바라보게끔 했고 슬며시 너그러움이 생

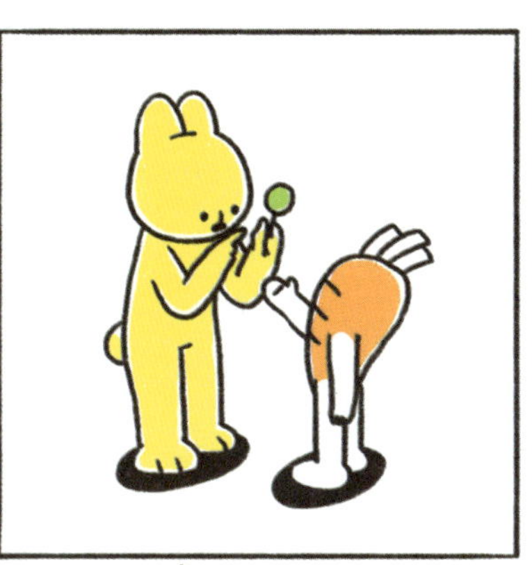
이걸로 날 찔러봐.

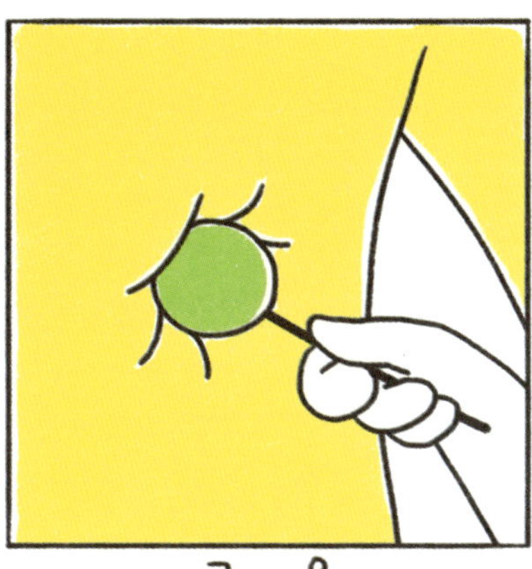
쿠—욱

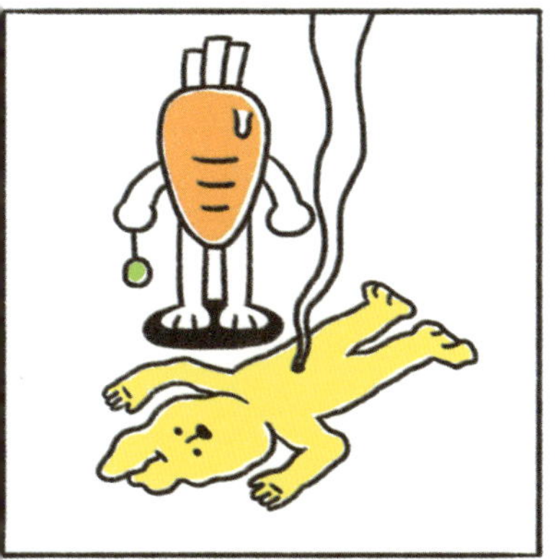
이런 거에 찔려도 쪼그라들 만큼

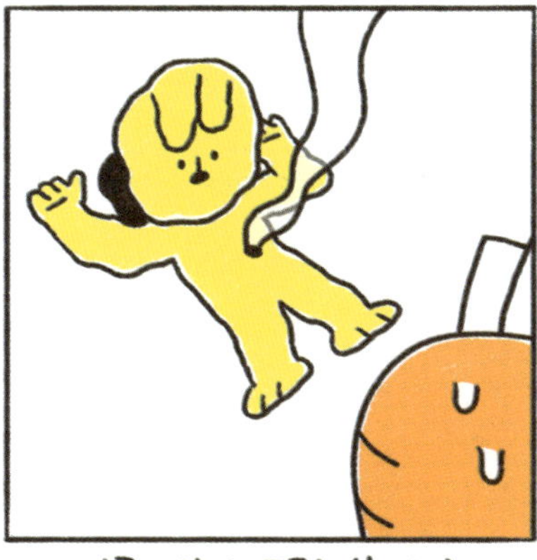
지금 내가 그런 상태야.

겼다. 그 덕에 조금 누그러진 마음으로 장난기를 담아 이게 싫고 저게 싫고 하나씩 골라내던 끝에 "아이고, 이런 나라서 괴롭겠다" 한마디 하고 만다. 못난 모습을 좁아터진 뒷주머니에 꾸깃꾸깃 감출 게 아니라 그냥 툭 터놓고 인정하면 그만이었다. "이렇게 못난 모습이지만 어쩌겠어. 생긴 게 이런 걸, 응? 그러니까 잘 좀 봐줘"라고 너스레를 놓고 눙치며 유쾌하게!

21ST MOMENT SUMMARY

자신의 취약한 부분을 유쾌하게 인정하는 태도를 통해 마음의 긴장을 완화시켜 자기 이해와 내적 자원을 단단하게 하는 힘。

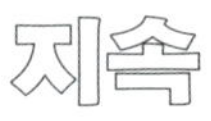

—

하고 또 하고

쓰지 못했다. 써야 했는데. 빈 문서 위에 커서가 출싹대며 깜빡였지만 결코 다음 칸으로 쉽게 넘어가지 않았다. 그건 자주 콘크리트 벽이었고, 무슨 짓을 해도 꿈쩍하지 않았다. (무슨 짓엔 춤, 노래, 울기, 소리치기, 손뼉 치기, 중얼대기, 비명 지르기, 머리카락 쥐고 흔들기, 엎드려 후회하기, 잠으로 도망치기, 넷플릭스 보기, 음주, 동거묘에게 하소연하기, 동거묘에게 부탁하기 등이 있었고 이 외의 행위는 지속적인 사회 활동을 위해 서술하지 않는다.)

이럴 때 망설이지 않고 도움을 요청할 만한 사람이 두 명 있다. 반려자와 30년 지기 친구. 의심 많고 좀스럽게 따지려는 성격이라 남의 말을 잘 믿지 못하는 내게 문학가 출신인 그들은 원고 집필의 정답에 이르는 과정에 필요한, 그야말로 《수학의 정석》에 나오는 해답지였다. 둘은 일단 웃었다. 그리고 "내 그럴 줄 알았지. 그나저나 나한테 이런 거 물어볼 시간에 한 단어라도 더 써야 할 텐데?"라고 말했다. 이미 경험한 자의 훔칠 수 없는 저 여유란. 그들의 말을 정리하면 이렇다.

"집에서 안 써지니까 카페로 가서 돈 써가며 쓰는 걸 한심해할 거 없고, 거기서조차 한 줄도 못 썼다고 너무 속상해할 것 없어. 끝까지 노트북을 닫지 않고 어떻게든 써보려고 아등바등하는 거, 뭐라도 쓰겠다고 물고 늘어지는 그 자

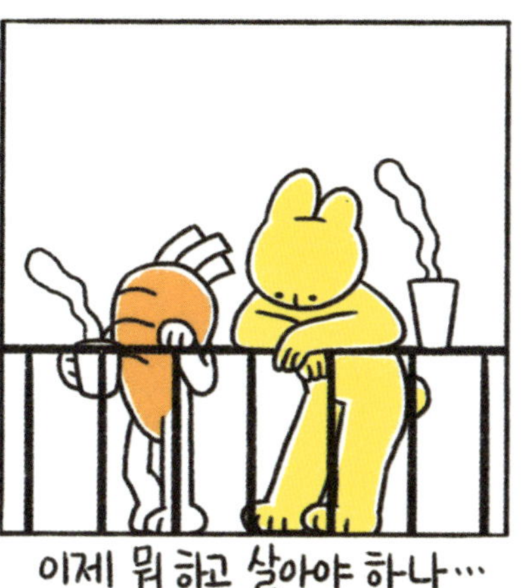
이제 뭐 하고 살아야 하나…

하…

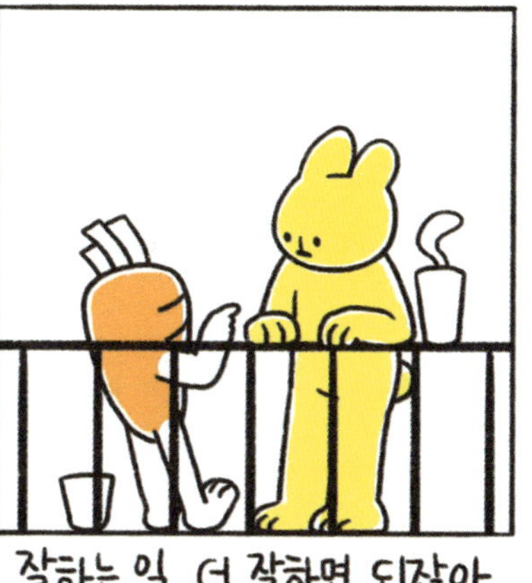
잘하는 일, 더 잘하면 되잖아.

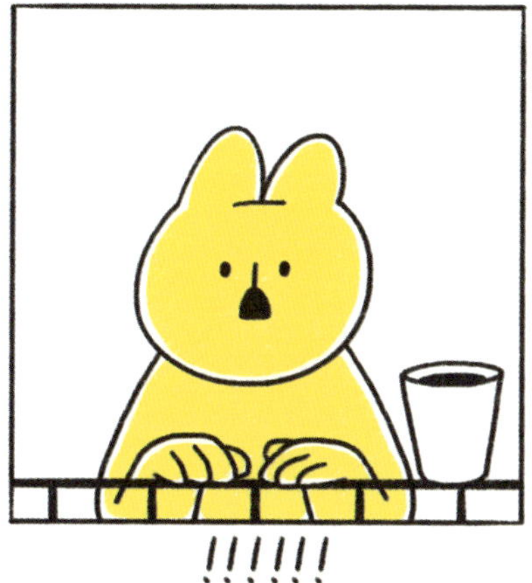
!!!!!!!

세가 중요한 거야. 그러면 결국 쓰게 돼. 너는 시간과 노력과
돈을 낭비했다고 말하지만, 이 과정에서 허비한 건 아무것도
없어. 모두 창작이야."

헛되게 쓰인 건 아무것도 없었다. 나도 그렇게 생각
했지만 내 생각이라고 하면 왜 이렇게 못 미더운지. 같은 말
이라도 신뢰하는 '남의 말'은 힘이 더욱 강했다. 두 사람의 말
을 믿고 콘트리트 벽 같은 커서를 여차저차 밀어가며 결국 썼
다. 물론 어떻게든 쓰는 동안 앞서 말한 '무슨 짓'을 여러 번
해야 했지만.

22ND MOMENT SUMMARY

지속하는 노력 과정 자체가
강점이 되기도 한다.

다시 일어나는 법에
관하여

삶은 언제나 예기치 않은 방향으로 흐른다. 준비한 만큼 흘러가지 않고, 예상한 대로 움직이지도 않는다. 우리는 때때로 힘겨운 국면에 빠지고, 그 안에서 스스로를 잃기도 한다. 결국 중요한 건 다시 일어나는 힘이다. 긍정심리학에서는 이를 '회복탄력성'이라 부른다. 무너진 자리에서 자신의 형태를 조금씩 되찾아가는 일, 망가진 자리를 기워가며 다시 살아내는 일이다.

회복탄력성은 단순히 참고 견디는 능력이 아니다. 오히려 상처 입은 자리를 끌어안고, 그것마저도 나의 일부로 삼는다. 그 과정에는 반드시 '자기 돌봄'이 함께해야 한다. 자신을 다독이는 말 한마디나 청소를 하고, 식사를 챙기고, 창문을 여는 단순한 움직임들이 스스로를 일으켜 세운다. 삶은 여전히 엉망일 수 있지만, 그 안에서 내가 나를 보살필 수 있다는 감각은 희미한 빛처럼 퍼진다. 자기를 돌본다는 것은 단단한 벽돌을 하나씩 쌓아 올리며 나를 무너지지 않게 지탱해 나가는 방법이다.

그리고 그때, 우리가 해야 할 일은 자신의 강점을 기억해내는 일이다. 긍정심리학은 '강점 기반 접근법'을 강조한다. 바닥에 주저앉아 있는 순간에도 내가 나를 조금은 유쾌하게 바라보는 마음, 완벽하지 않아도 나의 가능성과 노력을 신뢰하는 태도다. 유쾌함은 그리 가볍지 않은 시절에도 숨 쉴 구멍을 마련해주고, 유연함은 모든 상황에서 길을 찾을 수 있도록 한다. 우리는 무엇을 잘하고 있는지보다 무엇을 계속하고 있는지에 더 주목해야 한다.

회복탄력성과 자기 돌봄, 그리고 강점 기반 접근은 따로 존재하지 않는다. 하나는 다른 하나를 이끌고 세 가지가 서로 맞물리며 나를 지탱하는 기둥이 된다. 내가 나를 견딜 수 있도록, 그리고 내가 다시 살아갈 수 있도록 무슨 일이 있어도 나는 나를 일으킬 수 있는 사람이라는 믿음을 갖도록 말이다.

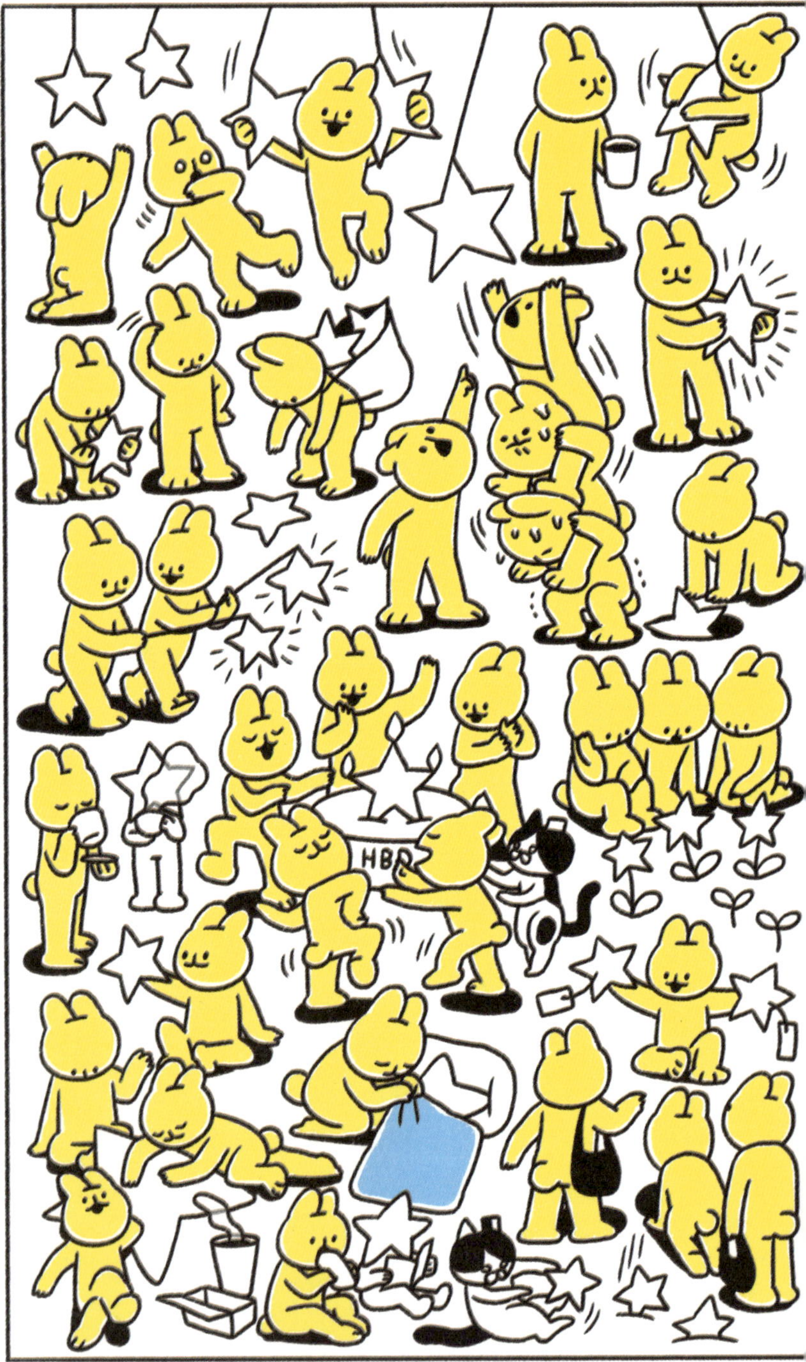
HBD

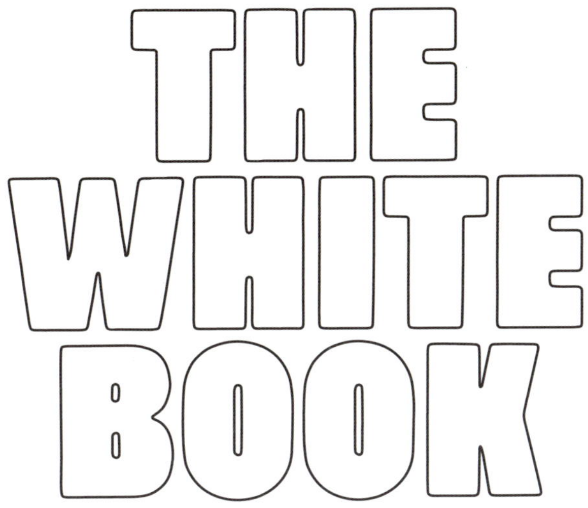

희망

주관적 안녕감

나로부터 걸어가는 삶

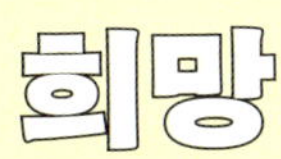

절망에 압도당한 순간조차
그 시간을 무의미하게 만들지 않겠다는
작고 미세한 선택을 반복하는 힘

복구

—

버리지 않는다

삶에 움푹한 흔적을 남긴 일에는 예고가 없었다. 상실, 낙오, 고립은 슬픔, 좌절감, 무력감, 실망, 절망과 함께 강도처럼 복면을 쓰고 갑자기 들이닥쳐 단출한 나의 공간을 알차게 부수곤 부리나케 사라졌다. 얼마나 거침없던지 그렇게 박살 나는 게 당연한 일인 것처럼 보일 정도였다. 하긴 그게 제 할 일이니 그만두라고 할 수도 없고 그때마다 "어, 어……" 하면서 보고만 있었는데, 예고 없는 일을 벼락같이 당하면 누구라도 그랬을 거다. 딱히 대처법을 연습할 기회도 없었다. 과연 대처법이라고 부를 게 있긴 할까? 이런 일들은 삶의 이곳저곳에 보조개를 만들었고, 강도 떼가 지나가고 조용해지면 엉망인 곳을 정리하고 파인 틈을 채우느라 버둥댔다. 조금만 더, 조금만 더…… 애를 쓸수록 며칠을 채우고도 남을 과도한 뿌듯함을 얻었다.

괴로워하고 원망하는 마음을 삼키며 일어섰다 주저앉길 반복하면서 다들 그만그만하게 산다고 생각할 때면 나의 적고, 좁고, 얕고, 가늘고, 연약하고 수척한 경험들이 특별하지도 극적이지도 않게 여겨졌다. 거의 사실이기도 했다. 그렇다고 아무것도 아닌 건 아니었다. 미세먼지 크기만 한 가시도 내 손에 박히면 날카로운 통증으로 우쭐대며 제 존재를 드러내니까. 출퇴근길 지하철 2호선 배차간격만큼 괴로움이

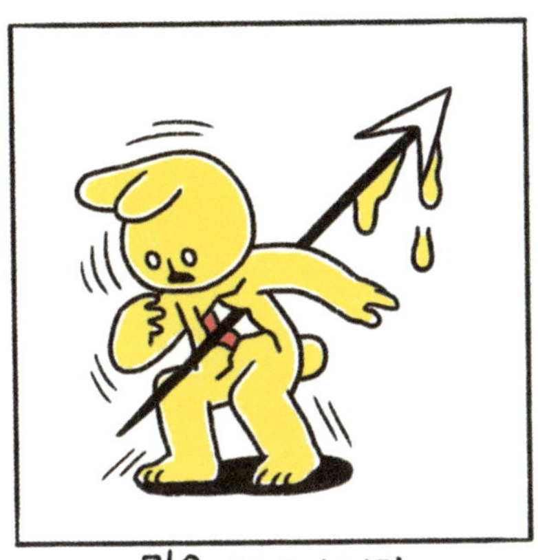

말은 지나가지만

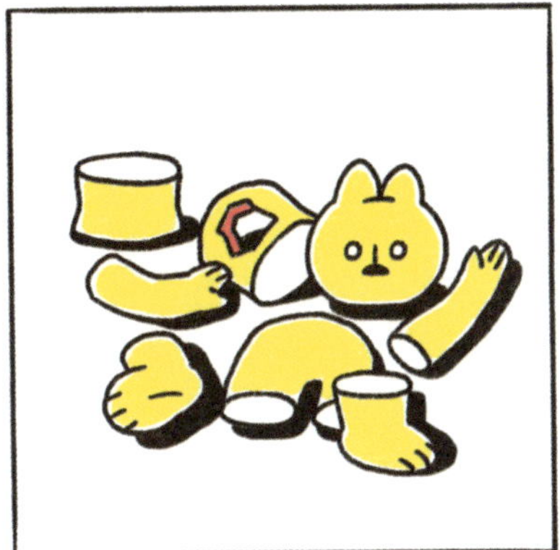

부서진 마음은 그대로

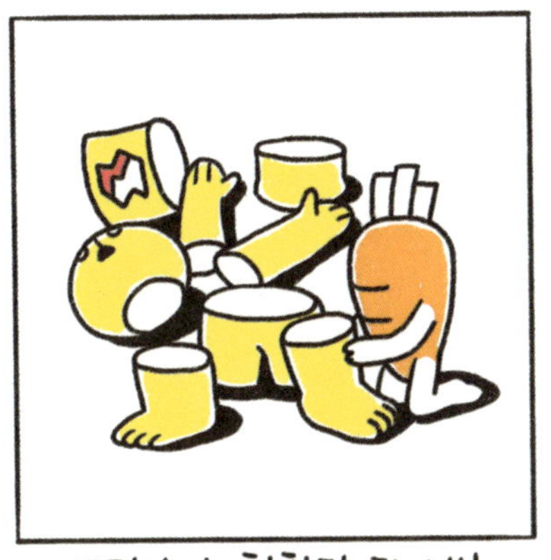

그러니까 천천히 하나씩

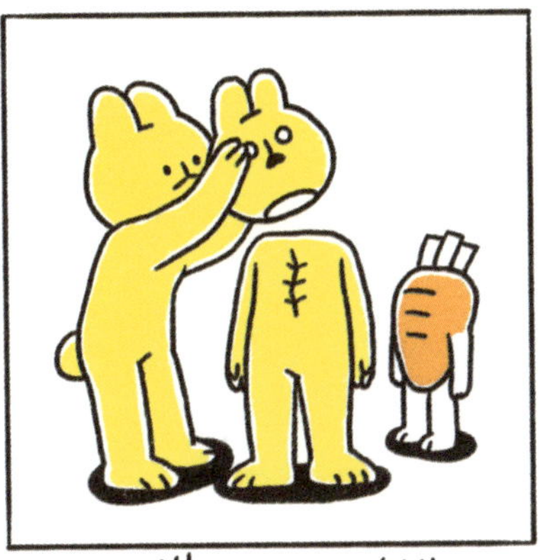

다시 쌓아나가는 수밖에

숨 가쁘게 이어졌더라도 폐기했어야 할 시간인가 하면 그렇
지 않았다. 모든 시간이 반짝이진 않았어도 힘들다고 버릴 시
간은 조금도 없었다.

삶이 부서져도 정리하고 복구하는
모든 노력은 말 없는 희망이
내 안에 존재하고 있다는 증거.

희망

시선

—

모범 답안

최악의 시기에도 최악만 있지 않았다. 하늘이 무너져도 솟아날 구멍이 있다고(조상님들은 어떤 세상에 사셨길래 이런 지혜를 남기셨나) 쓰레기 더미에 던져져도 찾아 쓸 물건이 있었다. 온갖 오물이 뒤섞이고 썩어 악취가 나고 문드러진 곳에서도 손을 뻗어 뒤적거리기만 한다면 뭐든 건질 수 있었다. 최악인 상황에서 가장 중요한 건 빠져나갈 방법을 찾는 일이었다. 그걸 기억하기 위해서 엉망인 자기 모습을 무시하는 노력이 필요했다. 그건 더럽고 치사한 일들 사이에서 상대적으로 깨끗하고 쓸 만한 무언가를 발견하는 것보다 백배는 어려웠다. 하지만 고약해진 모습을 보며 괴로워할 정신을 이 상황에서 벗어나는 데 쓴다면, 쓰레기 더미 속을 허우적거려도 빈손이 되지는 않았다. 두 눈으로 나를 볼지, 밖을 볼지 정하기만 하면 됐다. 그리고 무엇을 선택해야 하는지 이미 알고 있었다.

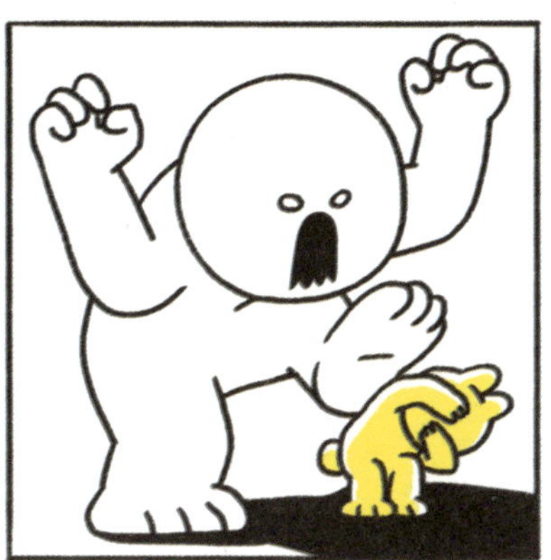

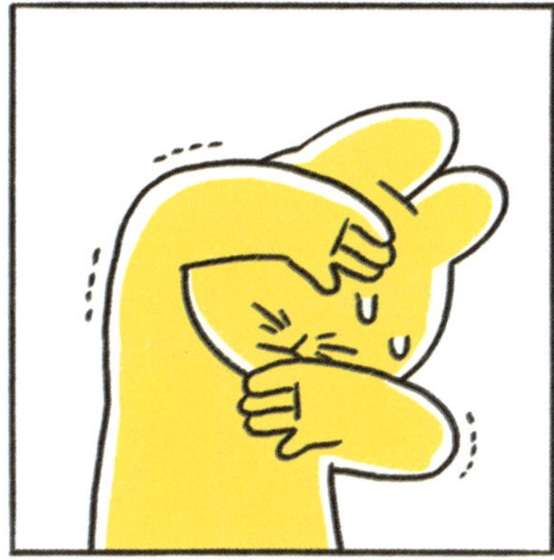
더…더는 안 참아…

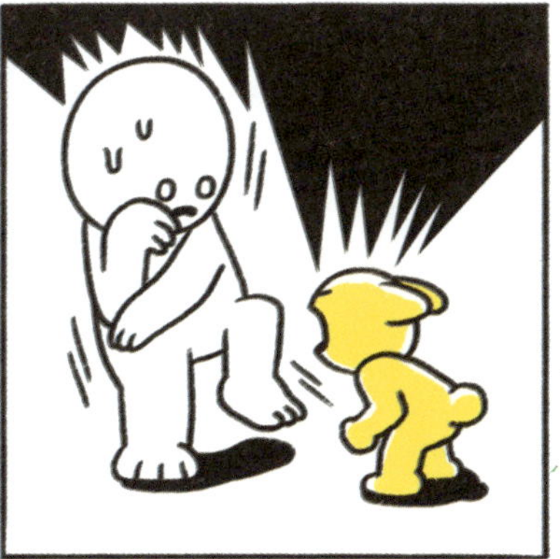
불안이니 걱정이니 네가 뭐든,
넌 아무것도 아니야!

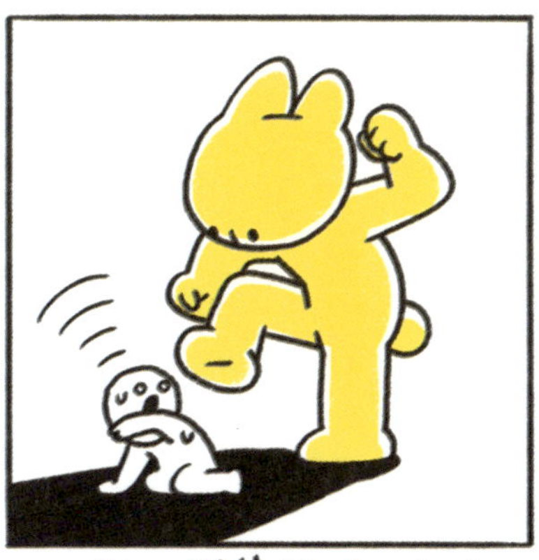
이렇게 별 볼 일 없으면서!

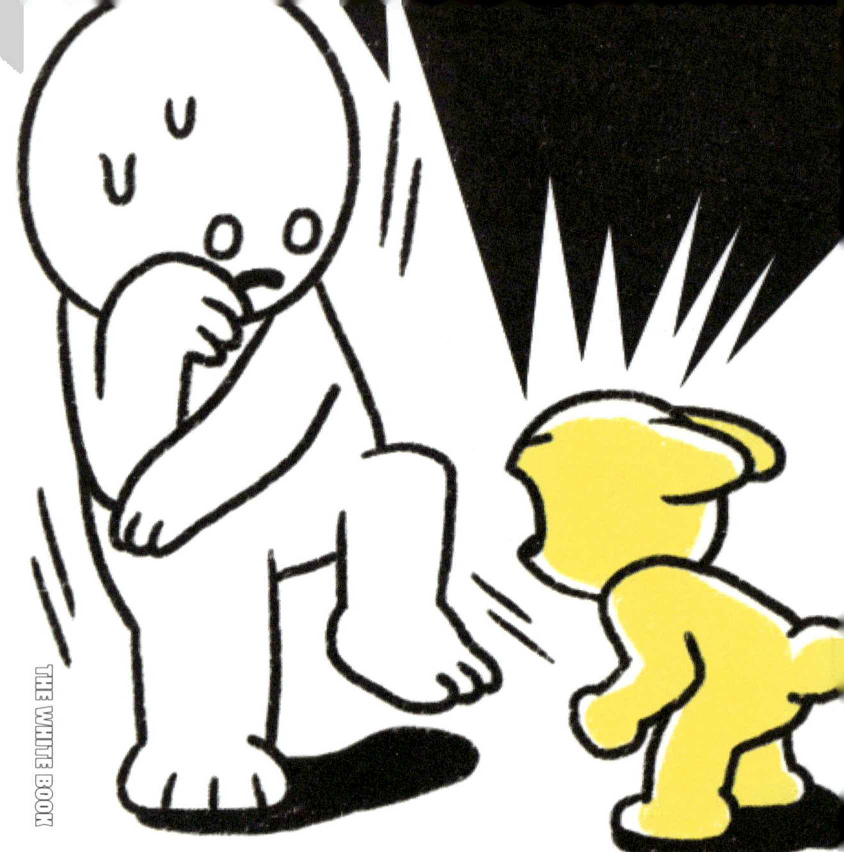

THE WHITE BOOK

무너진 자리에서 일어날 의미를 찾으려는
의지가 나의 진짜 생존력이다.

선택

—

해볼 만한 고통

사람은 자신에게 닥친 괴로움이 언제 끝날지 알 수 없고 심지어 얼마나 괴로울지 예상할 수도 없을 때 그 무한함에 절망하면서도 언젠가는 이 상황이 끝나리라는 희망을 품는다. 그리고 그마저 사그라지면 어떤 방식으로든 자기 삶을 포기한다. 희망이 사라진다는 건 스스로 선택할 수 있는 유일한 것이 사라진다는 의미이기도 하다.

고통도 내가 선택한 것이라면 할 만하다. 왜 시작했는지, 얼만큼 견딜지, 언제 끝낼지 스스로 정할 수 있기 때문이다. 특히 고통의 끝을 자기 손으로 정할 수 있다면 종종 성장의 동력이 되기도 한다. 오늘 스쾃을 백 개 하겠다는 결정을 했다고 치자. (대체 왜 이런 선택을 하는 걸까?) 아흔여덟 개쯤 이르러 그만두고 싶지만 두 개만 더 하면 끝난다는 희망을 품는다. 그리고 해낸다. 하반신이 후들거리고 뻐근한 근육통이 느껴지면 성취감엔 우대금리가 붙는다.

주체성은 내가 주어의 자리에 있을 때 생겼다. 때론 부모, 반려자, 친구, 혹은 실체가 불분명한 타인(주로 '남들이 말이야' 할 때의 그 '남')이 나의 주어가 제 자리인 것처럼 행세하곤 하는데 그럴 땐 가차 없이 밀쳐낸다. 내가 삶의 주어에 위치할 때, 종종 위태로워 보이는 순간은 있어도 무너지지는 않는다. 역시 쓰는 건 쉽다. 말하는 건 더 쉽다. 이렇게 쉬지 않

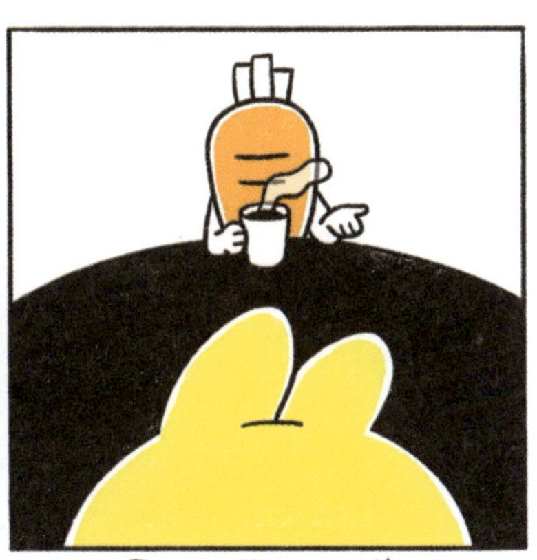

그동안 어떻게 지냈어?

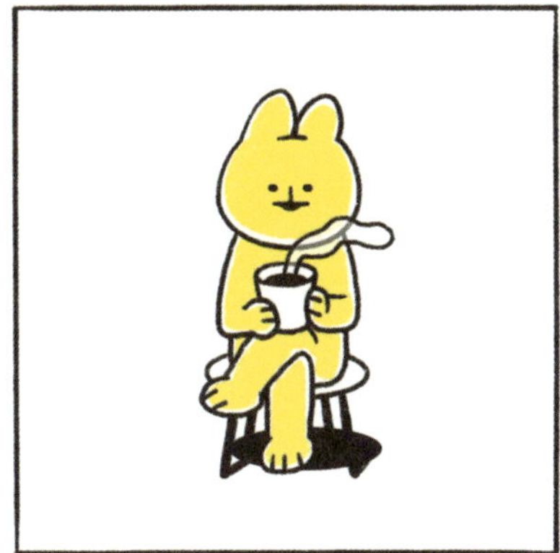

그냥…흘러가는 대로 잘 지냈어.

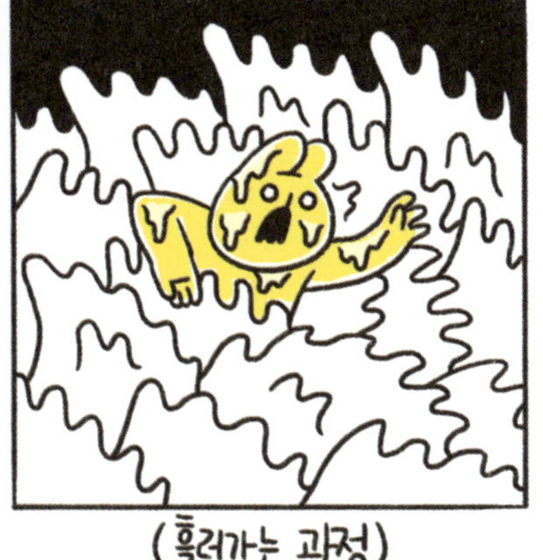

(흘러가는 과정)

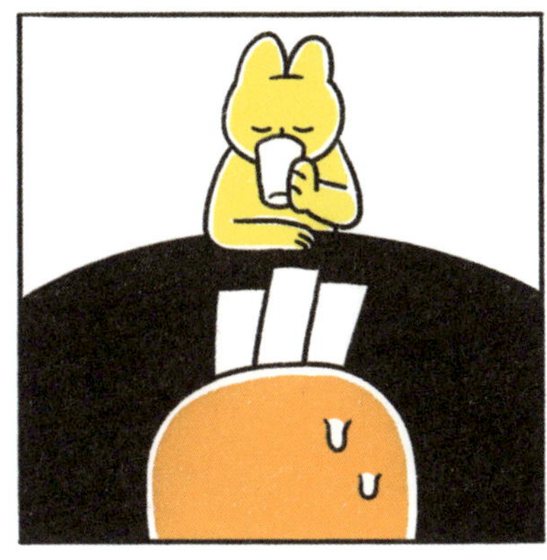

고 쓰고 말하면서 나의 자리를 지키자는 생각을 상기시킨다. 사는 일에 고통을 빼고 논할 수 없다면 차라리 스스로 선택한 고통을 많이 집어넣어 "누굴 탓하겠어. 내가 하겠다고 한 걸"이라고 투덜대며 끝내 해내는 편이 나았다.

25TH MOMENT SUMMARY

스스로 고통의 끝을 정할 수 있다는 희망은
삶을 버티게 하고, 희망을 유지하는 것은
주체적인 존재로 삶을 지속하게 돕는다。

변화

—

반짝이는 부스러기

내게 긍정은 막연하지 않았다. 예리하게 깎은 4B 연필처럼 뾰족하고 말미잘같이 예민해서 모호함 없이 분명하고 무엇보다 핍진했다. 신호등의 파란불이 무엇을 의미하는지 따로 고민하지 않고 길을 건너는 것과 같았다. 긍정은 살 만한 기분이었다. 그보다 더 높은 수준도 있겠지만 거의 대부분은 기본적인 욕구를 채웠을 때 느껴졌고, 그걸 위해 스스로 한 행동에 감탄했다. 감탄은 웅장하고 으리으리한 무언가를 했을 때만 느끼는 게 아니었다. 시시한 행동도 절망 안에서는 대단해졌다. 먹을 수 없었던 사람의 식사, 잠들지 못했던 사람의 숙면, 씻는 게 힘들었던 사람의 샤워…… 또 뭐가 있을까? 아, 단어 하나 못 쓰던 사람의 한 문장, 그림 한 컷 못 그리던 사람의 드로잉, 방에만 있던 사람이 사 온 집 앞 편의점 삼각김밥. 아무것도 할 수 없던 사람이 무엇이라도 했을 때 그 무엇이 어떤 것이든 상관없이 감탄은 가슴을 빽빽이 채웠다. 절망이 오래됐을수록 긍정은 얇고 넓게 번졌다. 그렇게 퍼진 곳들 중에서 특히 마음에 들었던 부분은 깊이가 더해져 살 만한 정도의 긍정을 넘어 잘 살고 싶다는 지점까지 닿았다.

무엇이라도 좋으니 지금과는 달라지고 싶다는 바람을 가질 때 긍정은 탄생했다. 연약하고 보잘것없는 모습으로 태어났지만 내가 뜻한 바를 향해 행동하는 동안 긍정은 유지

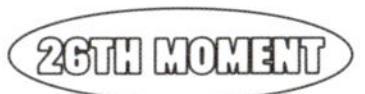

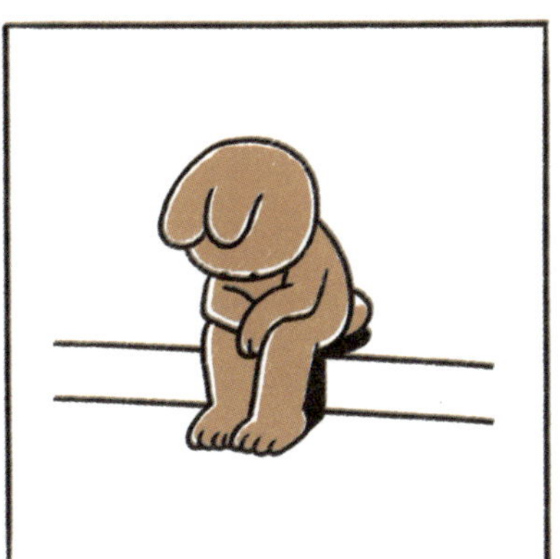

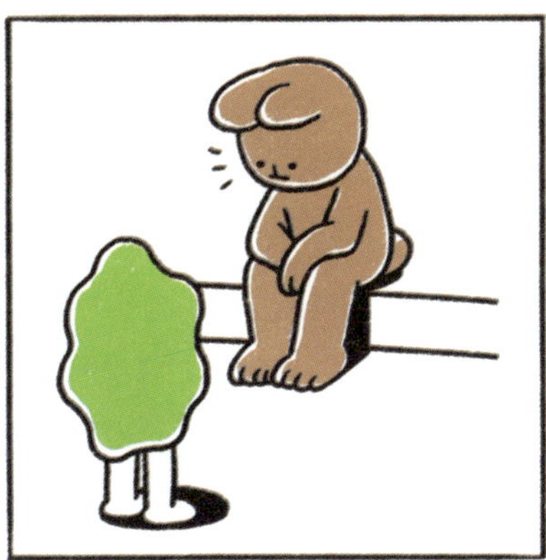

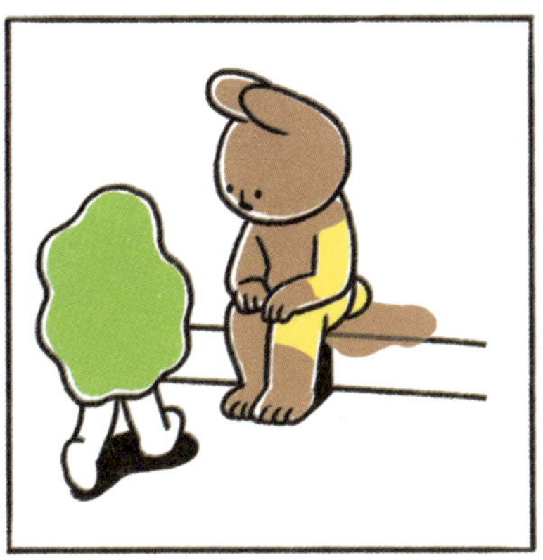

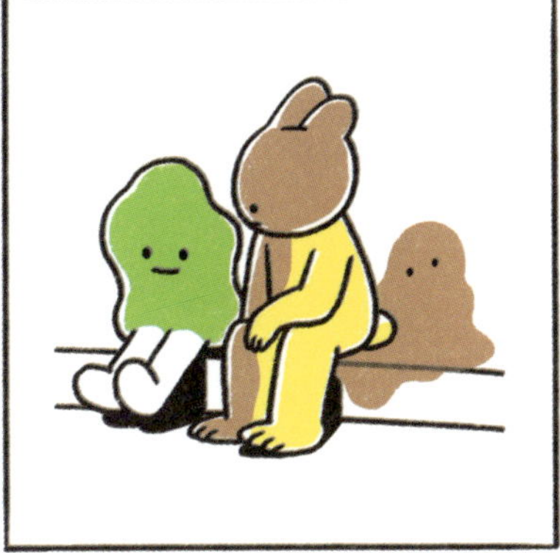

되고 단단해졌다. 더 나은 나의 완성은 따로 있지 않았다. 바로 과정 자체였다. 허무, 외면, 회피, 염세에 빠지지 않고 기어코 의미를 부여하고 덤으로 재미까지 찾아내려는 자세. '그럼에도 불구하고'에 이어지는 그런 행동은 헨젤과 그레텔이 숲속에 버려졌을 때 헨젤이 떨어뜨린 은색 조약돌을 길잡이 삼아 집으로 돌아간 것처럼 어둑한 길 위에 놓인 긍정의 부스러기들을 따라 원하는 나의 모습을 향해 천천히 걸어가도록 맑고 밝게 반짝여줬다.

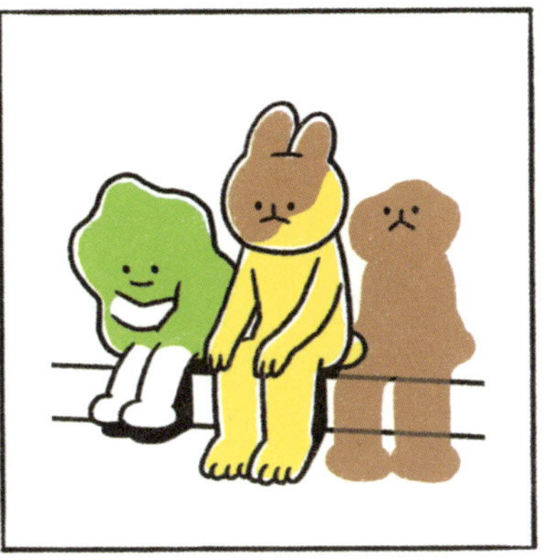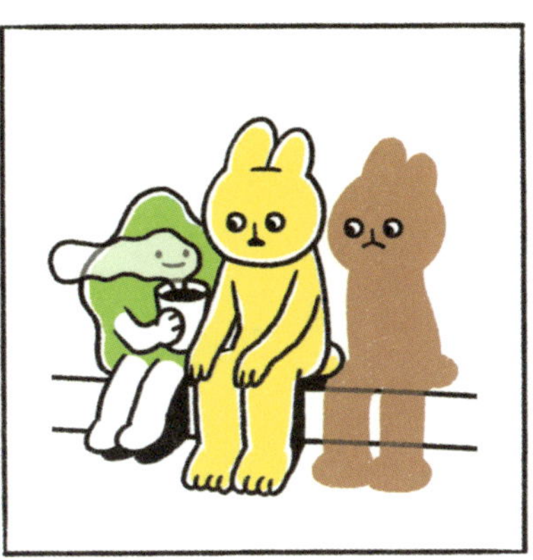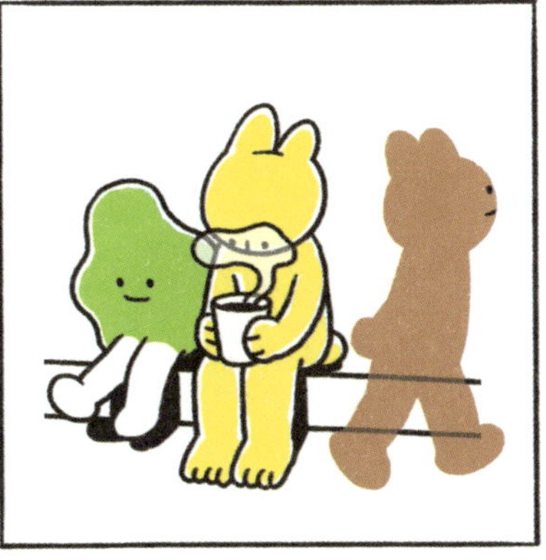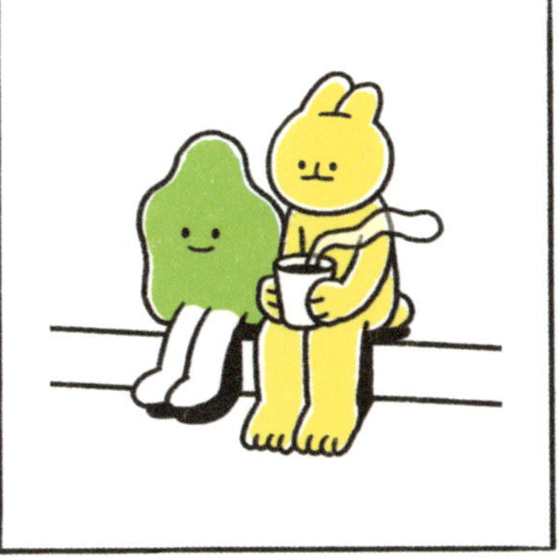

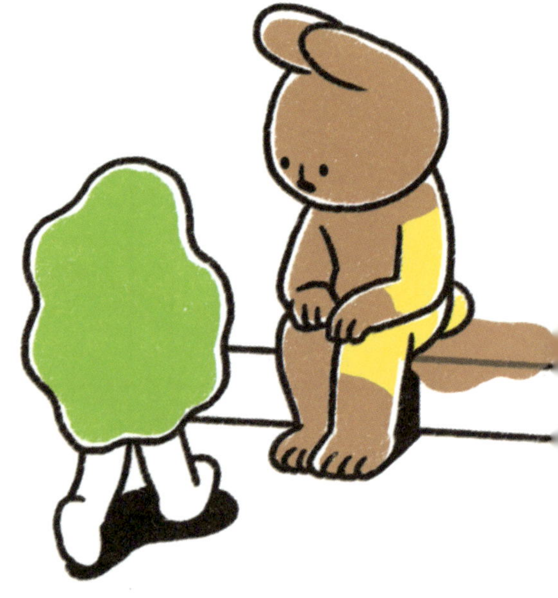

자신이 선택한 작고 구체적인 행동은
삶을 변화시킬 희망이 된다.

틈새

—

사그라드는 괴로움

괴로움은 마치 하나의 덩어리처럼 보이지만 그렇지 않다. 그럴 수가 없다. 사람들마다 괴로움의 해석이 다르고 그걸 받아들이는 정도도 다르니 그야말로 우주의 별빛보다 더 많은 게 괴로움의 종류다. 어제는 잠을 설칠 정도로 괴로웠던 일이 다음 날이 되기도 전에 이해하기 어려울 만큼 별일 아닌 게 되기도 한다. 물론 그와 달리 날이 갈수록 더 분하고 속 쓰린 일도 있지만 그 역시 어떻게든 변했다. 자기 마음의 변화를 스스로도 예상하기 어렵다는 걸 거듭 알게 될수록 나를 포함한 누구의 괴로움도 그 무게를 섣불리 단정 지을 수 없었다.

'이 괴로움도 결국 변하고 말 거야.' 거대한 감정에 압도당하고 있다 해도 이런 생각을 하면 마음에 미세한 틈새가 생겼다. 그 틈새는 나조차도 있는지 없는지 확신할 수 없을 만큼 좁은 데다 틈새가 벌어지는 것도 순식간이라 금세 괴로움이 뒤덮어버리기도 했지만 간혹 나의 마음을 일순간 전환시키기도 했다. 가위에 눌렸을 때 새끼손가락 한 마디를 움찔하는 것만으로도 '탁' 깨어나듯이. 고요하면서도 세차고 확실하게.

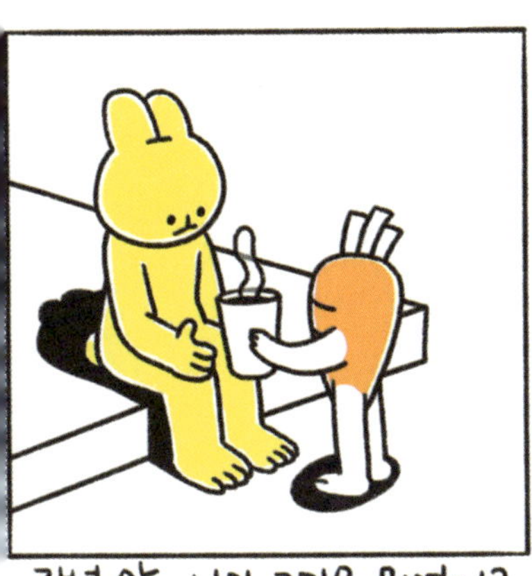

작년 오늘, 너의 고민은 뭐였어?

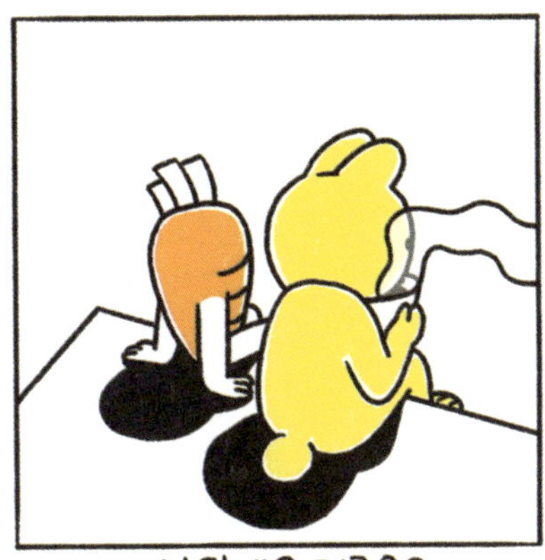

지난달엔? 지금은?

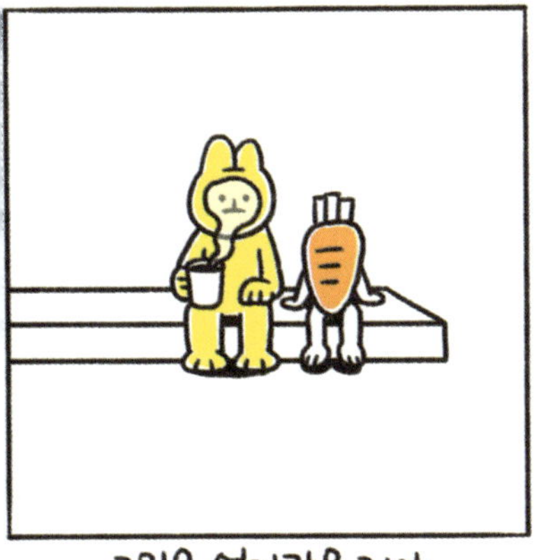

고민은 연기 같은 거야.

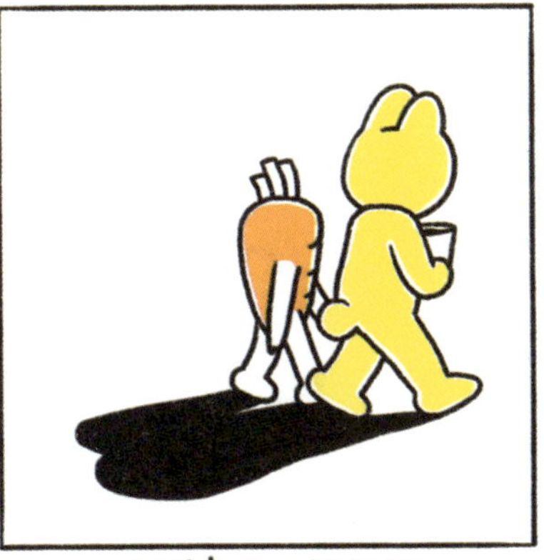

나타났다 사라지고
매번 다르면서 부질없고.

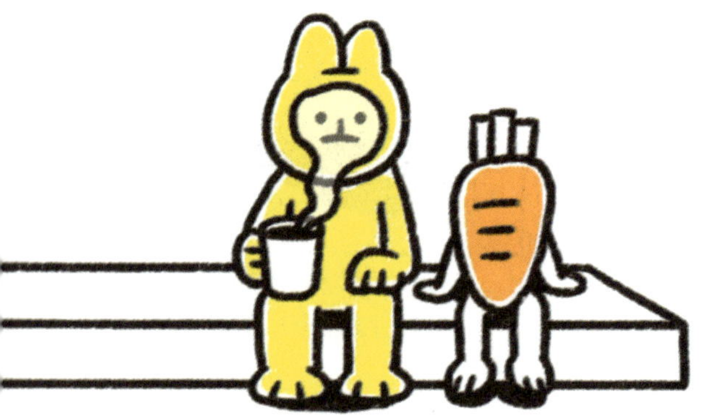

작은 변화의 가능성을 인식하고
정서적 유연성을 회복하는 과정에서
희망은 믿음직한 조력자 역할을 한다。

주관적 안녕감

지금, 나를 괴롭히는 세계에 대해
어떤 방식으로 존재할지 결정하는 자율적 평온

조절

—

알맞은 기대

"꼭 해낼 거야!" 다짐하지 않는다. 가능하면 생각하지 않는다. 일을 시작하기 전 나에 대한 기대 수준을 한껏 낮추는데 새로운 일이라면 더욱 그렇다. 대단하지 않은 이 첫 단추가 전체 일의 압력을 낮춘다. 제 손으로 스스로를 재촉하고 압박하며 몰아세우는 일을 방지할 수 있다. 또한 어떤 일이든 망쳐도 죽지 않는다. 속이 문드러지기도 하겠지만 망가지는 건 일이지 내가 아니다. 망쳐도 할 일은 너무 많고 여전히 언제든 다시 시작할 수 있다.

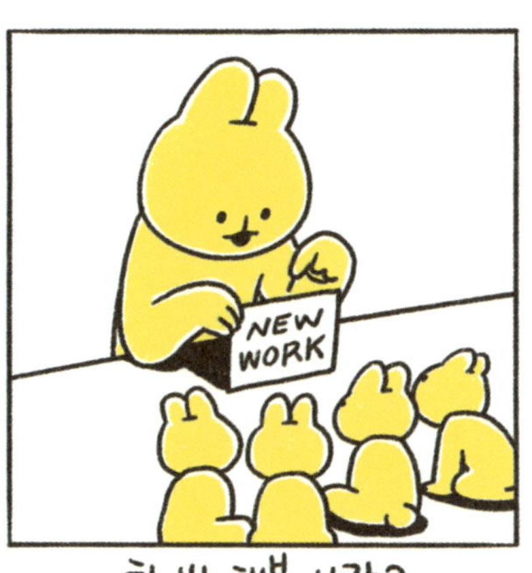

한 번 해볼 사람?

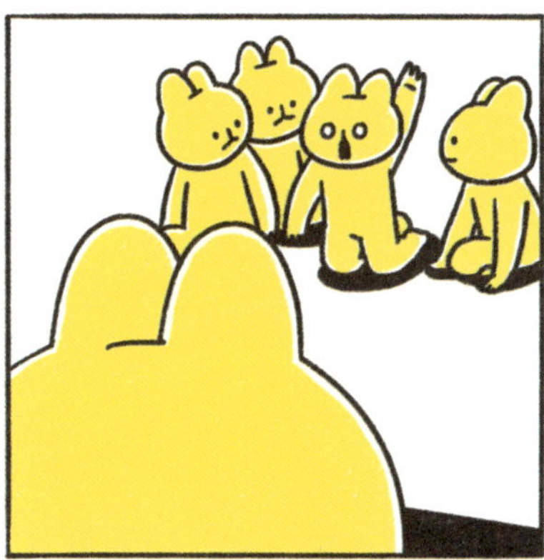

나! 나! 진짜 잘할 수 있어!

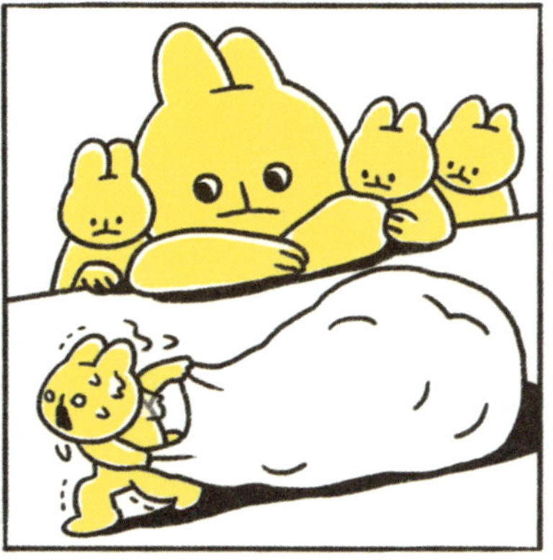

다 할 거야, 다 해낼 거야!
잘할 거야, 잘해야 해!

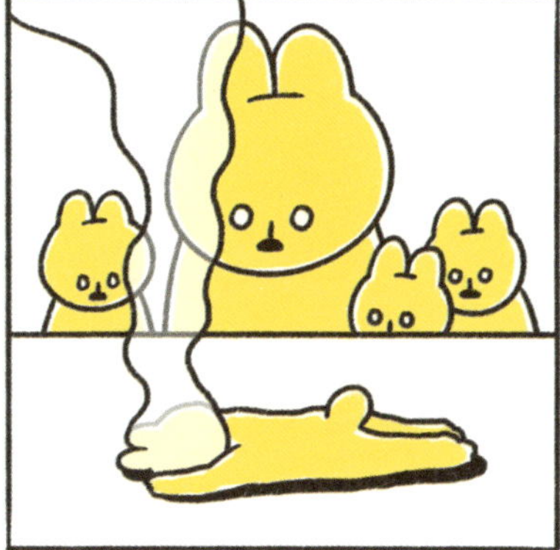

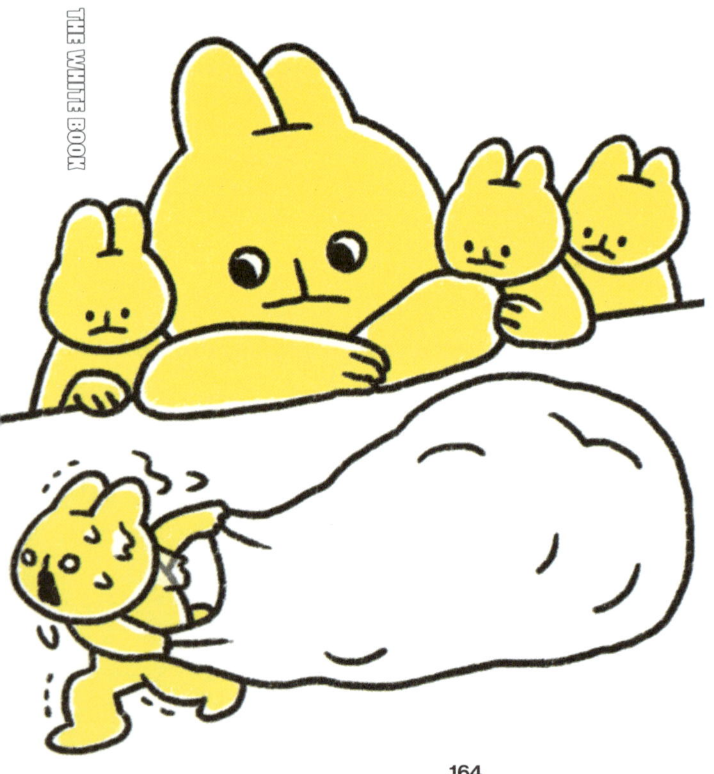

자신에게 불합리한 기대를 하지 않음으로써
불행하지 않기 위한 자기 관리를 할 수 있다.

긍정아 작가님

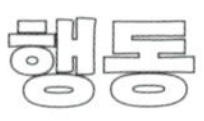

행동

—

의외로 도움이 된다

정체감(停滯感)은 사람을 우울하게 만들었다. 어딘가에 고여 쉬이 빠져나가지 못할 것 같은 암담하고 막막한 기분의 바다엔 세상과 단절된 고립감이 깔려 있었다. 아무도 내가 무엇을 하는지 모르고, 나의 어떤 행위도 누군가에게 닿지 않을 것만 같았다. 이런 생각에 잠식될수록 집 안 어디에 있어도 침대로 빨려 들어가는 듯했다. 정신이 번쩍 드는 환한 오후에도 이불 속에 들어가 영원히 잠들고 싶었다. 틈만 나면 누우려 했고, 눕지 못했을 땐 앉아서 잠들곤 했다. 어딘가로 도망가고 싶은 사람처럼 말이다. 일상적이지 않다는 건 좋지 못한 징후였다. 그럴 땐 움직이고 싶지 않은 마음이 장마철 계곡물처럼 순식간에 불어나기 때문에 무조건 몸을 일으키지 않으면 속절없이 늘어졌다. 무엇을 할지 정하지 않아도 일단 일어났다. 선 채로 뭘 할지 생각하는 게 앉거나 누워 있는 것보다 확실히 도움이 됐다. 움직임은 형태가 있고, 눈에 보이고, 손에 잡히고, 무게가 있어 불확실한 부분이 없었다. 그래서 갯벌에 들어간 것처럼 축축하고 무겁게 가라앉는 자신을 일시 정지시키는 빨간 버튼(위급 시 다급하게 유리 뚜껑을 열고 주먹으로 내리쳐 작동시키는 크고 둥근 바로 그 버튼!)의 역할을 했다.

움직임은 살아 있다는 구체적인 현실감을 줬는데 이건 생각만으로는 결코 얻을 수 없는 감각이었다. 세수를 하

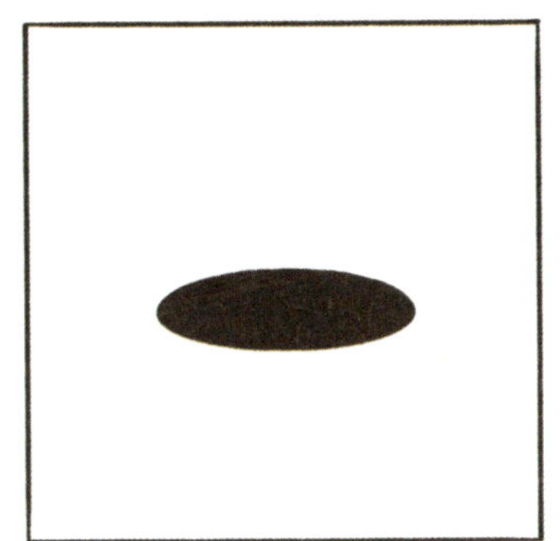

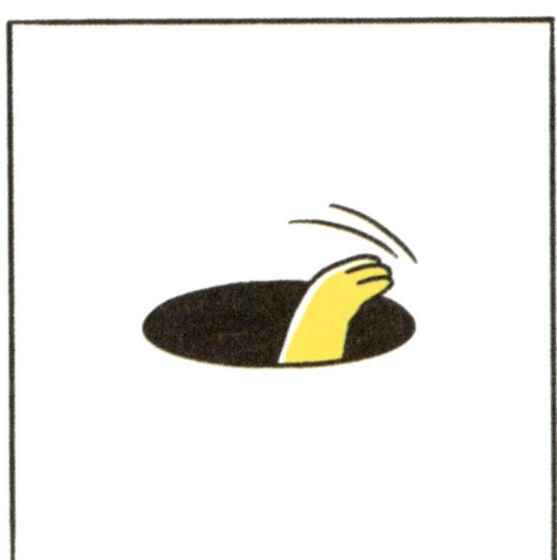

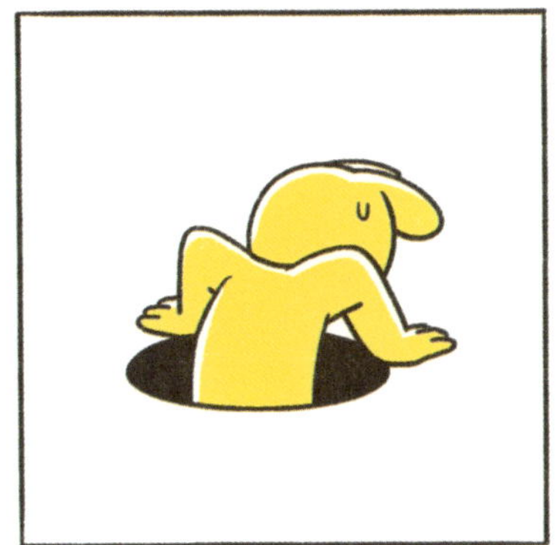

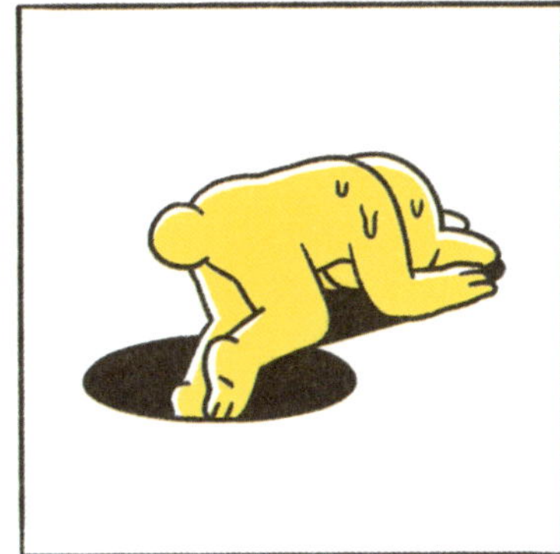

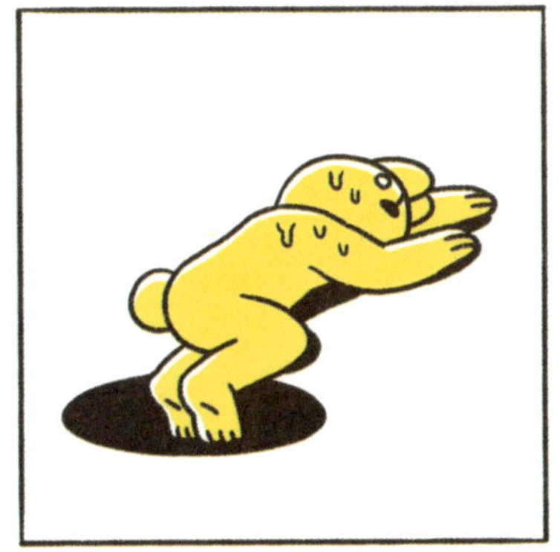

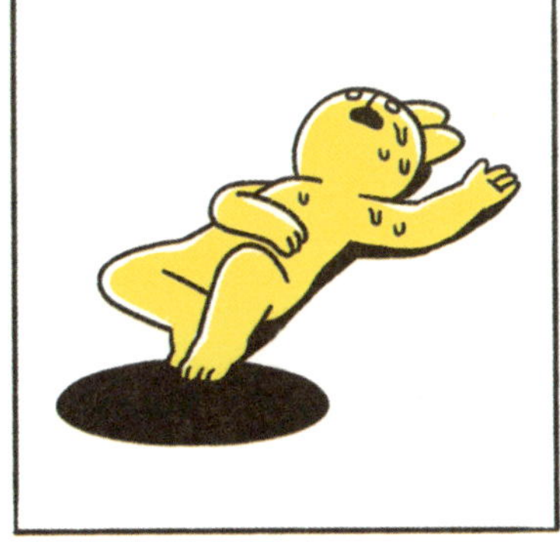

고, 머리를 감고, 계란프라이를 만들고, 설거지를 하고, 운동
화를 신은 후 현관문을 열고 나가 카페에 가고, 사람을 구경
하고, 걷고, 하늘을 보고, 나무를 보고, 바람을 쐬고, 가게에
들러 간식도 사고 나니 건조대에 널어놓은 수건처럼 고립감
은 바짝 말라붙었다. 분명 무언가 나아지고 있었다.

29TH MOMENT SUMMARY

움직임은 삶의 방향을 바꾸는 회복의
신호이자, 내가 나를 살아가게 만드는
분명한 가능성이다.

죠우

—

연결하면 알게 되는

버스정류장 의자에 앉아 딱히 갈 곳을 모르고 가만히 있었다. 건너편 정류장에 사람들이 모였다 사라지고, 버스가 오고 가는 걸 구경했다. 어디로든 갈 수 있었지만 어디로 가야 할지 몰랐고 집으로는 가고 싶지 않은 마음 사이에 끼었을 때, 한곳에 눈길이 닿았다. 도로와 인도 사이 경계석의 깨진 틈을 비집고 올라온 봄맞이꽃이었다. 차가 지나가면 종이처럼 휘청대다 다시 우뚝 서서 연둣빛 이파리를 팔락이며 똥짤막한 줄기 끝에 송송 붙은 앙증한 얼굴을 보였다. 흰 낯 가운데에 노란 점이 콕 박힌 꽃의 얼굴. 나는 더 자세히, 오래 바라보고 싶었다. 정류장 의자에서 일어나 곁에서 들여다보면 될 일을 거북이처럼 고개를 쭉 빼내고 눈을 가늘게 뜨며 시력을 끌어올리는 시늉을 했다. 얼핏 0.8의 교정시력이 1.2나 1.5까지 올라가는 듯했는데, 봄맞이꽃의 작디작은 흰 얼굴에 눈이 있던가, 입이 있던가 싶은 착각이 들었다. 길고 푹신한 파란색 벨벳 소파에 누워 양파를 사과처럼 우적우적 먹으며 "와, 엄청 달아요!" 하는 최면에 걸린 사람처럼 나는 봄맞이꽃을 몹시 귀엽고 깜찍하고 조용하고 강인한 (단지 많이 많이 작은) 사람으로 보곤 "와, 표정이 있어!" 하는 최면에 걸렸다. 풀과 나는 보이지 않는 줄로 이어져 한동안 함께 휘청이고 끄덕이고 마주 봤다. 정류장엔 나와 봄맞이꽃만 있었다. 길 어

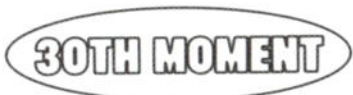

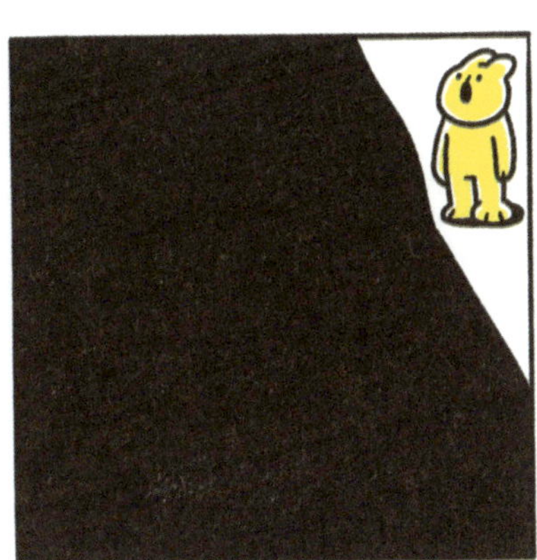
어떤 일은

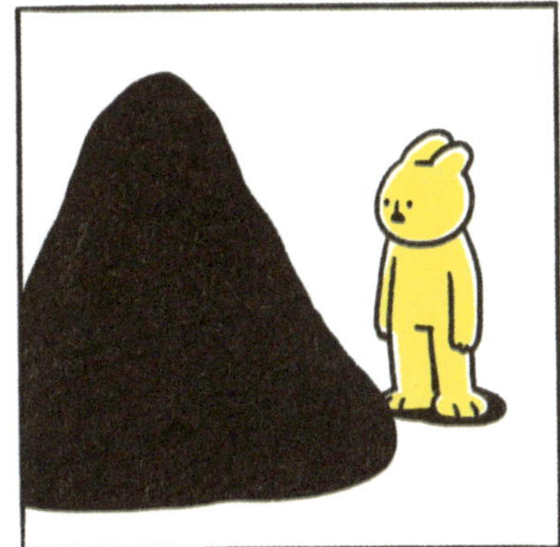
달라지지 않고 그대로이지만

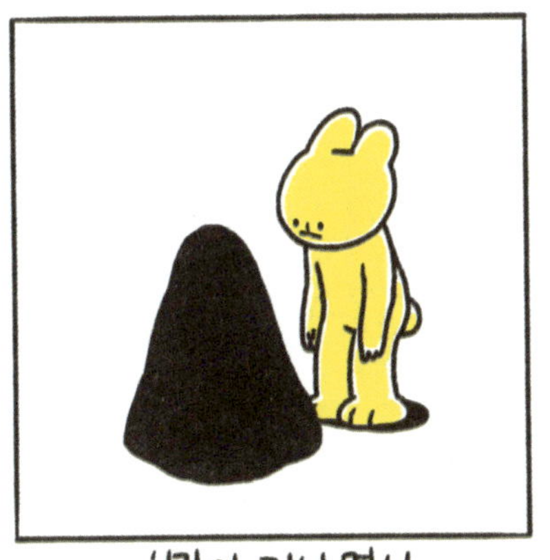
시간이 지나면서

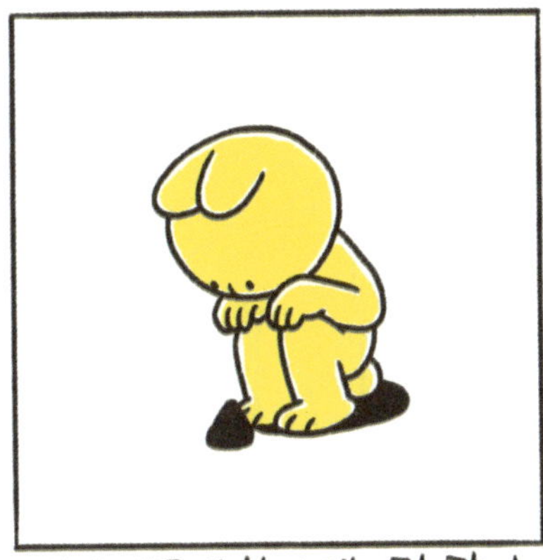
내가 다르게 보게 되는 것 같아.

디에도 사람이 없었다. 그 장면이 기묘했지만 더없이 홀가분해서 내심 기뻐하다 불현듯 나는 알았다. 어디든 가고 싶었지만 어딘지 몰랐던 그곳은 장소가 아니라 시점이었구나, 하고. 아무도 없는 훤한 바깥, 나만 남은 비현실적인 공간에서 아주 작은 것과 연결돼 있는 동안 슬슬 제자리로 돌아가도 되겠다는 생각을 하게 만든 이 순간을 기다렸구나, 했다.

사소한 것을 사소하게 대하지 않을 때 도움을 받고 구원을 얻었다. 그건 더 갈구하지 않아도 충분한 것들이 내게 여전히 많이 남아 있다는 걸 알아채는 일이었고, 그 이후에 어디로 향할지는 자연스레 알게 됐다.

작고 사소한 것과의 조우를 통한 내적 평온과
감정의 회복으로 심리적 전환이 이뤄진다。

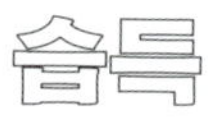

—

허우적대지 마세요

울적한 내게 뭐라도 해보라고 다그칠 때가 있었다. 구석에 웅크려 있는 자신의 겨드랑이에 팔을 끼워 넣고 번쩍 일으켜 밖으로 밀어버린 날 말이다. 가만히 있으면 차차 나아질 걸 알았지만 그러기 힘들었다. 멍하게 있는 동안 나의 모든 것이 사라지고 없던 일이 될 것만 같은 염려는 실제 무슨 일이 일어난 것처럼 마음을 어지럽혔다. 고역이었다.

'지치면 하지 않는다.' 이번엔 이렇게 해보자고, 아무것도 하지 않고 날 내버려두자고 마음 먹었다. 가라앉는 나를 멀뚱히 보면서 '이게 맞나?' 불안했다. 그래도 계속 내버려두면서 '이게 맞아? 이렇게 방치해도 돼?' 하며 오른쪽 다리를 달달 떨고, 왼손 엄지손톱을 톡톡 물어뜯으면서도 개입하지 않았다. 알면서도 하지 못했던 일을 하려면 할 수 있을 때까지 그저 참으며 하는 수밖에 없었다.

이 과정은 마치 수영할 줄 모르는 사람의 수영 같았다. 물에 빠지는 순간 움직이지 않으면 죽는 병에라도 걸린 듯 혼비백산해서 버둥대고, 가라앉고, 다시 버둥대기를 반복하는 수영치의 생존수영. 전과 같은 미련함을 반복하는 내가 지겨웠다. 무엇보다 피곤했고 멋이 없었다. 무엇 하나 좋을 게 없는 일을 반복하는 이유가 뭘까? 하던 대로 사는 거라는 대답은 시시했다. 나는 시시한 사람이고 싶지 않았고 조금이

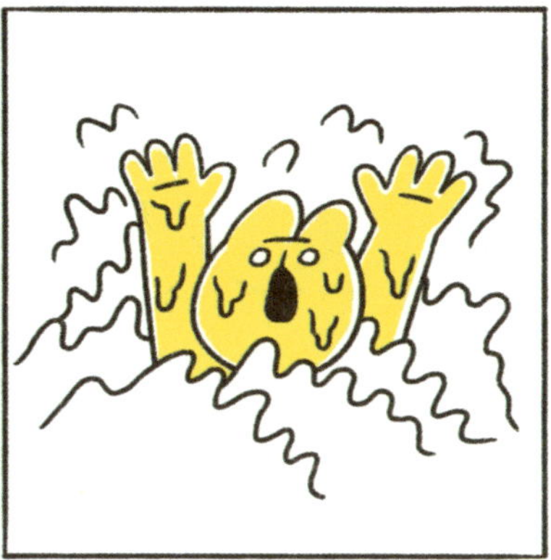

발버둥 치면 가라앉지만

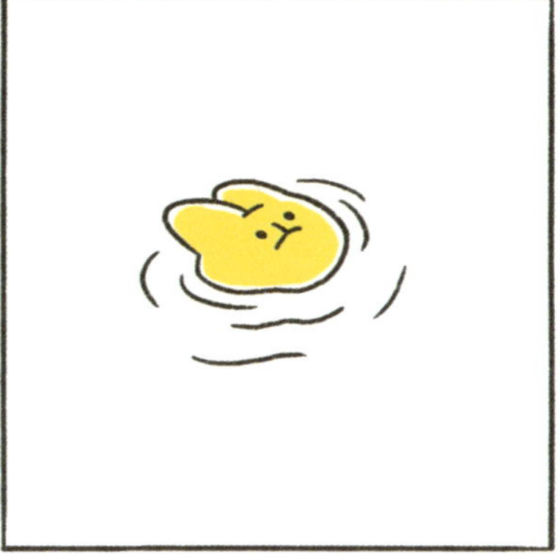

힘을 빼면 물에 떠.

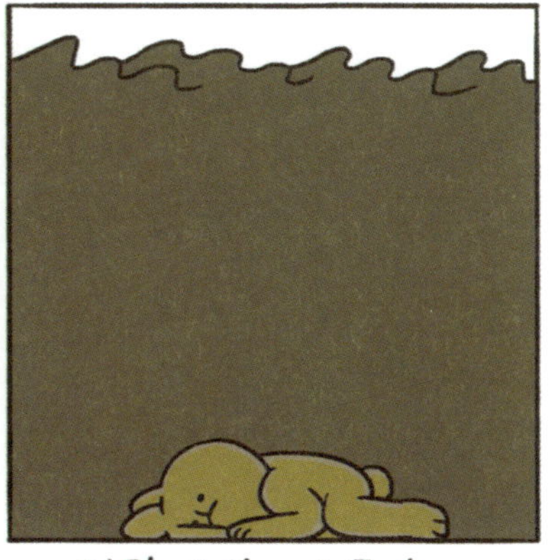

바닥에 있다면 좀 쉬어.

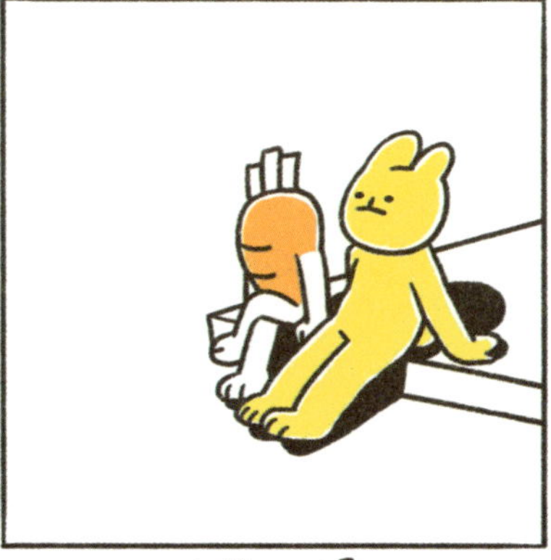

그러면 곧 떠오를 거야.

라도 달라지고 싶었다. 이왕이면 애를 써야 달라질 수 있을 만큼 어려운 변화를 해내는 내가 되기를 바랐다. 정말 그렇다면 허우적대는 일은 그만해야지. 수면 위로 몸이 동동 뜰 때까지 참고 기다릴 줄 알아야지. 처음부터 수영을 잘할 필요는 없다. 가라앉지 않을 정도를 유지하고 슬슬 물살을 타 뭍으로 나갈 수 있다면 충분하다.

스스로의 안녕을 지키기 위한
자기 기준과 속도를 설정하고 습득해
삶의 균형을 맞춰간다。

주관적 안녕감

조화

—

다른 시선의 교차

같은 장면을 봐도 저마다 자기의 시선으로 다양한 생각의 변주를 만든다. '수없이 많은 사람'은 여럿이거나 혹은 나 하나기도 하다. 입장은 고정불변이 아니어서 이러다가 또 저러기도 했으니 어떤 의견이 더 낫거나 별로거나, 옳거나 그르거나, 맞거나 틀렸다고 하기 어려웠다. 그저 달랐다. 나와 다른 시선을 다시 천천히 살펴봤다. 그러면서 내가 보는 세상을 그 사람의 시선으로 보면 어떨지 궁금했다. 혼자서는 가질 수 없는, 다른 시선이 있기 때문에 마음을 움직여 다르게 볼 기회였다. 모두가 나와 같다면 오히려 나는 사라졌을 것이다.

다르면 호기심이 생기고 비슷하면 흥미롭고 같다면 신기하고 부러우면 배우고 잘 안 되면 다시 한다. 점점 좁아지는 나의 시야를 더 좁히지 않기 위해서라도 이걸 반복하고 지속한다. 그 와중에 타인의 시선이 내게 스미고 균형을 이루면 안팎을 바라보는 시선에 변화가 생기기도 한다. 나의 밖에선 아무 일도 일어나지 않았지만 내 안의 어딘가는 바뀌었다. 그렇게 변할 수 있다는 사실이 흥미로웠다. '고집에게 장악되지 않았구나. 내게 남은 유연한 부분을 여전히 소중하게 여기고 있구나. 그래서 더 유연해지길 원하는구나.' 변화에 대한 반가움이 이어져 나이 들수록 쉽게 받아들이고, 쉽게 달라지

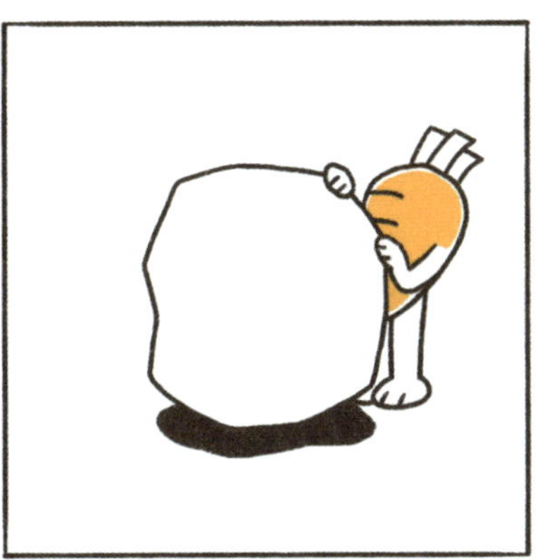

여기 이러고 있었군.

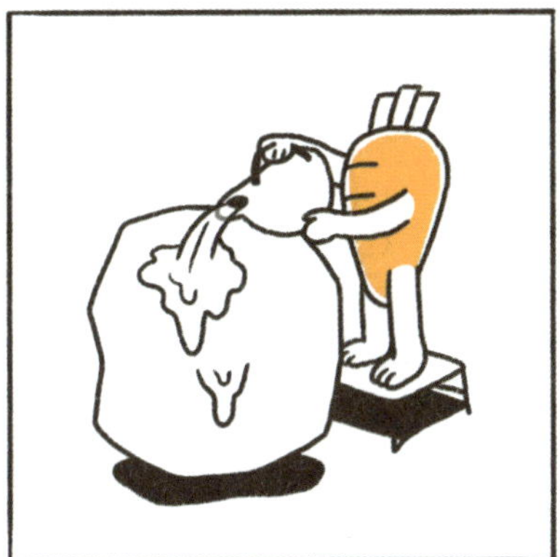

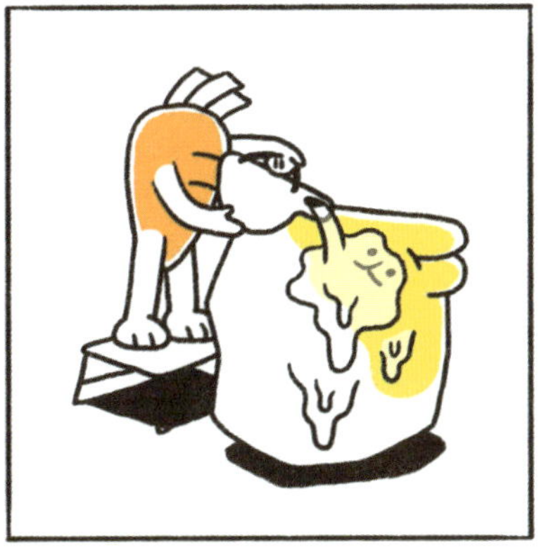

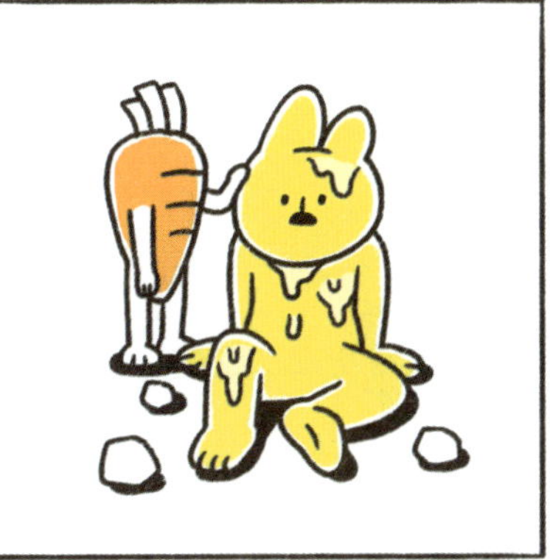

고, 쉽게 조화되는 사람이 됐으면 한다. 이 역시 품이 들겠지
만, 얻는 게 있다면 내어주는 것도 있어야지.

THE WHITE BOOK 작은 긍정

안녕하세요. 오늘도 연남동에서 정성을 다해 책을 만드는 '자기만의 방' 입니다. (줄여서 자방이라고 불러요)

《The White Book 작은 긍정》을 선택해주신 여러분은 이제 자기만의 방 주민이 되셨습니다~!!

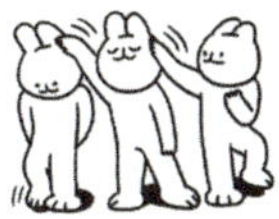

자기만의 방 마을 심신수련관 Room No. 412 에 입주하신 주민님을 환영해요

자주 불안하고 쉽게 우울해지는 당신을 위한 12가지 긍정감정 안내서

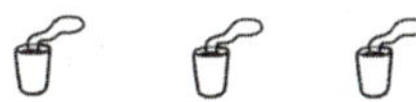

《The White Book 작은 긍정》은 검은 감정에 휩싸여 있다가도 우리를 일으켜 나아가게 하는 작은긍정이 일상과 마음의 가장자리에서 하얗게 새어 들어오는 순간을 모았습니다. 심리학을 공부한 일러스트레이터, 설레다 작가님이 12가지 긍정심리학 용어로 소개하는 50개의 순간은 작은 긍정이 건네는 희미한 온기를 더 쉽게 알아차리고, 오래 기억하고, 자주 떠올릴 수 있게 도와줄 거예요.

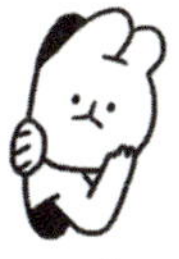

이번 소식지에는 《The White Book 작은 긍정》 설레다 작가님 손편지와 에디터 & 마케터가 작은 긍정을 만난 하얀 순간 이야기를 실었어요

자방 소식이 더 궁금하다면, 인스타그램 @_jabang

그림 ⓒ SEOLLEDA

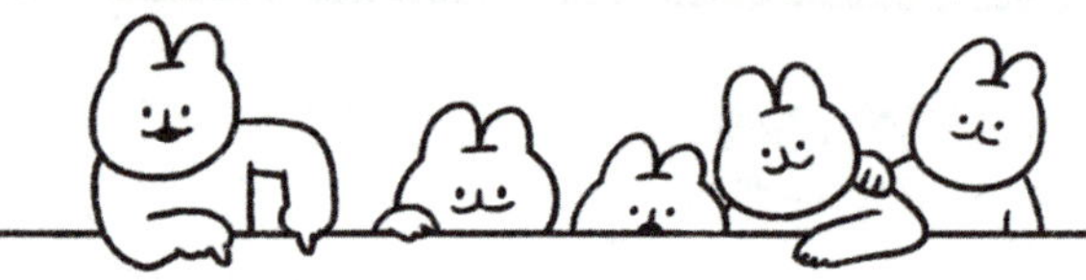

〈The white book 작은 긍정〉은
검은 감정을 밀어내기보다 그 안에서
빛을 찾아가는 여정을 담고 있습니다.
부서지고 깨진 마음을 살펴보며
잊고 있던 나의 온기를 발견하고자 했어요.
넘어지고 일어서고 다시 걸어가며 우리 안에는
견디는 힘과 회복의 씨앗이 자라납니다.
지쳐있는 자신을 섣불리 다그치지 않고
잠시 머무른 채 숨을 고를 수 있기를 바라며
그림과 글을 그리고 썼습니다.

당신의 속도에 맞게 마음의 틈새로
하얀 감정이 부드럽게 스며들기를 바랍니다.

설레다 드림

32ND MOMENT SUMMARY

타인의 시선을 수용하는 유연한 태도로
자기 내면의 변화를 받아들이는 과정은
심리적 통합을 이룰 수 있도록 돕는다.

나로부터 걸어가는 삶

'희망'은 늘 한발 먼저 도착해 있다. 삶의 어느 시점에건 뒤돌아보면 그 자리에 조용히 앉아 있었다. 낙심한 마음으로 뒤처질 때도 도무지 나아가지 못하는 정체의 시간 속에서도 희망은 앞서서 방향을 가리키고 있었다. 다만 그 조용한 존재감은 격렬한 감정이나 고통에 가려 인식되지 못할 뿐이다.

희망은 단순히 낙관적으로 미래를 상상하는 일이 아니다. 절망에 압도당한 순간조차 그 시간을 무의미하게 만들지 않겠다는 작고 미세한 선택을 반복하는 힘이다. 아무것도 하기 싫은 날 세수를 하고, 샤워를 하고, 방에서 나와 햇빛을 받는 순간, 우리는 이미 희망을 실행에 옮기고 있는 셈이다. 이러한 작은 실천은 일상의 균형을 회복시키는 동시에 스스로가 삶의 주체임을 확인하게 한다. 절망이 통제할 수 없는 외부 상황에 집중하게 만든다면 희망은 우리가 '선택할 수 있는 무언가'에 눈을 돌리게 한다. 이 선택의 힘은 곧 '주관적 안녕감'으로 이어진다.

주관적 안녕감은 나를 괴롭히는 세계에 대해 어떤 방식으로 존재할지를 결정하는 내면의 평온이다. 주어진 조건이 아니라 그 조건에 반응하는 식으로 삶의 질을 결정짓는 감정적 자율성이다. 중요한 건 '지금' 괜찮다고 느끼는 감각이다. 나아질 것이라는 예측이 아닌 지금 내 마음이 어느 정도 안전한가에 대한 명확한 느낌이다.

희망이 감정의 미래를 향해 나를 끌어당기는 힘이라면 주관적 안녕감은 그 끌림 속에서도 나의 현재를 지켜내는 안정장치다. 희망이 멀리 있는 것만은 아니다. 때때로 희망은 아주 작고 느린 안녕의 반복에서 자란다. 아주 작은 움직임이 고립감을 걷어내고 아주 작은 연결이 폐쇄된 마음에 빛을 들인다. 봄맞이꽃과 조우한 오후처럼 삶은 명확한 이유나 거대한 사건이 아니라 섬세한 감각과 우연의 틈에서 바뀌기도 한다.

우리는 더 잘 살기 위해 희망을 품지만 그 희망을 붙들 수 있는 조건은 '지금 여기'에 있다. 평온한 마음은 단단한 희망을 만들고 단단한 희망은 평온을 지속시킨다. 희망은 미래를 위한 연료이고 주관적 안녕감은 그 연료가 소진되지 않도록 돕는다. 이 두 가지가 함께할 때 우리는 무너지지 않고 나아갈 수 있다.

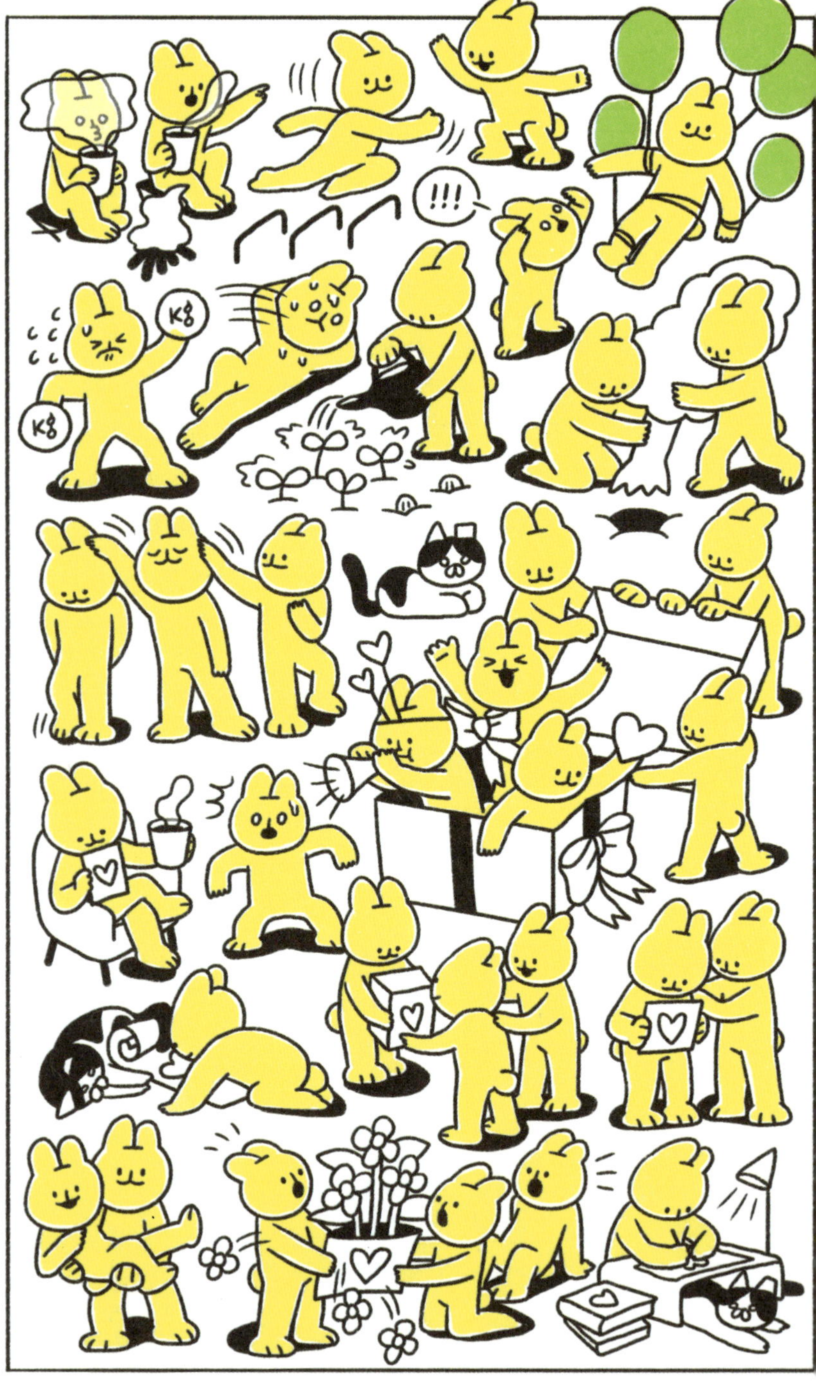
Kg
Kg
!!!

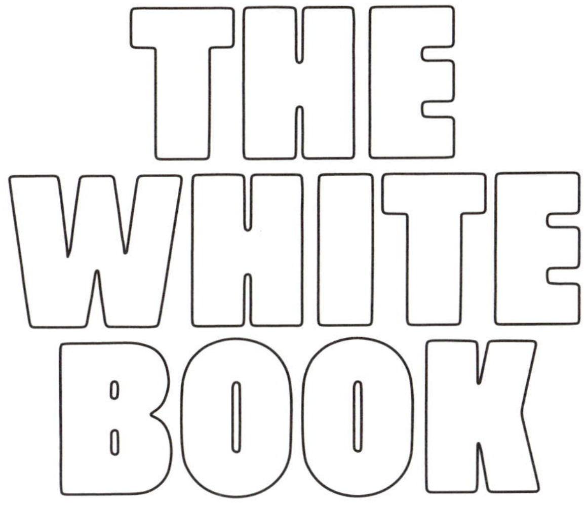

감사

목표 설정

살아내는 태도에 관하여

감사

당연하다고 여기는 것들의 축복을 깨닫게 하고
목표를 이루는 과정을 지치지 않게 돕는 태도

건강

—

분명한 기적

나는 비교적 건강한 몸을 타고났다. 큰 수술이나 긴 입원의 경험도 없고 웬만한 통증은 며칠 쉬면 사라졌다. 운동의 필요성을 늘 느끼지만 체력이 떨어져 일상이 무너진 적은 없었다. 면역 질환이 가끔 스쳐 지나갔지만, 약을 며칠 복용하면 금세 회복되곤 했다. 알약 삼키는 건 싫어해도 의사가 일러준 대로 잘 먹고, 잘 자고, 잘 쉬며, 스트레스를 줄이는 일에는 나름 성실했다. 나는 통증에 예민하면서도 잘 견디는 사람이라 생각했는데, 곁에 있던 사람들은 오히려 내가 둔감하면서 엄살이 심하다고 말했다. 처음엔 의아했으나 돌이켜보면 작은 불씨에도 크게 반응하는 태도가 몸을 지켜온 방식이었던 것 같다.

하지만 늘 그렇지는 못했다. 나의 몸과 마음인데도 뜻대로 되지 않던 시기도 꽤나 많았다. 마음이 병들어 약과 부작용에 시달리는 동안, 아픈 몸이 보내는 통증과 열기로 잠들지 못하고 뒤척이는 동안, 의지대로 움직이는 일이 당연하지 않음을 거듭 곱씹었다. 아픔이 없는 상태만으로도 충분히 행복하고 감사한 일이라는 생각도 어느 때보다 많이 했다.

어쩔 수 없는 고통이 진행되는 동안 어쩔 수 있는 선택을 하기도 한다. 가령 발목이 심하게 꺾였을 때, 땅을 딛고 설 수 없을 것만 같은 통증은 어쩔 수 없는 것이다. 그럼에도

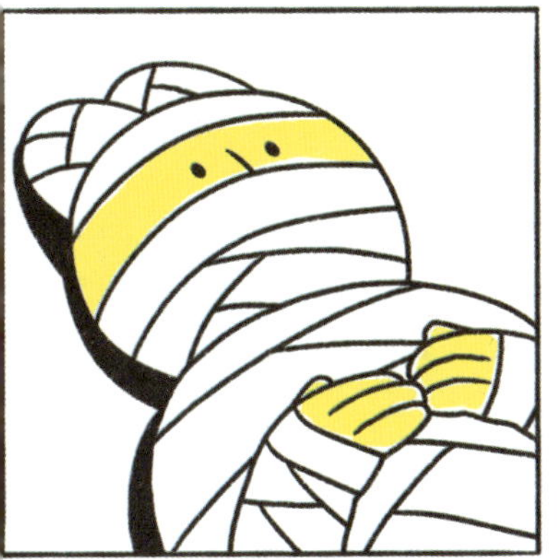
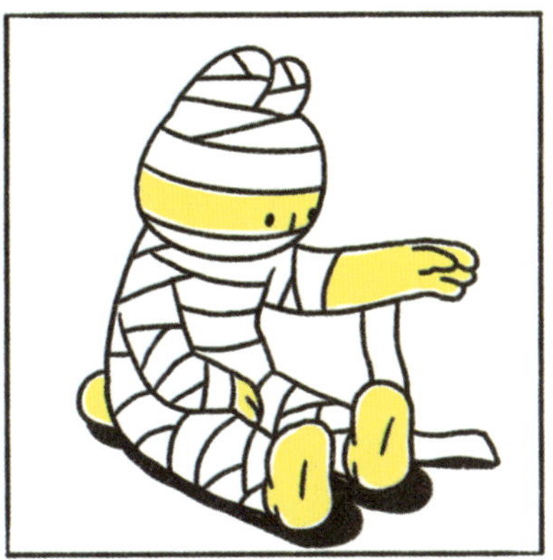
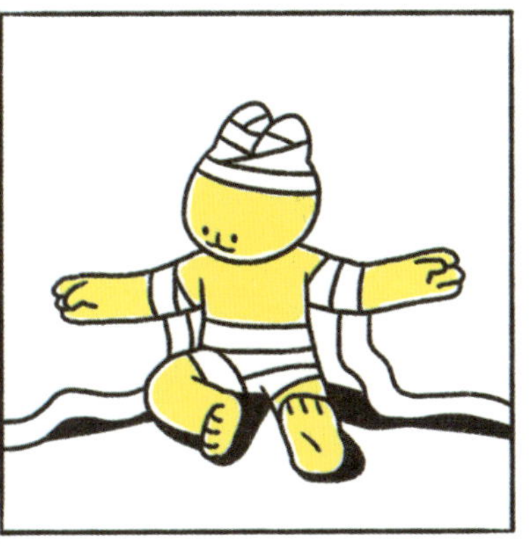
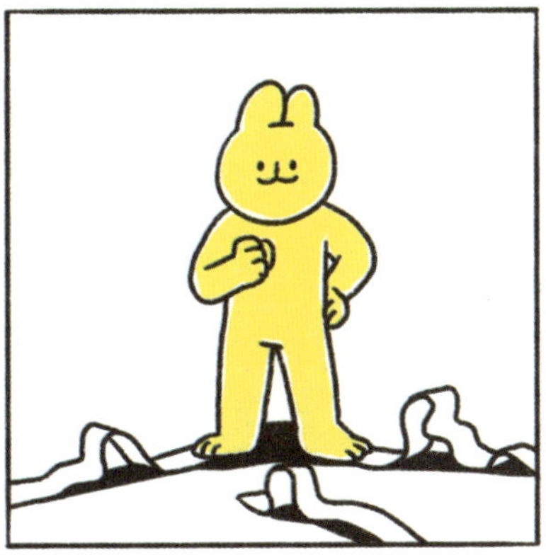

불구하고 '그래도 어떻게든 저기까지만 가보자. 힘을 내보
자'라는 생각은 어쩔 수 있는 나의 선택이다. 한 걸음, 한 걸
음 나아갈수록 발목은 더 부어올랐지만 내가 선택할 수 있
는 게 아직 남아 있음에 감사했다. 끙끙거리며 발을 끌고 기
어코 목표 지점에 닿으면 특별히 뛰어난 능력이 있는 것이
아니어도 무탈하게 움직일 수 있다는 사실이 기적 같은 행
운이라는 걸 다시금 깨닫는다.

기적 같은 건강에 감사하는 마음은
내 삶을 더 활기차게 만든다。

인생

—

유한한 한정템

지금이 지나고, 시간은 흐르고, 살면서 죽어간다.

자주 생각했다. 일이 잘 될 때, 안 될 때, 지겨울 때, 없을 때. 어이없는 대화를 하거나 황당한 광경을 봤을 때, 살아 있는 모든 것이 앞다퉈 웃자라느라 숨 막히는 활기를 뿜어내는 여름에, 폭우 소리에 이불을 뒤집어쓰고 얼어붙어 있다 잠들면서, 침대 끝에 앉아 같이 살던 고양이의 유골함을 바라보고, 감나무에서 너무 일찍 떨어져 귀퉁이가 부서진 감을 구경하면서…… 개미가 꼬리 물듯 이어지는 자잘한 순간 틈틈이 상념이 불거졌다. 장면과 생각이 무슨 연관이 있을까 의아했지만, 둘은 나 몰래 서로의 어떤 부분을 건드렸다.

무엇도 그대로 머무르지 않고 똑같이 반복하지도 않은 채 전진했다. 쭉쭉 나아가며 새롭게 나타난 것이 때가 되어 사그라지고 다른 낯선 것이 탄생하는 일에 예외는 없었다. 힘듦이 찾아와도 결국 떠났고, 불행도 기쁨도, 내가 이름 붙인 게 무엇이든 사라졌다.

괴로움으로 괴롭지 않은 날에 대한 고마움을 느꼈다. 지나간 시간은 앞으로의 시간이 가진 유한함을 보여주며 지금을 소중하게 대하기를 권했다. 아파봐야 아픈 사람 사정을 안다는 말은 첫마디부터 지겨웠지만 진짜였다. 아파봐야 알고, 먹어봐야 알고, 배워봐야 아는 게 있었다. 하지만 그러

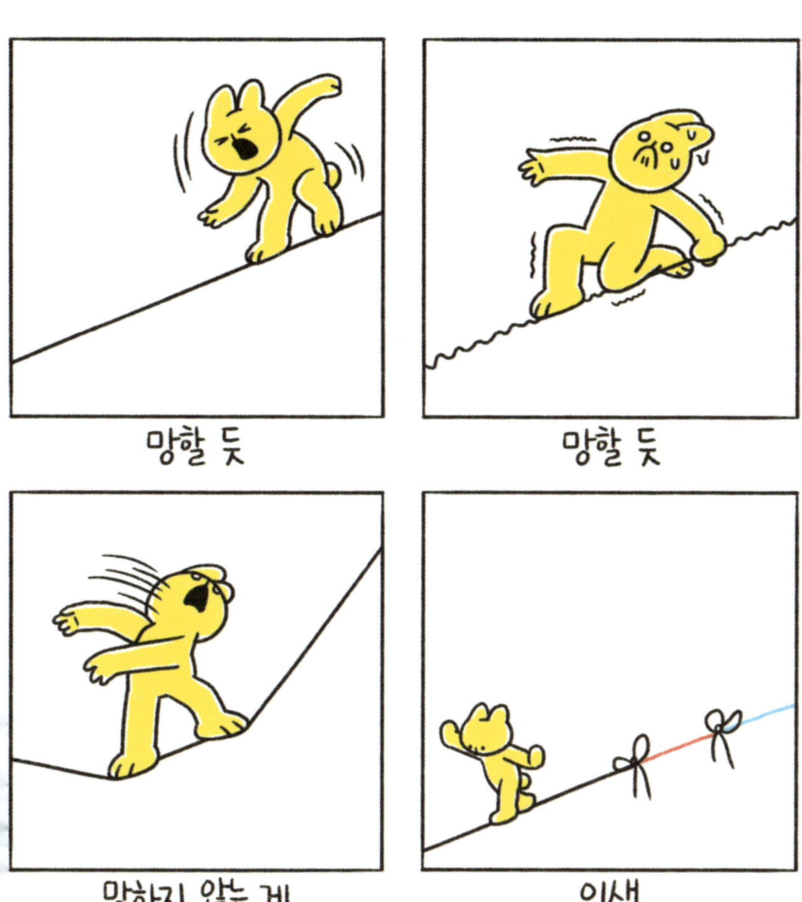

망할 듯

망할 듯

망하지 않는 게

인생

지 않아도 충분히 알 수 있는, 인생은 한정템이라 희소가치가 엄청나다는 사실은 적극적으로 잊었다. 아마 그래서 자주 생각했나보다. 일상에 계란 '툭' 깨는 소리를 내며 금이 가는 지점에서 장면과 생각의 연관성을 의아해하면서도 내가 누리는 모든 것들이 한순간 완전히 죽어 없어질 것에 대해서. 그래서 살아 있는 지금에 감사하지 않을 수 없다는 것을.

지나간 모든 순간에 존재하다 사라진 것에 감사하며 현재의 의미를 되새긴다.

감사

진전

—

작은 것들의 힘

외로울 땐 무엇을 해도 외로웠다. 사람을 만나고, 대화를 하고, 쉴 틈 없이 일을 해봐도 움직일수록 파고드는 가시처럼 나는 외로움 안으로 깊이 숨어들었다. 때로는 과장된 쓸쓸함이 일부러 낸 흠집 같기도 했고, 공기처럼 내가 어쩔 수 없는 것 같기도 했다. 무엇일까, 왜 그럴까, 고심할수록 투명한 냇물 바닥에 곱게 가라앉은 흙을 발로 마구 휘저어 질퍽한 흙탕으로 만드는 것만 같았다. 외로움에 집중하기보다 지금의 내가 무엇을 할 수 있을지 묻는 편이 조금은 덜 어지럽고 훨씬 산뜻했다.

나는 작은 목표를 세웠다. 해 뜰 때 즈음 일어나 창문 앞에 가만히 앉아 있기. 차 마시는 몇 분 동안 달라지는 하늘 바라보기. 해가 지고 나면 캄캄한 하늘 앞에서 소화되지 않은 말을 정리하기. 그사이 무수히 많은 자잘한 것을 목표해도 좋았다. 가령 밥을 먹기 전에 "잘 먹겠습니다"라고 작게 인사하는 일 같은 것. 이건 평생을 해오고 있는 습관인데 꽤 효과가 좋다. 쉽게 할 수 있는 대단하지 않은 일들이 내가 나를 돌본다는 증거가 돼줬다. 그렇게 매일 반복되는 일상에도 감사할 일이 있음을 발견했다. 따뜻한 밥을 먹고, 길가에 핀 꽃을 보고, 이름을 불러주는 사람의 목소리를 들을 수 있는 하루를 스스로 알아보지 않으면 있는 줄 모른 채 살게 된

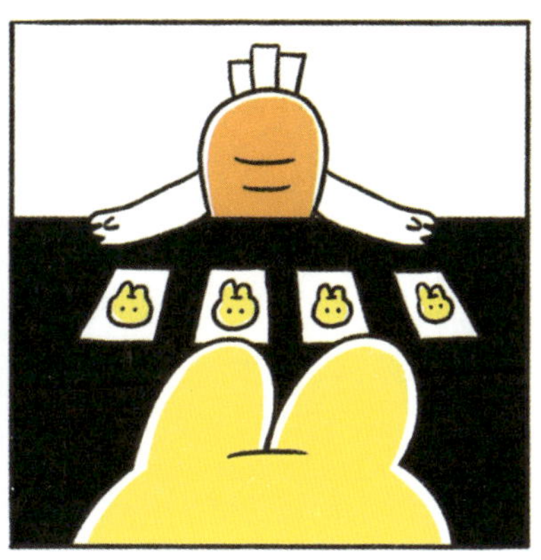

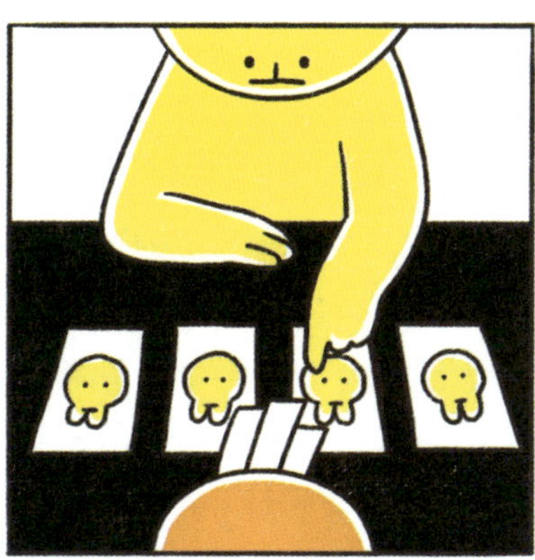

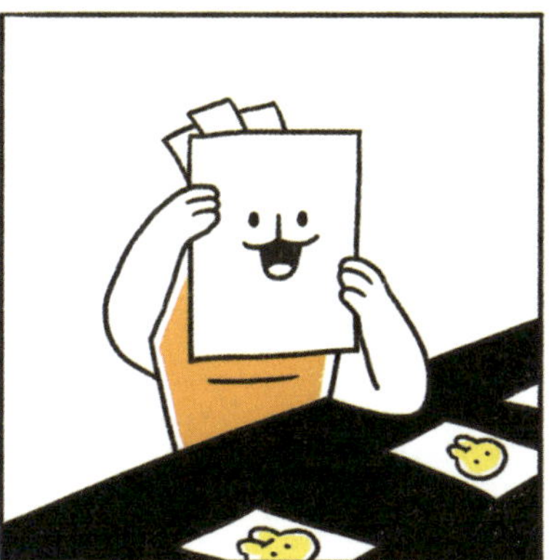

오늘 시작은 이걸로.

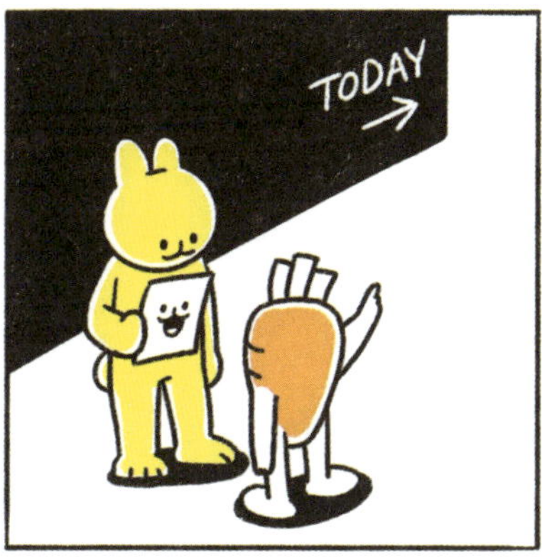

자, 이제 가봐.

다. 아름다운 것은 절로 보여지는 게 아니라 아름답게 보려
할 때만 보였고, 앞서 말했던 작은 목표들이 하나씩 실천될
때 드러났다.

　　지금 이 순간을 헛되이 두지 않겠다는 의지, 내가 나
를 어디쯤 데려가고 싶은지 아는 마음. 그 둘은 외로움이 지
속될 것 같은 생각을 덜어내도록 도왔다. 외로움은 지나가는
기분이 됐다. 그리고 그런 날들을 지나며, 나는 스스로를 조
금 더 믿고 의지하게 됐다.

일상의 사소한 행위를 인식하고
감사하는 마음은 외부로부터 충족되지
않은 결핍감인 외로움을 심리적으로
완화해 자기 회복을 이루게 한다.

감사

덕분

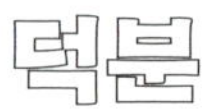

이로운 비교

행복한 사람을 보면 나의 불행이 선명해졌다. 가진 것보다 갖지 못한 것을 떠올리게 만드는 타인의 행복. 평소 불행이라고 생각하지 않던 것들도 마치 불행인 듯 느껴졌다. 남의 행복을 보며 나를 들여다보는 건 마음을 쓰는 일이고, 이건 달리기를 하는 것처럼 실제 힘이 들었다.

타인의 행복을 통해 나의 불행과 행복을 짚으며 할 질문은 이것이었다. '나의 불행은 영원할까?' '불행이라고 정의할 수 있을까?' '불행이 아닌 것을 불행이라고 착각하는 건 아닐까?'

행복한 사람을 보며 속이 어지러웠지만 차분히 이어지는 질문과 답은 반갑고 기뻤다. '잘하고 싶다. 그게 뭐든. 나의 삶이 좀 더 나아지는 거라면.' 내게 남은 삶에 여전히 의욕이 있음을 이런 방식으로도 느꼈다. 타인과의 이로운 비교는 기분과 상관없이 꽤 활력 있는 리듬감을 만들었다. 나는 다른 사람과 다르게 행복하기를 바랐고, 리듬을 따라 움직일 준비를 했다.

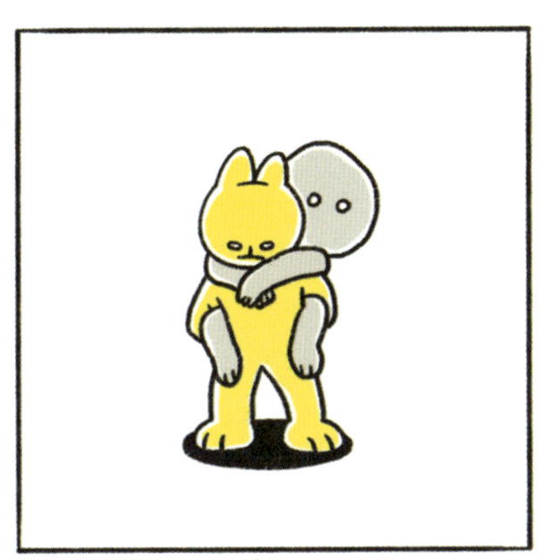

억울해…

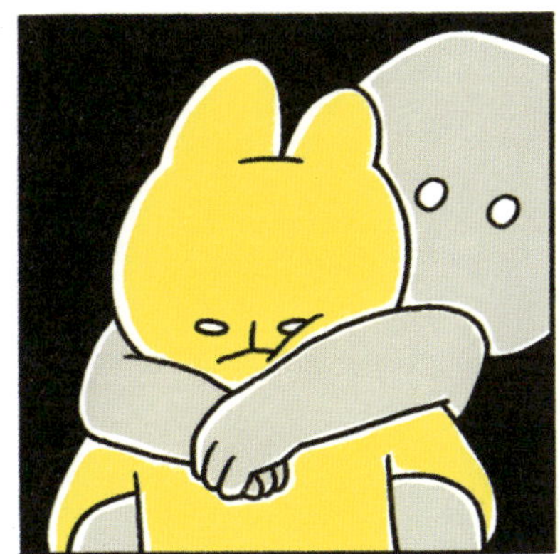

왜 나만 이런 짐을 지고

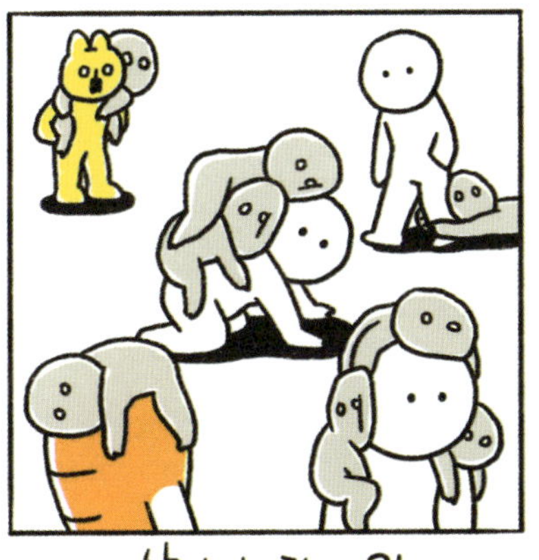

살아야 하…?!

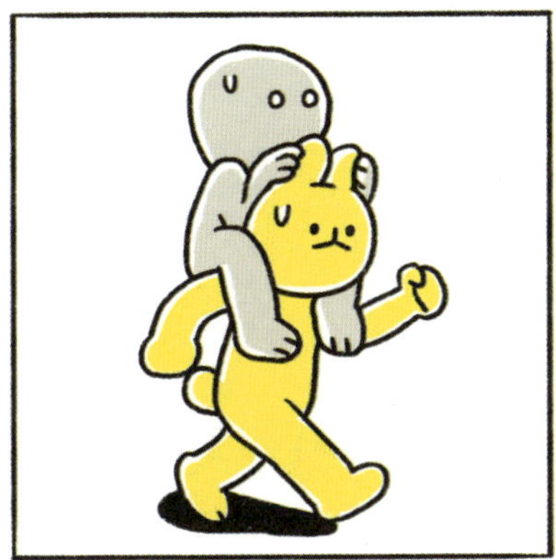

열심히 살자. 나야.

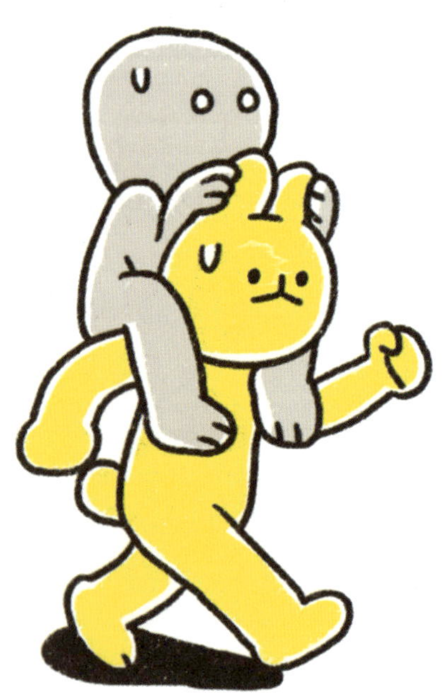

타인과의 비교로 시작된 자신에 대한
재조명은 이미 가진 것에 대한 감사의
자각을 불러오고 삶을 개선하려는
힘으로 충분히 활용할 수 있다.

처음

목표 설정

감사가 안주로 머물지 않도록 방향을 자문하며
앞으로의 길을 꾸준히 내다보는 마음

개선

—

숨길 수 없는 문제

스스로 선택했다면 결과에 대해 전적으로 책임지는 사람은 자신이다. 또한 이 간단하고 당연한 일을 복잡하게 만드는 사람 역시 나다. (어릴 때 접시를 깨먹고 내가 절대 범인이 아니라고 주장했던 경험을 떠올려보자.) 생각할수록 이상했다. 내가 나로 사는 이상, 내가 한 일로부터 벗어날 수 없는데 책임을 피할 수 있을 거라고 여겼다는 점이. 얕은수와 연기로 자신과 타인을 그럴듯하게 속일 수 있을 거라고 너무 쉽게 확신했다는 것이. 아니면 나를 포함해 그 누구도 속지 않았다는 걸 여태 모르고 있었거나.

이렇게 신경을 잔뜩 쓰니 당연히 진이 빠졌고, 연기를 하거나 설득할 기력도 남아 있지 않을 시점에서 알맞게 망가진 자기 모습을 볼 수밖에 없었다. 남을 보듯 스스로를 보며 '사람이 이렇게 치졸해질 수도 있구나. 그렇게 잘난 체를 하더니 본모습은 볼품없고 시시했구나'라고 깨닫고 나면 오히려 마음이 가벼웠다. 도저히 풀어낼 수 없을 것 같은 실타래를 거대한 가위로 싹둑 시원하게 잘라낸 것만 같았다. 저지른 일에 대한 책임을 피하려고 잔머리를 쓰다가 들켰지만 부정하지 않고 제 모습을 인정하면서 얻은 것은 일종의 믿음이었다. 썩 반갑지 않은 모습을 맞닥뜨린 지점에서 자기 신뢰가 싹틀 줄이야. 아이러니하지만 거의 모든 문제는 그렇게

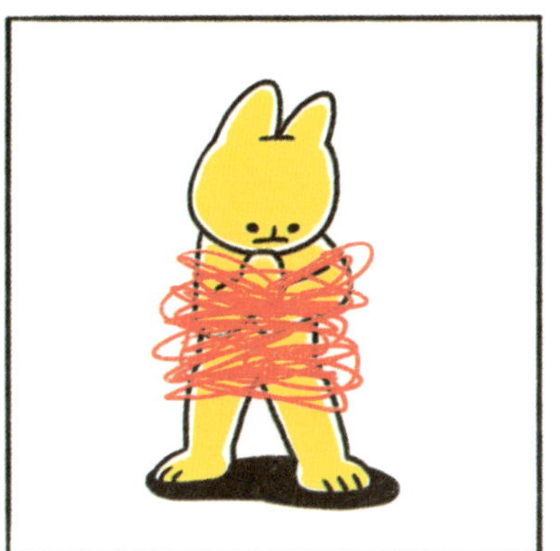

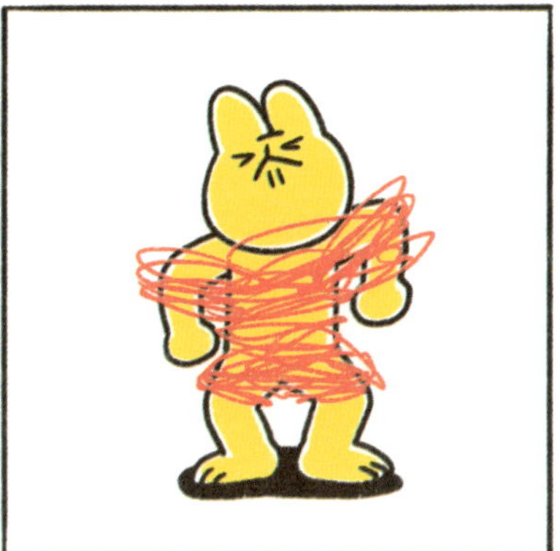

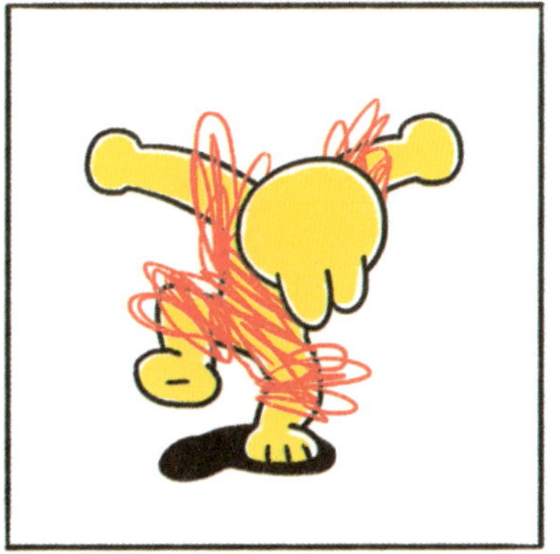

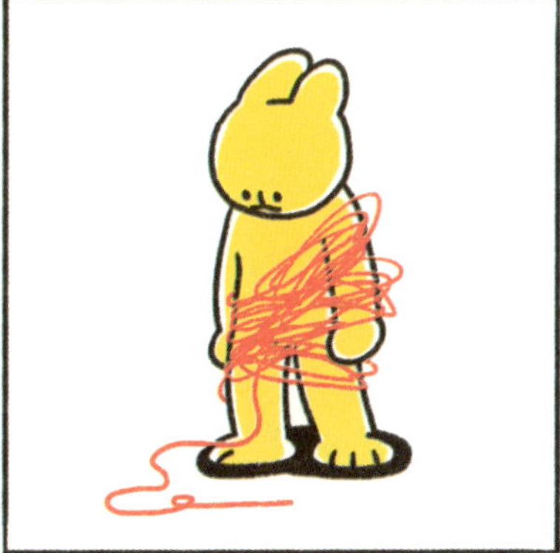

풀렸다. 옆이나 뒤를 보지 않고 정면을 봐야 할 때 똑바로 마주 보기만 하면 됐다.

자기를 인식하고 타자화하는 능력이 있는 인간은 원하지 않아도 자기 모습을 볼 수밖에 없다. 이상과 현실이 현저히 다른 데서 느끼는 좌절감도 있지만, 내가 나의 모습을 관찰하며 도움받는 부분도 상당히 많다. 잘못을 하면 '다음엔 그러지 말아야지' 하고, 목표한 것을 실행하면 '잘했다'라고 칭찬도 하며 다른 좋은 일도 해보자고 다짐한다. 나의 문제를 발견한 지점에서 멈추지만 않는다면 관찰과 다짐을 이어갈 수 있고, 그건 나를 더 나은 나로 살게 한다.

37TH MOMENT SUMMARY

자기 문제를 정확히 인식하고 개선하려는 의지는 내면 성장의 목표이기도 하다.

해결

—

되는 방향으로

좋아하는 것을 좋아한다. 싫어하는 것은 싫어한다. 하고 싶지 않은 일은 그만두고, 하고 싶은 일은 계속한다. 보고 싶을 때 보고, 만나고 싶지 않으면 만나지 않는다. 울고 싶을 때 울고, 웃고 싶을 때 웃는다. 먹고 싶은 음식을 먹고, 먹기 싫은 건 먹지 않는다. 배우고 싶은 일은 배우고, 듣고 싶지 않은 것은 듣지 않는다. 하려는 말은 하고, 하기 싫은 말은 하지 않는다. 가고 싶은 곳에 가고, 머물고 싶은 만큼 머물다가 떠나고 싶을 때 떠난다. 거절하고 싶다면 거절하고, 수용하고 싶을 때 받아들인다. 차가워지면 차가운 채로, 뜨거워지면 뜨거운 대로 둔다. 넘어지면 일어나고 싶을 때까지 기다린다. 이렇게 간명한 일이 단순하게 이루어지지 않는 게 사는 일인 것 같다.

있는 그대로의 나를 훼방 없이 내버려두는 일이 어려울 때면 뽀얀 눈밭이 구둣발로 서걱서걱 밟힌 기분이 들었다. 하지만 내가 바라는 대로 되는 것보다 그렇지 않은 일이 훨씬 많으니 원하는 대로 되지 않았을 때의 마음은 그것대로 두고, 이걸 어떻게 이해할까 생각했다. 원하는 대로 되지 않는 일을 조금은 되게끔 하는 방향으로 틀어보고 싶었다. 어떻게 하면 좋을까, 내게 맞는 방법은 무엇일까. 갓 태어난 아이도 제 밥을 먹기 위해서 사력을 다해 우는데 갓난아이처럼은

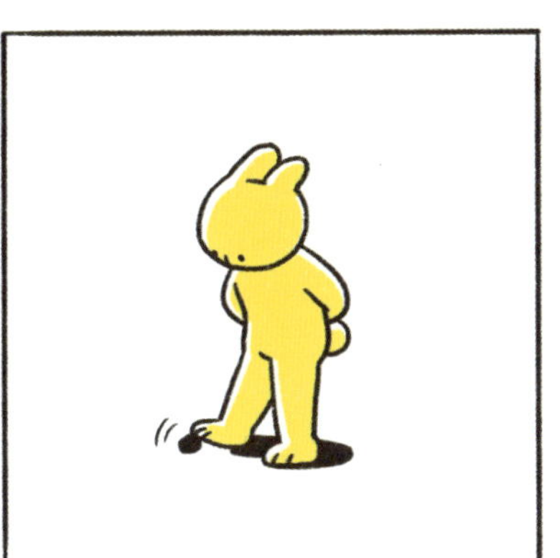

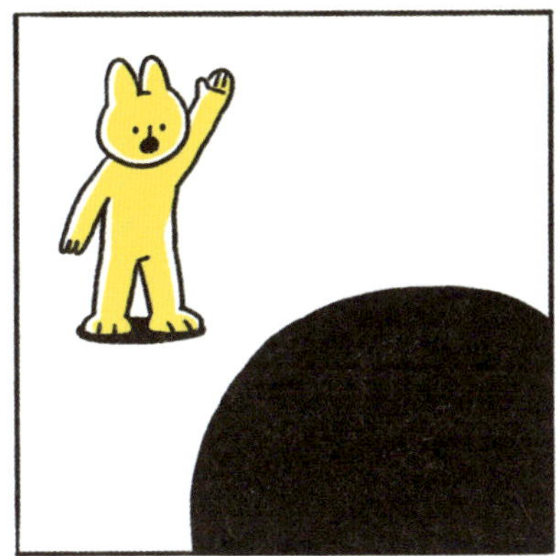

어, 괴로움 왔어?

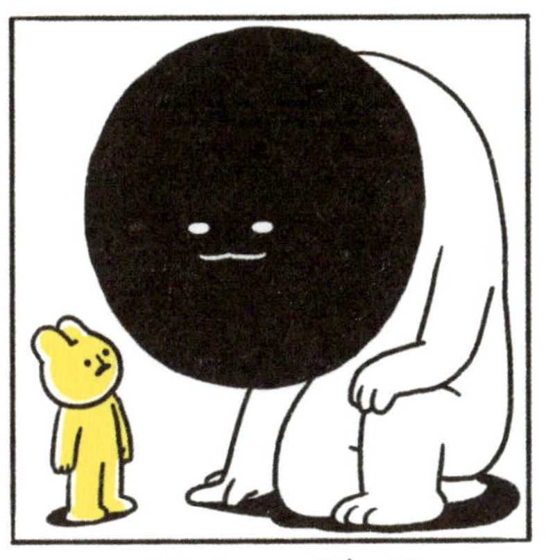

이번엔 더 커졌네?

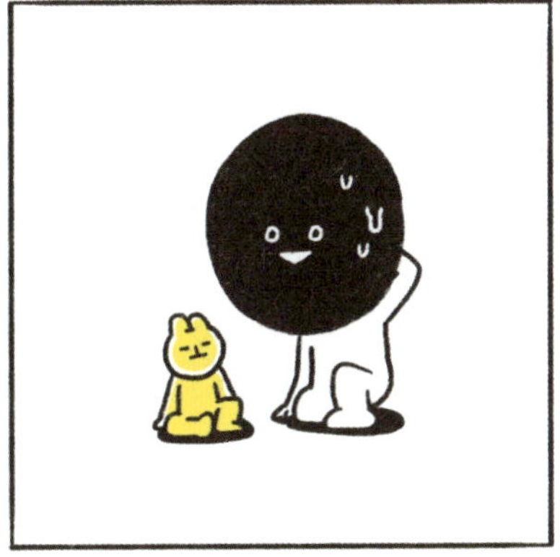

아…미안. 어쩌다보니
그렇게 됐어.

못 해도 우는 시늉쯤의 노력은 해야 하지 않을까 하면서. 기분을 멀찍이서 보기만 하지 않고 몸을 담근 채 불쾌함을 느끼고 원하는 바를 더듬었다. 그러지 않았다면 나는 뜻대로 되지 않을 때마다 내가 바라는 게 뭔지도 모르면서 불평만 하는, 지금보다 훨씬 더 미성숙한 인간이 됐을지도 모른다.

38TH MOMENT SUMMARY

뜻대로 되지 않는 순간에도 내게 맞는
방향으로 조금씩 나아가는 일의 의미.

목표 설정

관문

—

언젠가 해야 할 일

《케첩이 되고 싶어》는 내가 낸 책 중에 유일하게 그림이 없다. 글만 담은 책을 만들고 싶었지만 이 소망은 이뤄지기 어려웠다. 출판 시장에서 나는 노란 토끼가 등장하는 그림으로 각인된 작가인데, 표지를 포함한 모든 곳에 그림 없이 글만 담는 건 파상풍 주사 하나 맞지 않고 알몸으로 아마존 밀림에서 황금독화살개구리와 남미전갈 사이를 헤쳐나가는 정도의 모험이었다. 뭐 이렇게까지 과장하는가 싶겠지만 얼마 없는 핵심 무기를 내려놓고 업장에서 단판 승부를 한다고 생각해보면 과장이라고만 할 수 없다. 그렇다면 그림 없는 책을 만들 기회를 만났을 때 기다리던 택배를 받는 마음처럼 신나게 했어야 하는데 그렇지만은 않았다. 보증 빚을 대신 갚는 심정으로 등 떠밀려 쓴 것도 아니고, 글만 있는 책을 내길 원했는데 왜일까? 괴로움의 중심엔 두려움이 있었다. 지금까지 그림이 중심인 책을 만들었는데 그림 없는 책이라니. 기존 독자들마저 날 등지는 건 아닐까? 노란 토끼 그림을 기대하는 독자에게 글만 있는 책을 보여줘서 실망시키지 않을까?

이러니저러니 속이 시끄러웠지만 이미 하기로 한 일이었다. 다만 이 일에 대해 아무에게도 말하지 않았다. "지금 쓰는 책엔 그림이 없어요. 네, 저를 지금껏 먹여 살린 노란 토끼가 없습니다." 이 말을 하면 어떤 피드백이 올지 잘 알았기

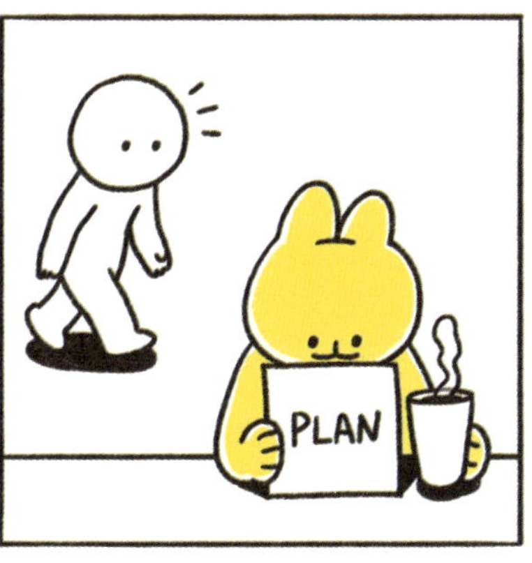

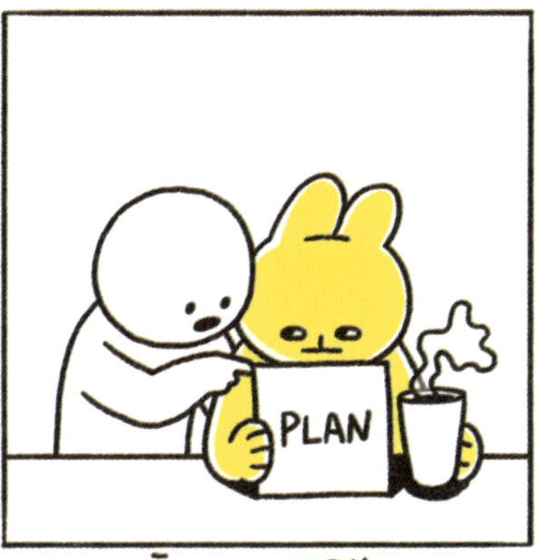

PLAN
어휴, 이게 되겠어?

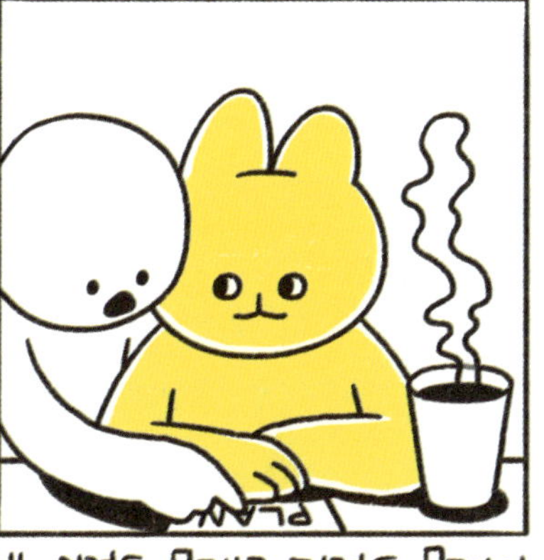

봐, 이것도 문제고 저것도 문제야.

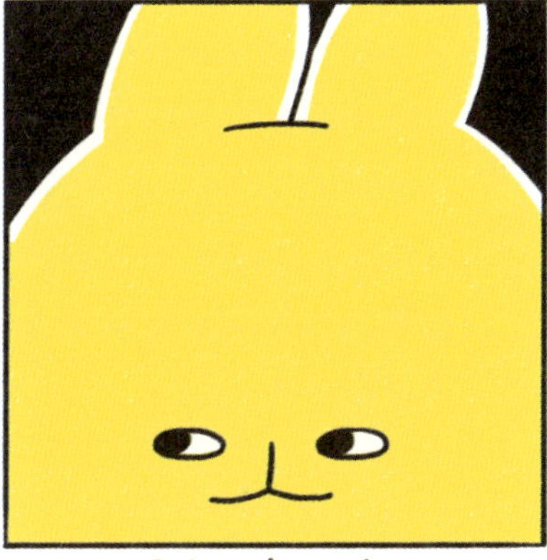

그래? 해낼 생각하니까
슬슬 기운이 나네?

때문에. 누구의 어떤 말도 전혀 듣지 않고 냅다 일을 시작해서 마침내 끝을 냈다. 새롭게 선택한 일이 해왔던 것까지 망쳐버릴까 염려하면서도 했다. 하고자 하는 일에 방해가 된다면 가족, 친구, 지인과도 잠시 거리를 뒀다. 실패하지 않고 안주하면서 미련으로 비대해진 마음으로 하지 않은 일에 대해 후회하는 건 원치 않았다. 다행히 그즈음, 지난날에 이룬 소소한 성과들과 새롭게 선택한 일은 서로 아무 연관이 없음을, 오직 내 마음이 각각의 일에 변덕스러운 의미를 부여할 뿐이란 걸 알았다.

마음이 항목을 정하고 머리가 계획을 짜면 몸은 그걸 실행했다. 처음 해보는 일로 수차례 고개를 갸우뚱 혹은 절레절레를 반복하며 "이게 맞아?"를 말버릇처럼 읊었다. 하지만 처음이니까 다른 방식, 다른 느낌, 다른 감을 믿으며 나아갔다. 나름대로 열심을 발휘했다. 어떤 결과가 나오든 실망할 수는 있지만 좌절하지는 않겠구나 싶었다. 이 마음을 확인하는 것만으로도 상당히 힘이 됐고 그럴 때마다 두려움은 하찮아졌다.

39TH MOMENT SUMMARY

명확하고 의미 있는 목표를 스스로 설정하고
실현해나가는 과정은 두려움을 견디게 하는
내적 추진력을 갖게 한다.

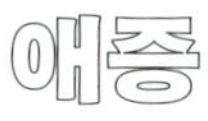

애증

—

힘들어서 더 좋아!

'힘들어. 근데 재밌어. 아오, 힘들다고. 그렇지만 진짜 재밌다고! 힘들지만 재밌어. 힘들어도 재밌어. 아니, 힘드니까 재밌는 거야!' 사실인지 아닌지 자기합리화인지 설득인지 주장인지 뭔지 경계가 불분명해지면 '아, 내가 이 일을 사랑하나보다'라고 뭉뚱그리게 된다. 그것 말고는 서술할 말을 못 찾겠다. 고통의 꽁무니에 따라붙는 쾌감. 좋아하는 일을 사랑하게 되면 이처럼 변태적 특이점이 온다. 자기를 해치지 않는 선에서 힘듦은 재미를 증폭시켰다. 그렇다. 재미가 있었다! 결과가 어떻든, 과정의 어려움이 얼마나 됐든, 중간에 그만두네 마네 울고불고 난리를 피워도 까짓것 상관없이 쭉 밀고 나간 건 재밌었기 때문이다. '일을 겨우 재밌어서 한다고 하면 좀…… 더 그럴듯한 이유 없어?'라고 '재미'의 가치를 평가절하했던 과거의 나에게 롯데리아 크랩버거 광고에 등장한 배우 신구의 목소리로 한마디 해주고 싶다. "네가 재미 맛을 알아?"

아무리 거저먹으며 쉽게 살고 싶다고 노래를 불렀어도 막상 그런 경험을 했을 때(기적에 가까울 만큼 드물다. 대부분의 일은 힘들고 고되다) 기뻤는가 하면 그렇지 않았다. 오히려 바나나 껍질을 깠는데 바나나가 없는 장면을 본 것처럼 난생처음 느끼는 당혹감과 허탈감이 있었다. 낯설어 그럴 수도 있겠지

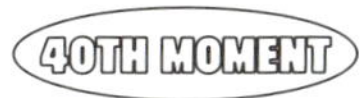

40TH MOMENT

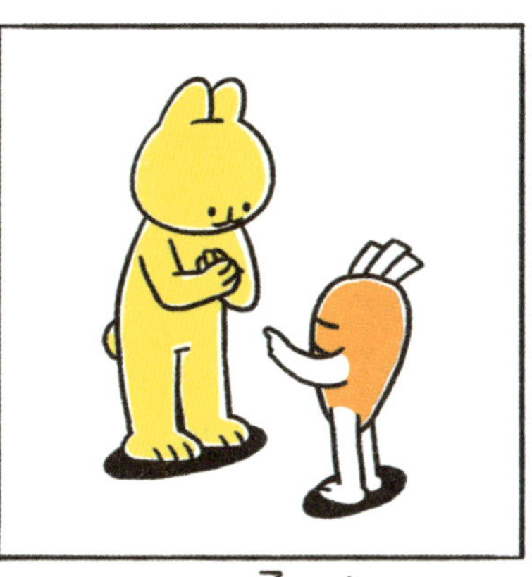

네가 좋아!

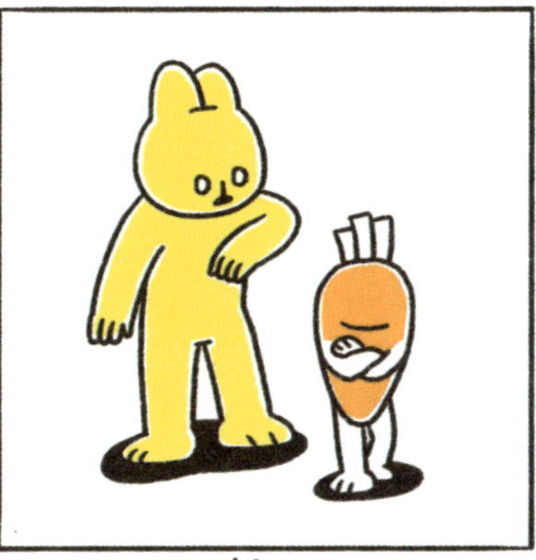

하지만 싫을 때도 있어.

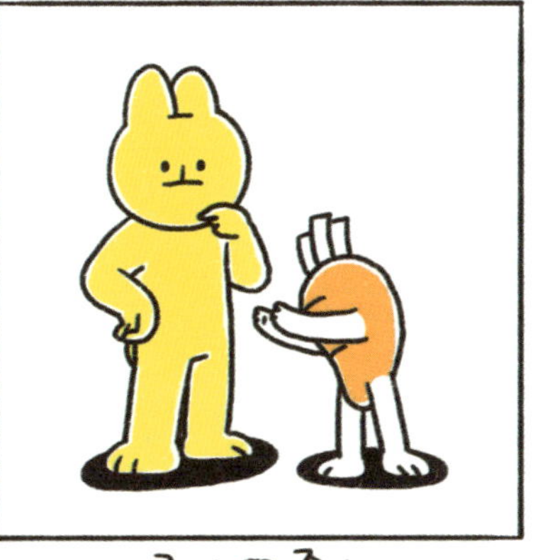

근데 또 좋아.

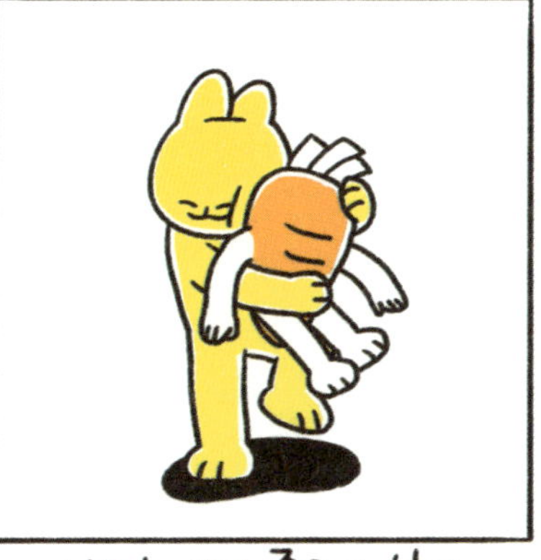

나도! 네가 좋은데 싫어.
그치만 싫은데도 좋아!

만, 이 허무를 넘어 어떤 원하는 바를 찾고 싶다는 기대도 전혀 없었다. 재미주의 인간에게는 힘 안 들고 재미없는 것보다 힘들고 재밌는 일이 훨씬 구미가 당겼다. 주야장천 힘들기만 한 일은 당장 그만두겠다고 늘 생각하면서도 재미의 그림자가 언뜻 보이면 개가 산책줄 보듯, 고양이가 쥐돌이 보듯 반색했다.

창작 노동자로 일한 지 15년이 넘어가는 동안 일의 과정과 결과에서 얻고자 했던 즐거움 중 하나는 바로 이 '재미'였다. 사회에 필요한 일인가, 누군가에게 도움이 되는 일인가까지 닿기도 전에 '힘들고 어렵고 지쳤음에도 불구하고' 스스로 이 일을 해야 할 가장 근본적인 이유이기도 했다. 어차피 쉬운 일은 없었으니 더욱 재미가 중요했다. '좋아하는 거 더 좋아하자. 열심히 열심히. 그렇게 사랑해버리자'라며 힘들수록 기어코 넘어서서 좀 더 큰 재미를 가졌다. 그게 몹시 좋아서 결국 '힘들어도 재밌다'에서 변태적 애정을 더해 '힘드니까 재밌다'에 이르렀다.

40TH MOMENT SUMMARY

과정을 통해 배우고 즐기려는
내재적 동기를 기반으로 한 목표 지향성은
인지적 노력과 정서적 몰입을 이끌어
힘듦의 정도와 무관하게 지속적인 역할
수행과 긍정적 정체감 형성을 이끈다。

살아내는 태도에
관하여

삶은 매 순간 나를 움직이게 한다. 어제보다 나아지고 싶다는 마음과 지금에 그저 감사하고 싶다는 마음, 서로 다른 두 마음이 있다. 긍정심리학에서 말하는 '감사'와 '목표 설정'은 그렇게 상반돼 보이는 두 가지 마음 사이에서 균형을 잡아주는 역할을 한다. 감사는 지금 여기의 삶을 깊이 들여다보게 하고 목표는 아직 도달하지 않은 방향을 향해 나를 밀어준다.

감사는 내가 가진 것을 다시 바라보게 한다. 당연하다고 여겨졌던 일상, 익숙한 관계, 무심코 지나친 기회들 속에 얼마나 많은 축복이 있었는지를 깨닫게 한다. '왜 이만큼밖에 안 됐지?'가 아니라 '이만큼이나 왔구나' 하고 말할 수 있는 마음은 감사로부터 비롯된다. 하지만 감사만으로는 부족할 때가 있다. 멈춰 서 있는 나를 향해 '이대로 괜찮아'라고 속삭이기만 하면 마음은 편해도 삶은 더 이상 자라지 않는다. 그래서 우리는 목표를 세운다. 목표는 내가 어떤 사람이 되고 싶은지를 자문하게 하고 말과 행동, 습관을 조정하게 한다.

두 감정은 따로따로가 아니라 함께 움직일 때 제 역할을 한다. 감사는 목표를 이루는 과정을 지치지 않게 도와주고, 목표는 감사가 안주로 머물지 않게 한다. 지나온 길을 소중히 여기는 동시에 앞으로의 길을 꾸준히 내다보는 마음.

그 둘이 맞닿을 때, 우리는 자기 삶의 중심에서 스스로를 단단히 단련해나갈 수 있다.

가진 것을 알고 원하는 것을 알며 둘 사이에서 스스로를 어루만지고 밀어주는 것. '감사'와 '목표 설정'을 단순한 개념이 아니라 삶을 살아내는 태도로 바라보면서 어쩌면 우리가 가장 오랫동안 붙들어야 할 마음인지도 모른다는 생각을 한다.

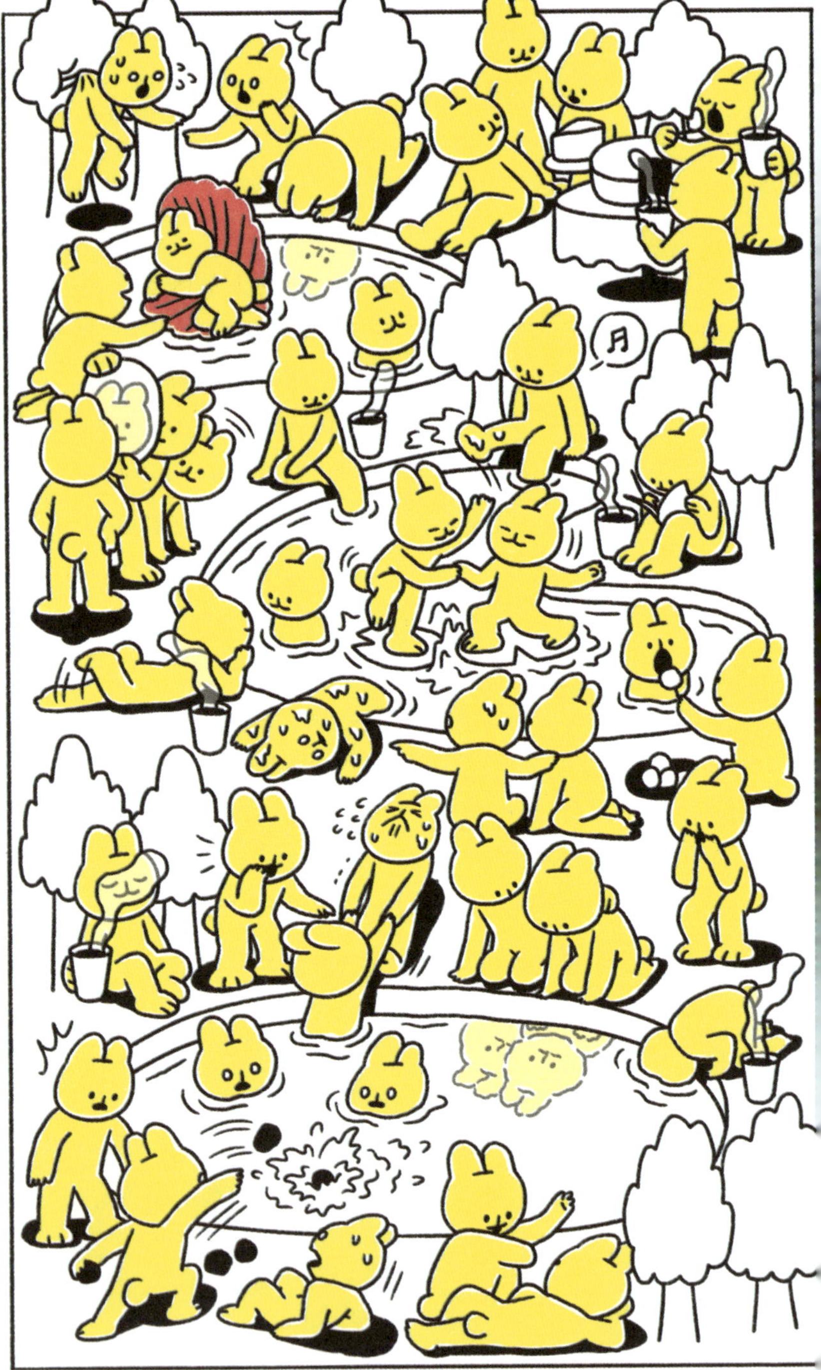

THE WHITE BOOK

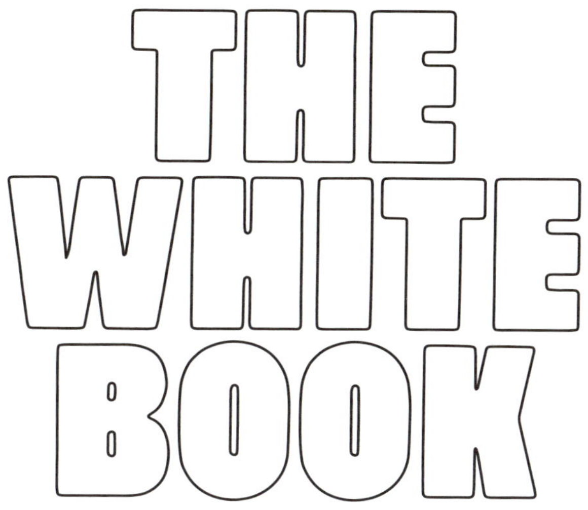

PART. 05

자기 성찰

행복

다시 삶을 구성하는 시간

자기 성찰

나의 불완전함을 바라보고 이해하며
함께 걸어가는 훈련

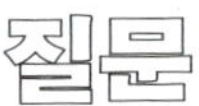 질문

—

불행과 낙과

불행하다고 매일 우울해야 하고 울어야 하고 밥을 걸러야 하고 씻지도 않아야 하고 세상과 그 세상 속 누군가를 저주해야 하고 잠을 설쳐야 하는 건 아니다. 밥을 먹지만 깨작거리는 정도에서 그만둘 수도 있고, 아무도 미워하지 않고 투덜대기만 할 수도 있다. 하지만 나는 정형화된 불행의 반응에 의문을 품지 않고 착실히 따르면서 자기 불행을 얼마나 건성으로 대하고 있는지조차 몰랐다. 따지고 보면 내게 닥친 것이 불행인지 확실하지도 않았고, 그랬더라도 언제든 바뀔 수 있는데 마치 세상에 단 하나뿐인 영원불멸한 불행을 만난 것처럼 굴었다. 다시는 희망을 말하지 못할 것처럼.

거실 창밖에 우뚝 선 감나무를 봤다. 녹청색 잎 사이로 올망졸망 매달린 아기 감이 보였다. 골목과 골목 사이 돌연 불어온 작은 돌풍에 감나무 가지가 마구잡이로 흔들렸다. '솨아아, 솨아아' 나뭇잎과 가지가 만들어낸 파도 소리 사이로 아기 감이 바닥에 '톡' 떨어지는 소리가 들렸다. '아이고, 떨어졌네. 아직 밤톨만 할 텐데 어쩌나……' '스와아아' 더욱 시원하게 불어온 바람 따라 감나무가 크게 출렁이고 '톡, 톡' 떨어진 감이 바닥에 부딪히는 소리가 재차 들렸다. '떨어지지 않은 감들은 여름 볕을 듬뿍 받아 어른 주먹만큼 커지면서 점점 여물겠지. 가을이면 달큼하고 아삭한 단과가 돼서 어떤 건

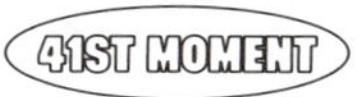

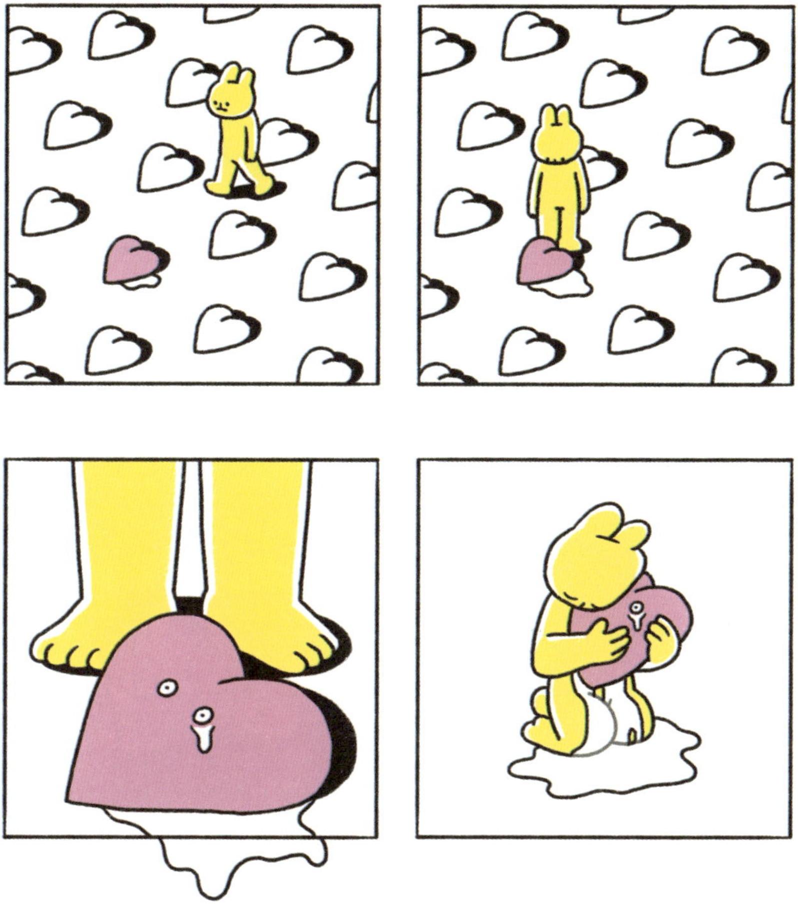

홍시가, 어떤 건 곶감이 될 거야'라고 생각하며 바닥을 뒹구
는 감과 단단히 매달려 있는 감을 번갈아 보았다.

　　- 어떻게 하면 불행해도 불행감에 휩싸이지 않을 수
있을까?
　　- 어떻게 해야 불행하더라도 살아 있다는 행복을 찾
을 수 있을까?

　　두 질문은 내가 무엇을 모르고 있는지, 무엇을 알고
싶어 하는지를 물었다. 한여름의 감나무로부터 겨울의 단과
를 생각하며 내가 가졌던 불행에 대해 몰랐던 것들을 하나
씩 물어나갔다.

41ST MOMENT SUMMARY

어떤 상황에서도 스스로에게
물을 수만 있다면、우리는 얼마든지
단과가 될 수 있다。

조언

—

잔소리가 필요해

혼자 있는 시간의 일부는 나를 점검하는 데 썼다. 잘하는 걸 깎아내리면서 더 잘하라고 닦달할 목적은 없었고 사회인으로서 이상한 점은 없는지를 찾기 위해서. 그렇지 않으면 내가 이상해서 벌어진 일을 세상이 이상해서 벌어진 일이라고 오해하고 엉뚱한 불만을 갖기 일쑤였다. 때론 일그러진 일의 원인이 나의 잘못이었단 걸 일찍 눈치채기도 했지만 '아이고 내가 또……' 하는 것 말곤 별다른 조치 없이 지난 적이 많았다. 성격이 이래서, 세상이 이래서 다음에, 나중에 하며 아무것도 하지 않고 불만만 가진 채 살아온 것이다. 이렇게 쓰고 보니 내가 너무 찌질한 것 같아서 무엇이든 덧붙여 나 자신을 옹호하고 싶지만 딱히 내세울 만한 게 생각나지 않으니 아, 어쩔 도리가 없다.

곰곰 생각해보면 어른이 되고부터 잔소리를 하지도 않았지만 들은 적도 없었다. 들어야 했을 일이 분명 있었을 텐데. 간혹 들어봤다 해도, 어릴 때 훈육의 영역으로 받아들이던 것과는 달리 침범과 공격으로 해석하곤 솜 주먹 틀어쥐며 방어 태세를 취했다. 그렇다면 나는 나의 이상한 점을 어떻게 알 수 있을까? 나의 비뚤어진 부분을 알지 못한 채 마치 그게 삶의 정도인 것처럼 살아온 거라면, 등에 오물이 잔뜩 묻어 악취가 나는 걸 누구도 말해주지 않고, 나 역시 투덜거

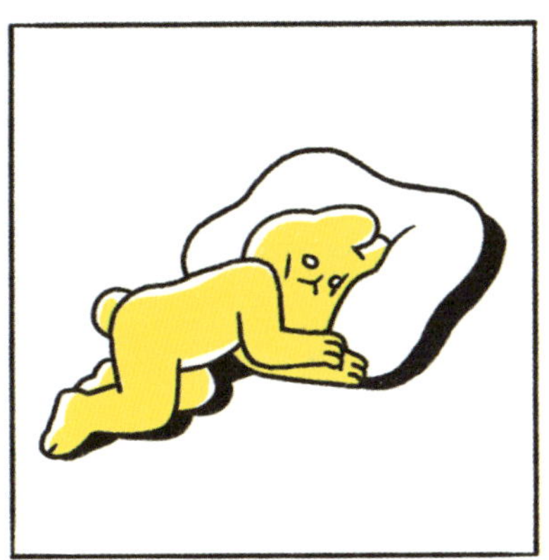

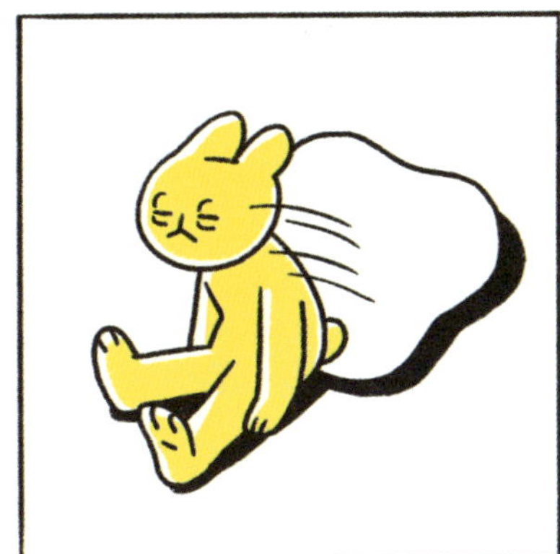

그 일을 생각하면

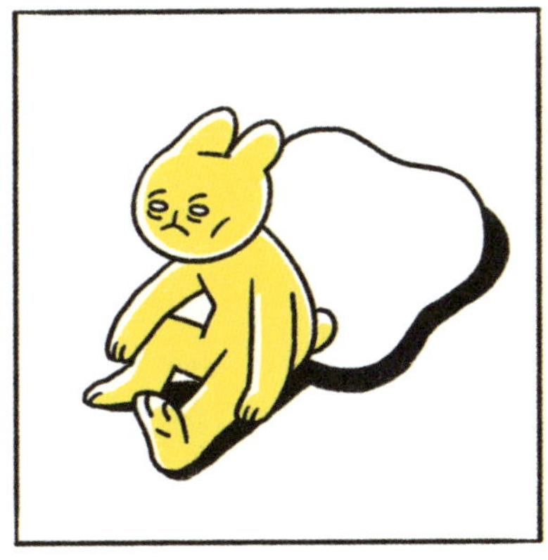

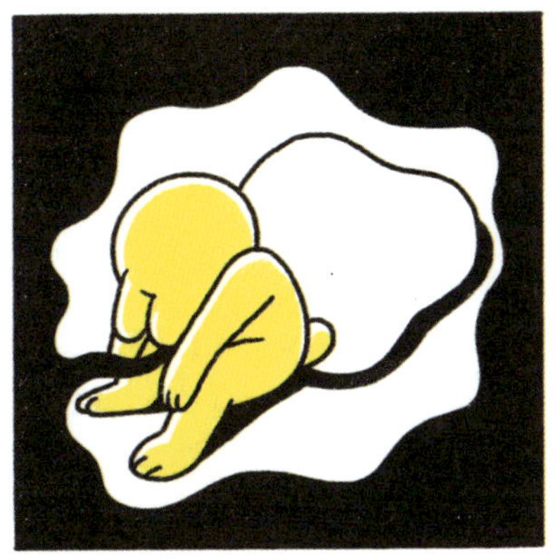

하 ———

리기만 할 뿐 나를 살펴볼 생각조차 하지 않는다면.

지나간 시간이라도 나를 돌아봐야 할 지점이 있고, 이걸 제때 하지 않으면 지금을 산다 해도 비뚤고 어긋나고 이상한 나를 데리고 사는 일의 반복이었다. 그런 성실은 싫었다. 나를 위한 잔소리가 절실했다. 어떤 점이 잘못된 건지 알기 위해 혼자 있는 시간이 생기면 마음에 걸리는 일을 요리조리 훑어봤다. 데미안 허스트의 〈다이아몬드 해골(for the love of God)〉이나 마르셀 뒤샹의 〈샘(Fountain)〉을 감상하는 자세를 갖고서. 그러니까 뭐가 뭔지 모르겠지만, 또 무엇을 찾아야 하는지 확실하진 않지만 '대체 이게 뭐지? 무슨 말을 하려는 거야?'라는 질문을 답처럼 여기고서 남이 말해주지 않는 나의 등을 보려 했다. 그게 중요했다. 계속 보려는 그 자세가.

42ND MOMENT SUMMARY

**타인의 잣대와 판단 없이 스스로 따지고
이해하려는 태도는 불완전한 나를
더 나은 방향으로 이끈다.**

진화

—

함께할 때 만나는 세계

나는 자신에게 파고드는 성향이 강한 사람이었다. 내가 먼저 곁에 있는 사람에게 마음을 쏟기보다 그도 나처럼 내게 마음을 쏟아주길 바랐는데 상대의 입장에서 본다면 꽤 폭력적이라고 할 수도 있다. 그래서 결혼에 대해선 전혀 생각이 없었다. 그런데 신기하게도 굉장히 다른 성향의 반려자와 함께 살고 있다. '굉장히 다른'에서 짐작하겠지만 '굉장히 많이'라고 하기에도 부족할 만큼 부딪쳤는데, 당시에는 싸울 때마다 곧 부서질 것처럼 관계가 위태로워 보였다. 박살 난 범퍼를 청테이프로 덕지덕지 붙인 두 자동차가 전속력으로 정면충돌하는 꼴이었다. 결혼을 반드시 유지해야 할 이유는 없으니 그만뒀어도 됐다. 내 손으로 시작한 관계를 내 손으로 마무리하고 "이번엔 아쉽게 됐습니다. 서로 각자의 길에서 행복합시다"라고 할 수도 있었다. 하지만 그러지 않은 건 이 관계에서 내가 아주 큰 것을 얻고 있어서였다. 물질적인 건 해당사항이 아니다. 워낙 서로 가진 게 없어서 소유권을 주장할 만한 거라곤 40인치 텔레비전 정도였으니까. 내가 얻은 건 자기 변화였다. 겪지 않았다면 달라질 수 없던 부분이 바뀌면서 편협하고 강박적이었던 나의 시선이 곁에 있는 사람과 바깥세상을 바라보며 판판하고 넓어졌다. 이건 의도한 것도 아니고 예상하지도 못했다. 보지 않던 것을 보고, 생

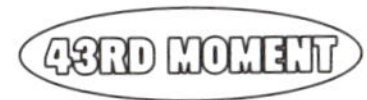

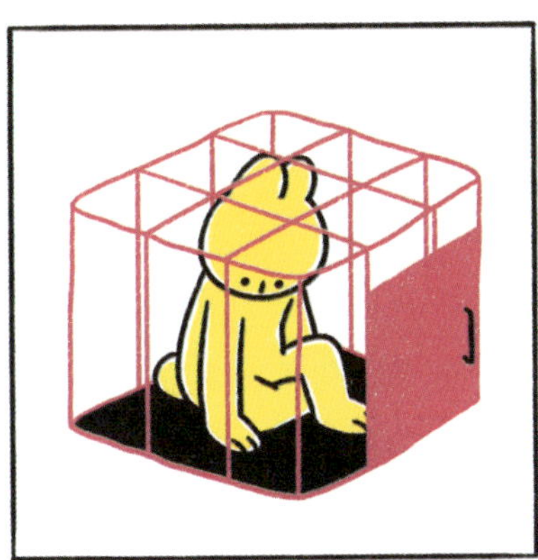

네가 갇힌 곳의 문이

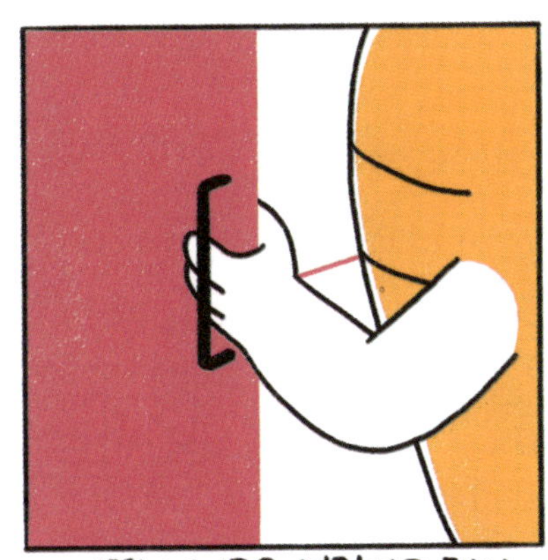

어떤 계기로든 열렸다고 해서

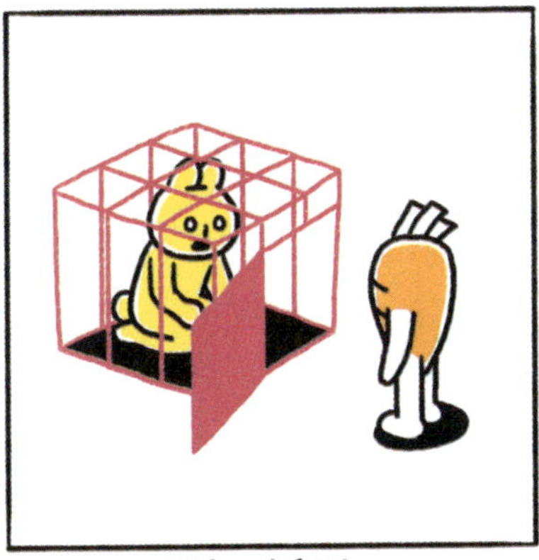

나오길 강요하거나
왜 나오지 않냐고
탓할 생각은 없어.

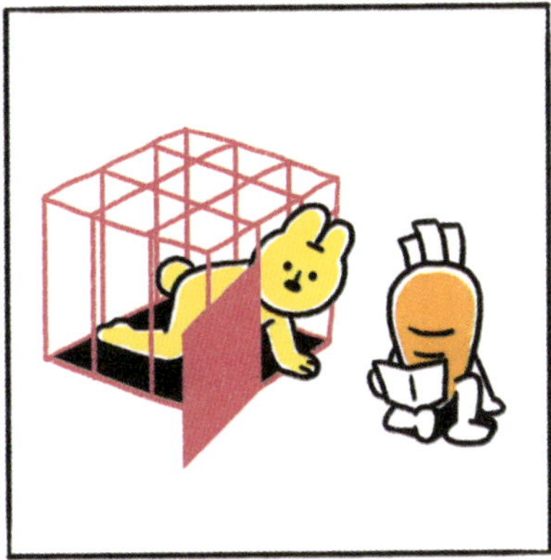

그냥 내가 곁에
있다는 걸 알려주고 싶어.

각하지 못한 걸 생각하게 되면서 사람이 달라졌다. 맨손으로 생고기를 틀어쥐고 마구잡이로 뜯던 사람이 의복을 갖춰 입고 식사 예절을 지키는 문명인이 됐다. 그러는 동안 반려자는 어쩌면 나보다 훨씬 더 괴로운 시간을 보냈을지도 모르겠다. 그럼에도 아직 결혼이 유지되는 걸 보면 역시 주고받는 게 있는 건가 싶지만, 그게 아니라 해도 나와 함께 살아주는 사람에겐 역시 미안함과 고마움, 신기함이 동시에 든다. 괴팍한 성미로 혼자였다면 가질 수 없고 알지도 못했을 성장을 얻었으니 운이 무척 좋았다. 그리고 이 운을 계속 이어나가면서 때때로 크게 키워보고 싶어졌다.

43RD MOMENT SUMMARY

**타인과의 관계에서 나의 미성숙함을 발견하고
이를 토대로 스스로를 확장해나갈 수 있다.**

냉소

—

뜨거울수록 차갑게 대하겠어요

점심은 이미 소화됐고, 저녁을 먹기엔 이른 오후 3시 30분쯤. 디저트 한 조각은 즉각 에너지원이 되고 기분도 띄워 주지만 많이 먹으면 탈이 났다. 냉소도 디저트와 같다. 남발하다가 회의주의나 염세주의로 빠지지 않을 수 있다면, 독을 잘 다뤄 약으로 쓰듯이 냉소 역시 꽤 쓸모 있다. 물론 이 독과 약의 경계는 매우 모호해서 알맞게 쓰기가 어렵긴 하지만.

간혹 뜻대로 되지 않는 일이 연거푸 이어지면, 나는 고압력으로 터질 듯 무섭게 부풀어 오른 압력솥이 됐다. 냉소는 이럴 때 썼다. "그래, 내가 하는 일이 다 이렇지!" 한마디에 압력 추가 부서지듯 콱 꺾이며 '푸슈숙' 뜨거운 김을 수직으로 뿜어댔다. 잔뜩 솟구쳤던 어깨가 내려앉고, 꽈악 쥐었던 주먹이 스륵 풀렸다. 삽시간에 압력이 줄어 속이 헛헛할 정도로 기운이 쪼그라들면 가자미눈으로 흘겨보면서도 다시 일을 뒤적일 수 있었다. 유쾌하진 않아도 날 움직이게 만든 건 얼음처럼 차가운 냉소의 말이었고, 나름대로 위로와 격려를 얻었다. 나를 억압하고 방해하는 무언가에게 던진 냉소를 통해 발현되는 공격성은 타인에게 해를 끼치지 않고 내겐 후련함을 줬다. 이런 효험을 보기 위해선 오직 자신에게만 냉소적이되 남용하지 않고 시의적절하게 이용할 수 있어야 하는데, 적당한 강도와 빈도를 찾는 건 순전히 내게 달렸다.

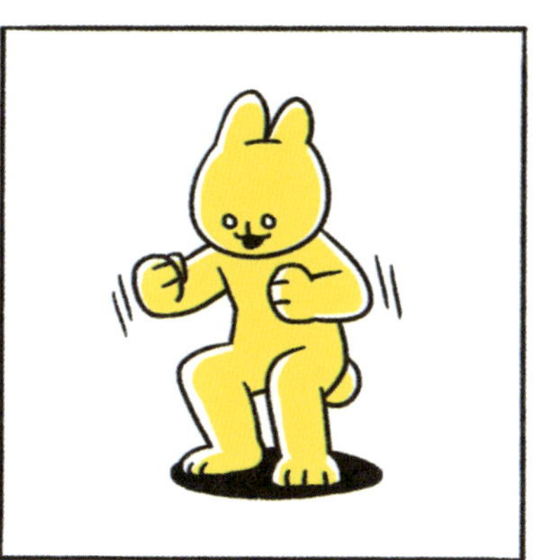

할 수 있어, 할 수 있어!

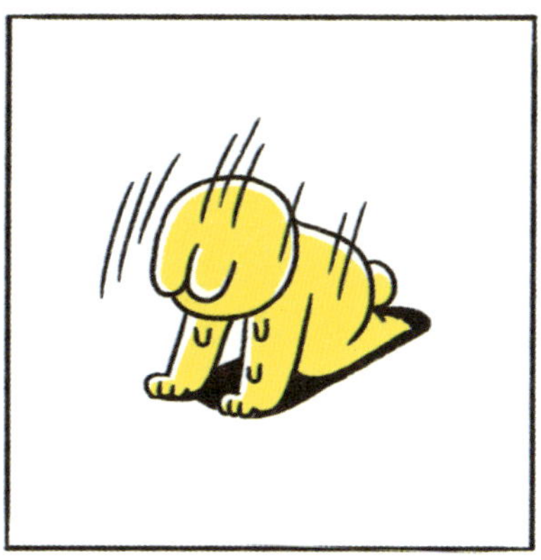

안 돼, 난 안 될 거야…

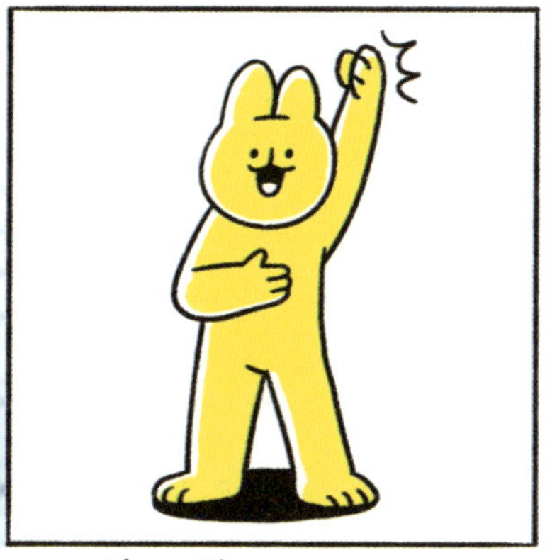

된다, 된다, 나는 된다!

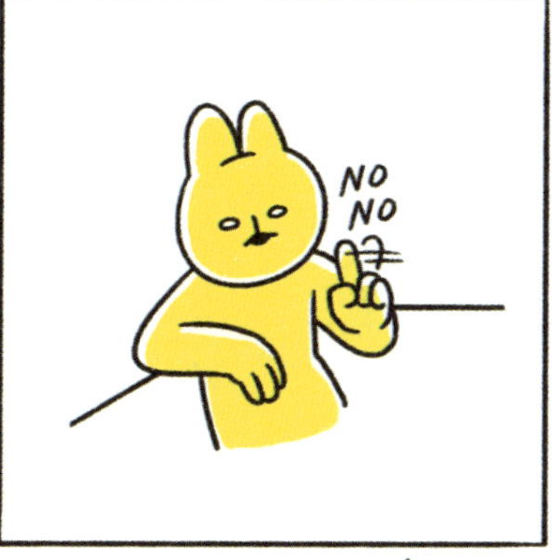

NO
NO
아니, 그러니까 그게 가능해?
안 돼, 안 돼~

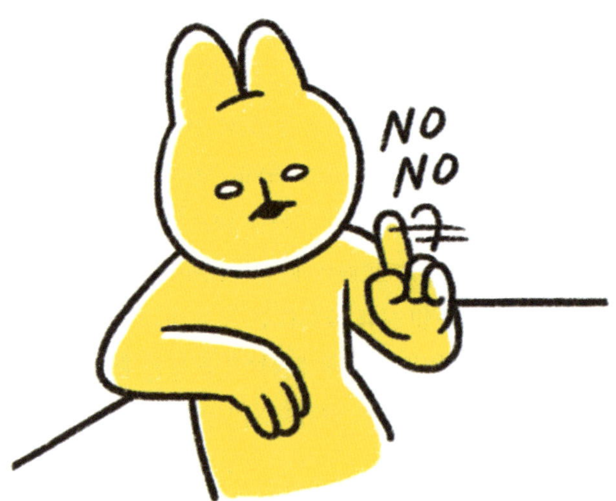
NO
NO

44TH MOMENT SUMMARY

내가 다치지 않는 범위 안에서
활용하는 냉소는 뜨거운 압력을
낮추고 감정을 해소한다.

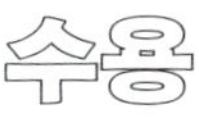

수용

—

가만히 마주 보며

새벽 4시 42분. 뜨거운 보이차를 내려 책상에 앉았다. 씨앗 같던 아침 해가 불그스레 돋아나는 동안 마음이 죽었나 보고 왔다. 어디가 죽었고, 어디가 죽어가고 있고, 어디가 여전히 살아 있는지 먹물처럼 번지는 아침 볕을 조명 삼아 깻잎조림 낱장 들춰보듯 한 장 한 장 살폈다. 들여다볼수록 죽은 것과 죽어가는 것과 살아 있는 것 사이의 경계가 무지개처럼 모호했다. 빨강과 파랑이 포개어져 여러 단계의 보라를 만들었지만 다시 빨강과 파랑으로 돌아가지 않았다. 저들끼리 겹치고 섞이며 탄생한 색들로 마음은 다채롭고 자주 소란했다. 좋은 것도 나쁜 것도 삽시간에 스며들어 곳곳에 번졌다. 아무것도 아닌 것을 좋은 것으로 만들 수도 있었고, 좋지 않은 것을 그리 만들기도 했다. 알맞게 식은 차를 소리 없이 마시며 나무늘보같이 눈을 꿈뻑거렸다. 죽은 것은 보듬고, 죽어가는 것은 되살리고, 살아 있는 것은 응원해주고 싶었다. 그렇다면 그래야지. 복잡할 게 없었다.

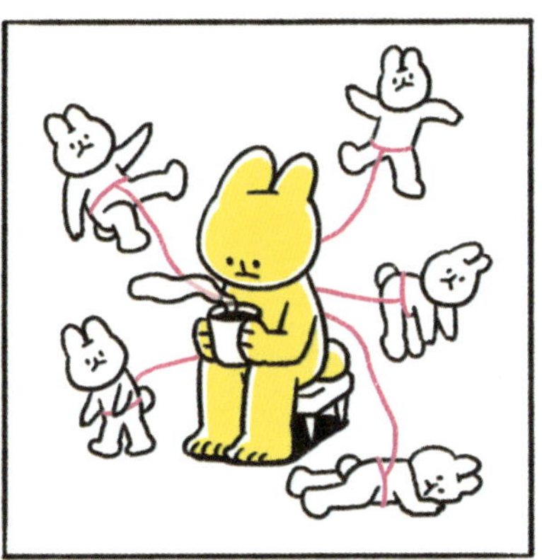

마음이 산만해지면

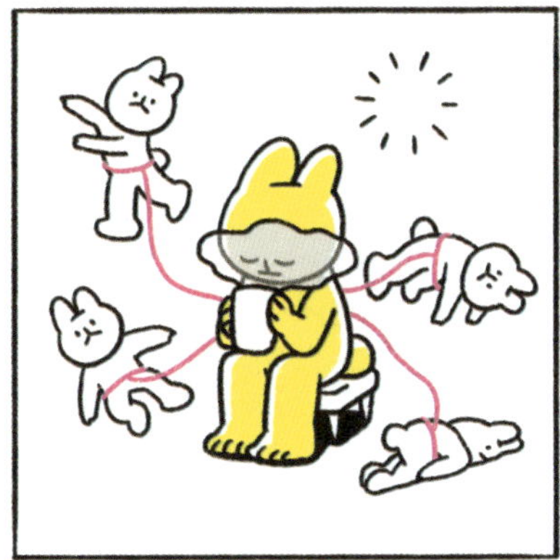

지금의 감각에 집중해.

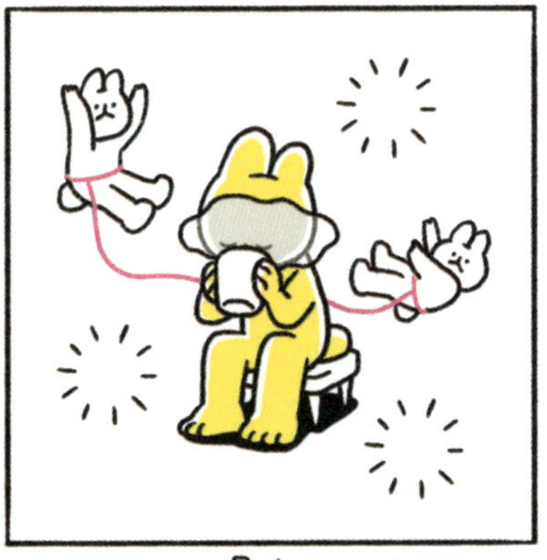

서서히 몰입하게 되고

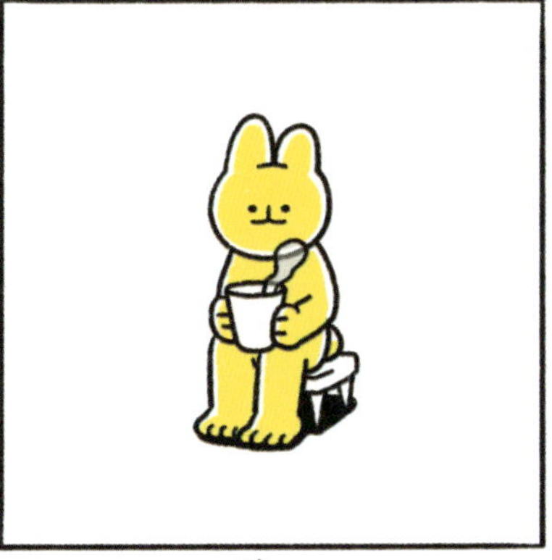

차분해져.

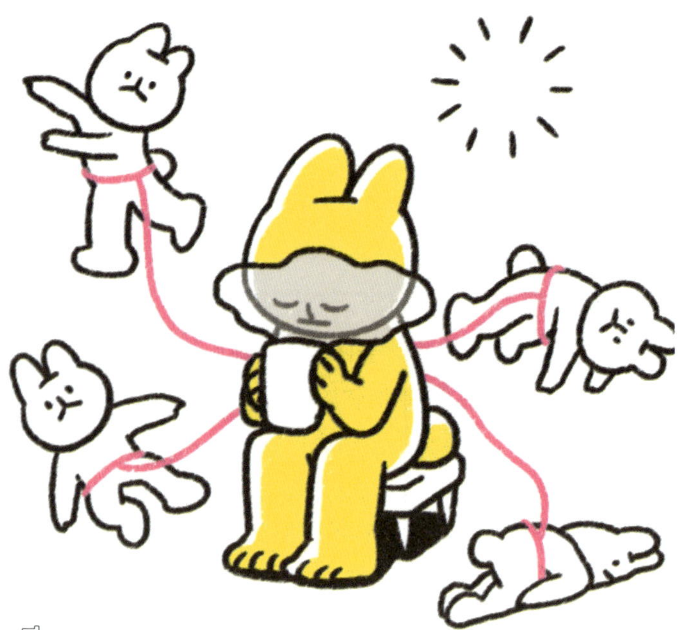

45TH MOMENT SUMMARY

혼재된 감정을 지켜보고 끌어안으며
다시 살아가려는 마음의 방향을
스스로 정하는 시간.

파악

—

나를 안심시키는 일

내게 나란 사람은 익숙하지만, 다루는 일은 서툴렀다. 살아오며 겪은 시행착오를 모아 자신에게 적용시킬 매뉴얼을 만들긴 했어도 그렇다고 숙련공이 된 건 아니었다. 하지만 괴로움과 나 사이 안전거리 정도는 가늠하게 됐다. 이건 누가 가르쳐주거나 책을 보고 배우거나 계산과 측정으론 알 수 없고 오로지 경험으로 파악할 수 있었다.

고정된 자아라는 건 없었다. 오랫동안 습관으로 형성된, 지켜내고 싶은 본질처럼 느껴지는 나는 존재했지만 그 역시 변치 않는 건 아니었다. 언제나 내외부로 자극을 주고받으며 주기적인 세포의 생성과 탈락을 통해 새로운 피부를 갖는 것처럼 변화했다. 다만, 변화란 피부처럼 기계적이지 않았다. 기분은 선택의 영역이 아니기에 어떤 일에 대한 감정은 조작할 수 없지만 그에 따른 나의 행동, 결과로부터 배우는 태도 등은 얼마든지 결정할 수 있다. 지금의 나는 의도된 나로 점점이 이어졌다. 내 선택의 연속선상에 '그냥'이라고 뭉뚱그리는 모든 것들이 분명한 연유로 위치하며 나를 이뤘다. 반갑지 않은 일들이 나의 의사를 무시하고 주어졌다고 생각했지만 그렇게 다가온 것들을 바닥에 내던지지 않고 끌어안은 것도 나였다는 사실은 어떤 면에서 후련한 기분을 느끼게 했다. 그건 적어도 내가 나를 통제하고 있다는, 무엇을

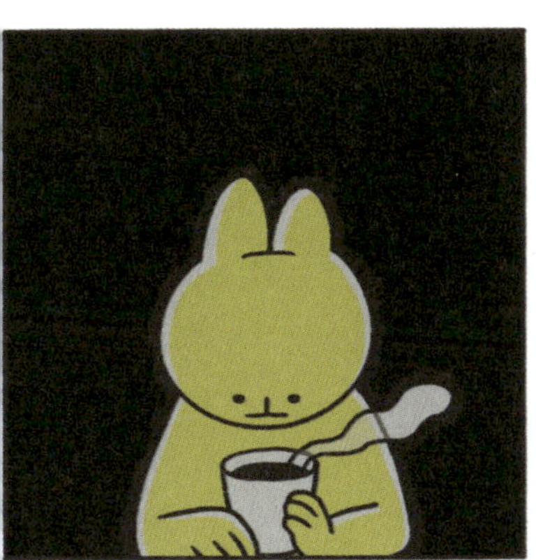

미처 몰랐던 자신에 대해

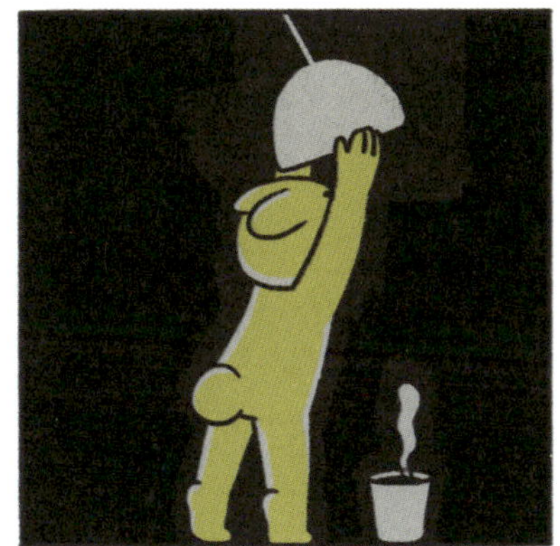

알고 싶다면

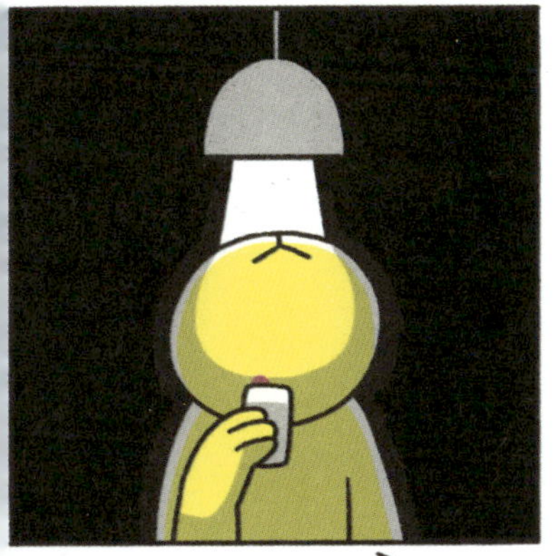

스스로에게 조명을 비추는 것도

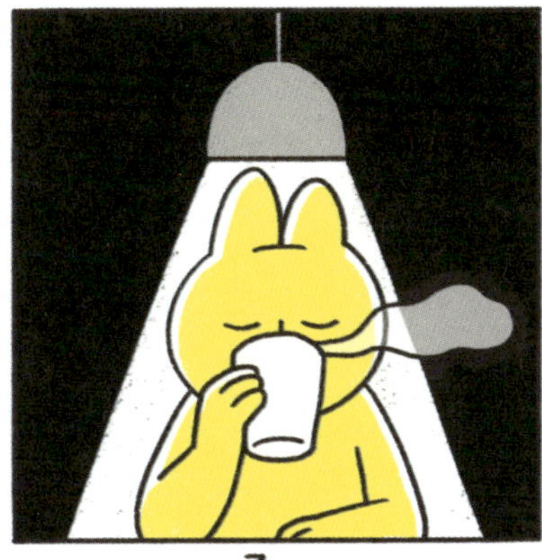

좋아.

받아들였고 무엇을 불편해하거나 반가워했는지 알고 있다
는 안도감이었다.

46TH MOMENT SUMMARY

지속적인 변화 속에서 스스로를 관찰하고
해석하는 주체로서 선택과 경험으로 구성된
나를 받아들이며 삶의 재구성과 통합을
이어갈 수 있다。

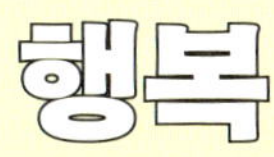

내가 나를 위해 움직일 때 등장하는,
완성된 결과 아닌 구성해나가는 과정

주역

—

생각이 달라지고

"언젠가 좋은 일이 생길 거야"보다 "언제든 좋은 일을 만들 거야"라는 쪽이 훨씬 경쾌하고 기운차다. 좋은 일이 오기를 기다리기만 하지 않고 벌떡 일어나 씩씩하게 앞을 향해 나아가서 호기롭게 손을 뻗어 단숨에 낚아채는 것만 같았다. 누군가 나타나 내게 무언가를 해주길 마냥 바랄 때 오히려 주위 사람에게 기분이 상해 서운해하는 일이 많았는데, 스스로 좋은 일을 만들려고 하니 주위에 기대하고 실망하며 불만을 가질 겨를 없이 나에게 집중하는 시간이 많아졌다. 뭘 해야 내게 좋은지 모르는 것투성이였으니 더욱 몰입하게 됐다. 자연스레 내게 좋은 일이 누군가에게도 좋은 일인지 궁금하거나, 다른 사람들은 자신에게 좋은 일을 어떻게 찾고 이뤄나가고 있는지 궁금했다. 해주길 바라는 마음은 아주 사라지고 묻고 싶고 알고 싶고 배우고 싶은 마음이 생겼다. 기다리던 사람이 다가서는 사람으로 변하면서 마음의 자리는 의존에서 의지로 가뿐히 넘어갔다. 생각을 조금 바꿨을 뿐인데 태도가 이렇게까지 달라질 줄은 미처 예상하지 못했다.

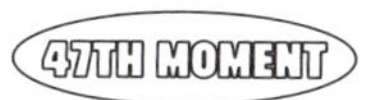

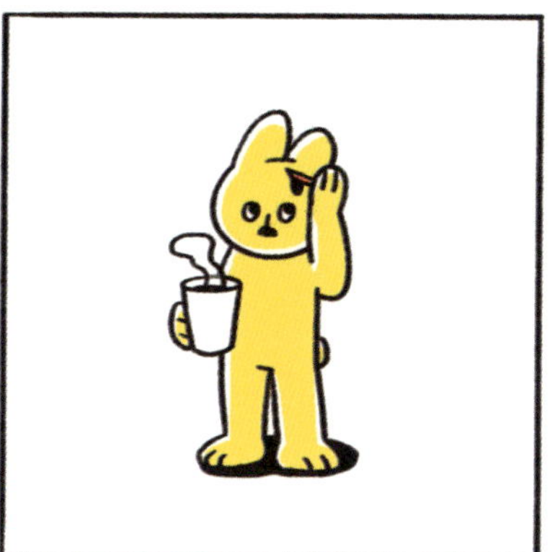

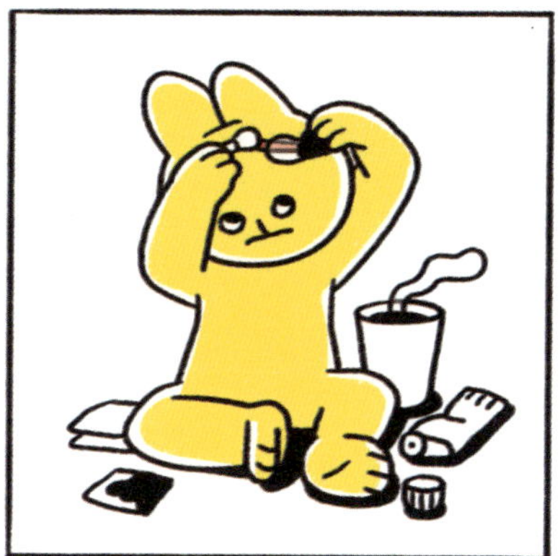

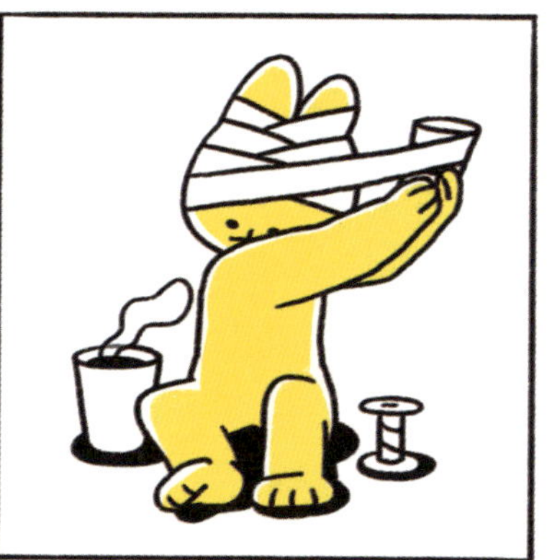

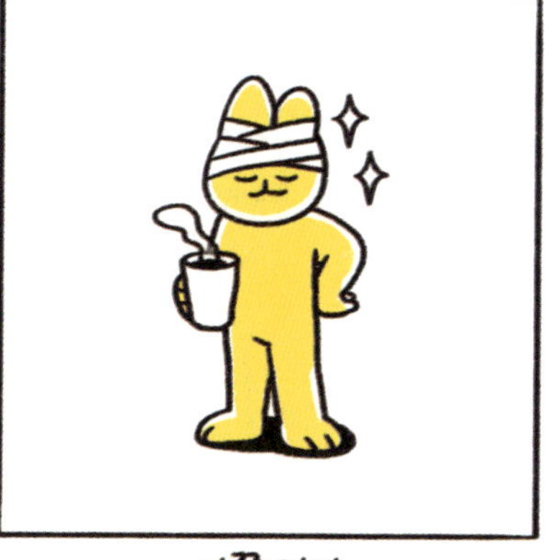

이쯤이야.

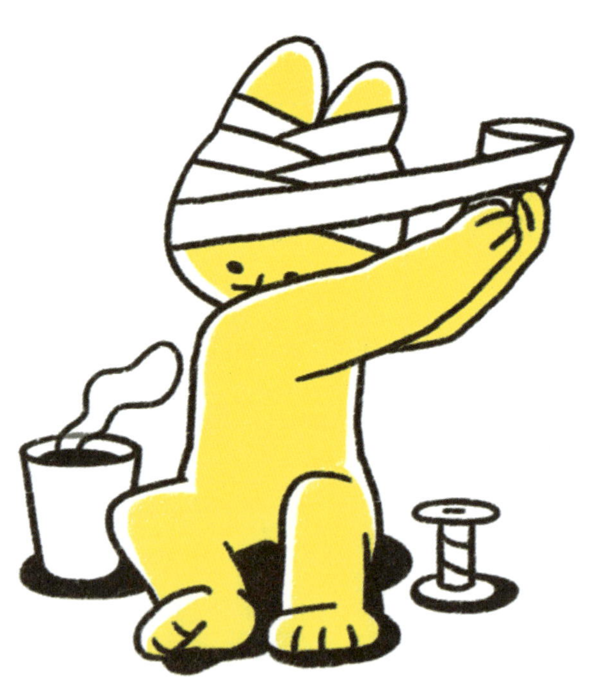

지금 내 생각을 바꾸고 주체적으로
행동할 때 행복이 시작된다.

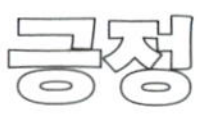

긍정

―

기분 좋아지는 건 쉬워

하루는 도서관 강연 담당자와 강연 내용에 대해 회의를 했다. 다양한 연령대와 직업의 사람들이 모이는 강연이라 말하고자 하는 내용을 그러모으기 어려워하자 담당자는 내게 회의를 제안했다. 왠지 단박에 강연 내용이 술술 정리될 것 같았지만 역시나 그럴 리가. 괜찮지 않은 상태에서 괜찮은 상태로 넘어가는 방법은 무엇이 있을지, 거기에 글과 그림과 책은 어떤 도움이 될지에 대한 회의가 시작된 지 한 시간이 넘었지만 좀처럼 방향을 못 잡았다. 담당자와 나는 '흐음, 흐음' 앓는 소리를 내며 두뇌 풀가동의 염원을 담아 연신 과자를 뜯어 먹고 고카페인 캔 커피를 들이켰다. 이 자리에는 아이 맡길 곳이 마땅치 않아 동석한 담당자의 초등학교 2학년 자녀도 있었는데 숨은 쉬고 있는지 의심스러울 정도로 조용히 앉아 과일 젤리를 까먹으면서 자기 세계에 빠져 있었다. 나는 다크초콜릿 아몬드볼을 와작와작 깨물며 아이를 바라보다가 회의의 압력을 낮춰볼 요량으로 말을 걸었다.

"여진이는 마음이 힘들 때 어떻게 해?"

"그럴 땐 긍정적인 생각을 하는 게 좋은 것 같아요."

아무 대답이 없거나 질문이 뭔지 이해하지 못할 거라고 생각했던 나는 돌아온 대답이 상당히 단호해서 순간 자세를 고쳐 앉아 아이를 달리 쳐다봤다.

48TH MOMENT

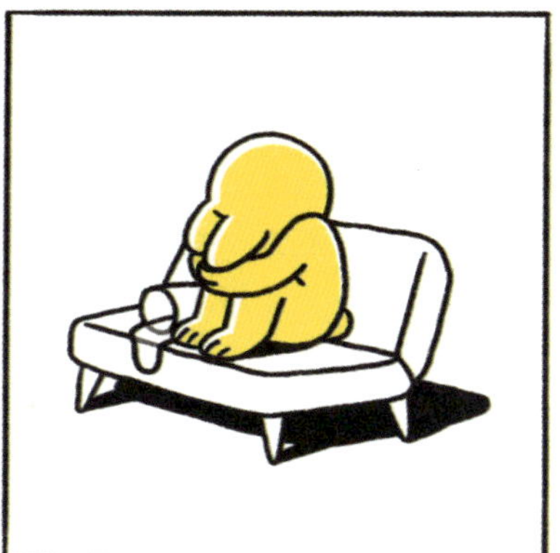
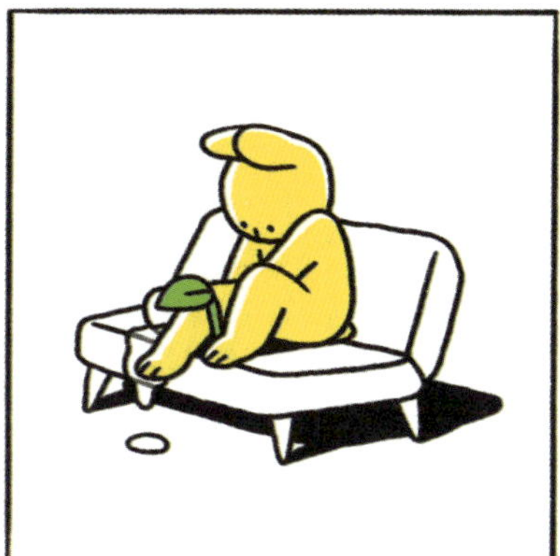
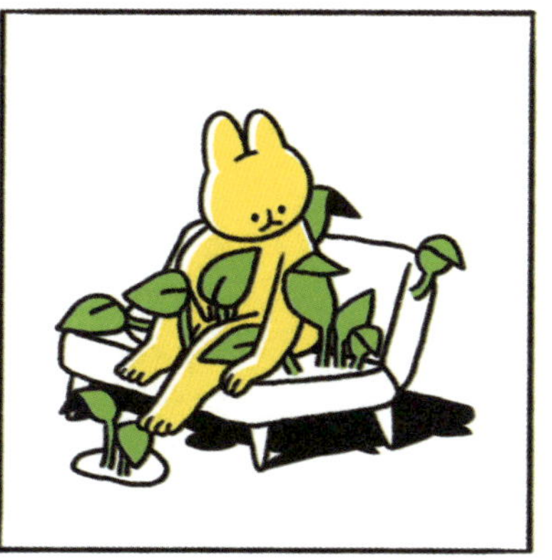
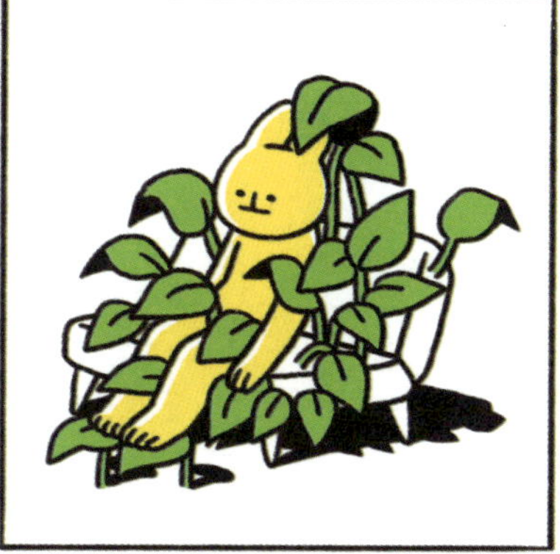

"그래? 그럼, 여진이는 긍정적인 게 뭐라고 생각해?"

"기분 좋아지는 거."

"그건 어떻게 해? 기분이 좋아질 만한 생각을 하면 되는 거야?"

"네! 그럼 훨씬 착해져요."

"누가?"

"내가요."

"그렇지만 생각만 하면 뭐 해? 움직여야 진짜 나아지는 거 아니야?"

"아, 음…… 그렇긴 한데요. 얼마 전에 친구가 다쳐서 집에 있는데 우울하다고 막 그랬거든요? 근데 학교에서 저랑 같이 놀 생각하면 괜찮다고 그랬어요. 선우라고요, 다른 친한 친구도 있는데요. 걔랑도 같이 놀 생각하니까 참을 만하다고."

"그 친구는 생각하는 것만으로 기분이 좋았대?"

"어…… 물어보진 않았는데, 그런 것 같았어요."

나는 적잖이 놀랐다. 내게 눈길 한번 주지 않은 채 파랗고 빨간 사람인지 동물인지 모를 캐릭터가 뛰고 구르고 터지는 화면을 바라보면서도 막힘없이 대화를 하고, 그 대화가 기능 저하를 겪는 듯한 나의 전전두엽 정중앙을 강타해 눈앞

이 번쩍이는 짜릿함을 안겼으니 말이다.

　이 책에서 끄집어낸 모든 이야기가 '긍정'에 대해 말하려고 노력하고 있지만, 그게 무엇이고 어떻게 써먹을지 가장 잘 아는 건 그 아이였다. (이 책의 감수자로 모셔도 될 것 같다.) 아이의 이야기를 들으면서 회의 중에 느낀 답답함이 싹 가셨다. 담당자와 나는 이견 없이 '힘들 때 하고 싶은 기분 좋은 일'에 대한 가벼운 대화로 강연을 시작하기로 했다.

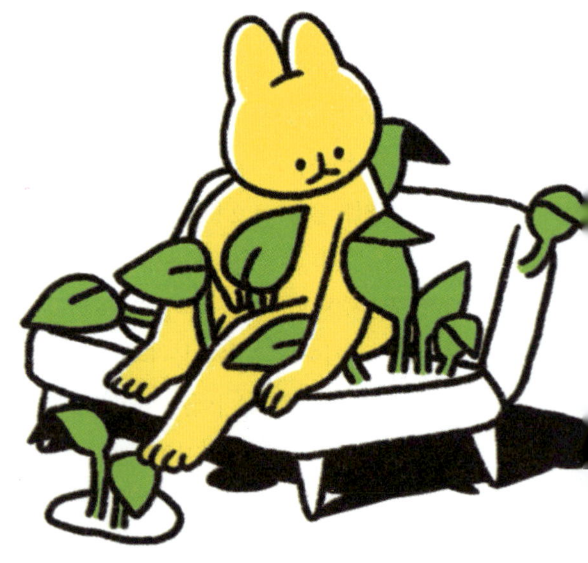

48TH MOMENT SUMMARY

48TH MOMENT SUMMARY

기분 좋은 감정과 생각에서 비롯된 행복은
삶을 변화시키는 강력한 힘이다.

결실

—

전부 나쁘지만은 않다

'우울이 지나가도 반찬은 남는다.'

호랑이는 죽어서 가죽을 남기고, 훌륭한 사람은 죽어서 이름을 남기고, 울적한 사람은 죽지 않고 메추리알장조림을 남기는 것도 좋을 것 같았다. 냉장고에서 깐 메추리알 한 봉지를 꺼냈다. 냄비에 그득 담긴 메추리알에 새송이버섯을 썰어 진간장과 굴소스와 올리고당 약간을 물과 함께 넣고 푹푹 끓였다. 꾸역꾸역 만든 장조림을 식혀 유리통에 담아 냉장고에 넣기까지 두 시간. 무언가 시작한 것을 끝내지 않으면 불편해하기에 평소엔 성가셨던 집요한 성격이 이럴 땐 도움이 됐다. '장조림을 완성하고야 말겠어. 어떻게든, 기필코!' 장엄하고 진지한 태도로 집착하면서도 이게 이럴 일인가 싶었다. 울먹이는 나의 멱살을 잡고 만든 장조림을 먹을 때마다 작게 웃었다. "하기 싫은데 해야 해. 아으, 짜. 왜 이렇게 짜. 으헝헝" 하고 눈물을 줄줄 흘리며 팔팔 끓는 조림 국물을 휘휘 젓고 있는 사람을 상상하면서. 그럴 의도는 없었지만 울적함을 장조림 만들기로 승화시킨 모습은 탄식 섞인 개그 버튼으로 변모했다. 부대끼는 마음이 기어코 몸을 움직이게 하는 데 결정적인 역할을 한 건 뭐라도 하면 적어도 그만큼은 달라질 거라는 확신이었다. 구체적으로 무엇이 얼마나 달라졌는지 말해보라고 하면 입을 꾹 다물겠지만 말할 수 없는 나

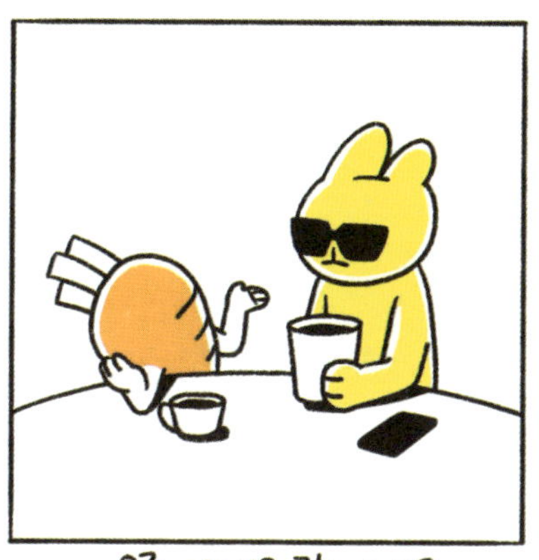
요즘 어때? 잘 지내?

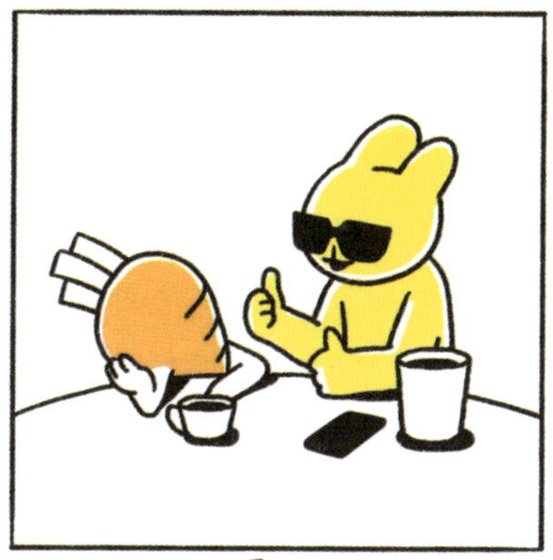
응! 다 좋아, 진짜!

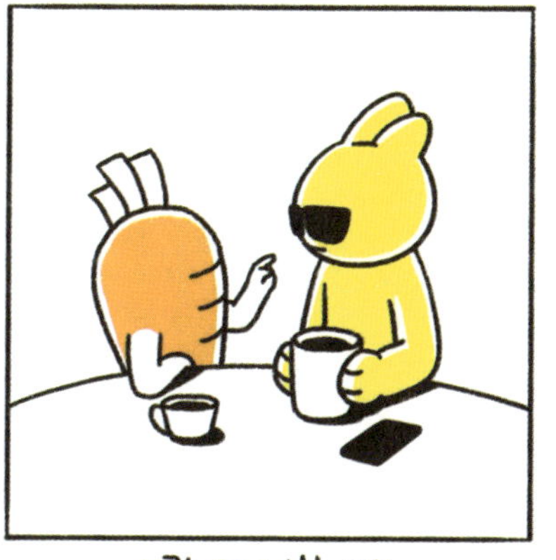
그럼 그거 벗어봐.

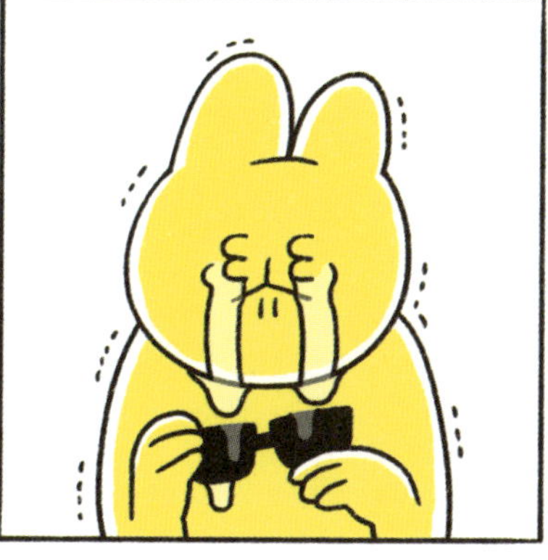

만의 분명함이 있었다.

　　내일부터 세상이 폭삭 망해버렸으면 좋겠다는(다이어트가 내일부터 시작되듯 멸망도 오늘은 제외한다) 염세적인 생각으로 똘똘 뭉쳐 바닥에 드러누운 채로 꼼짝도 하지 않는 주제에로또 당첨 같은 행운이 와락 들이닥쳤으면 좋겠다는 얼토당토않은 바람을 가진 모순덩어리였지만 그래도 여전히 자신이 쾌활하게 살기를 바란다는 것은 하나의 결실이었다. 늘어질 대로 늘어진 겉모습 이면에 번져 있는 '이보다는 나은 인간이고 싶다'라는 마음이 가져온 성취였다.

49TH MOMENT SUMMARY

삶의 통제감을 회복하는 과정에서
행복의 다차원적 요소인 정서적 만족、
몰입、의미를 경험한다。

함께

—

예술 안에 있던 우리

2019년 겨울, 인천에 위치한 '틈 문화창작지대'에서 독립출판물 제작 수업을 들었다. 12주 과정이었는데, 매주 지도 선생님이 하나의 글감을 제시하면 수강생들은 글을 한 편씩 작성하고 낭독했다. 수업 제목은 독립출판물 만들기였지만, 글쓰기 수업에 가까웠다. 첫 시간엔 으레 수업 안내와 자기소개를 시작으로 간단한 실습을 하고 조금 일찍 마치기 마련인데, 이 수업은 아니었다. "갈 길은 멀고 쓸 건 많으니 쉬엄쉬엄하지 않습니다"라는 선생님의 선전포고는 퇴근 후, 피곤에 절어 모인 사람들이 뿜어내는 특유의 누긋한 분위기를 단번에 뜨겁게 만들었다. 학생들은 예상 밖의 열정에 자극받아 눈을 희번덕거리며 주어진 과제를 전부 해내겠다는 각오를 했다. 여러 사람이 하나의 기운으로 뭉칠 때 느껴지는 몰입감이 있다. 그 안에 있는 동안은 나의 어떤 글과 말도 무조건 받아들여질 거라는 근거 없는 믿음도. "어때요? 그런 기분이죠? 저만 그래요?"라고 묻고 살피지 않아도 서로 이미 알고 있었다. 막 첫인사를 나눈 잘 알지도 못하는 옆자리 사람과도 그런 연결이 가능했다.

첫 글감은 '유년'. 장르와 형식이 어떻든 글이면 됐고 삼십 분 동안 썼다. 그리고 낭독 시간. 이야기는 뒤틀리고 상처 입고 비뚤어져 그걸 해소하기까지 걸린 시간에 대한 고통

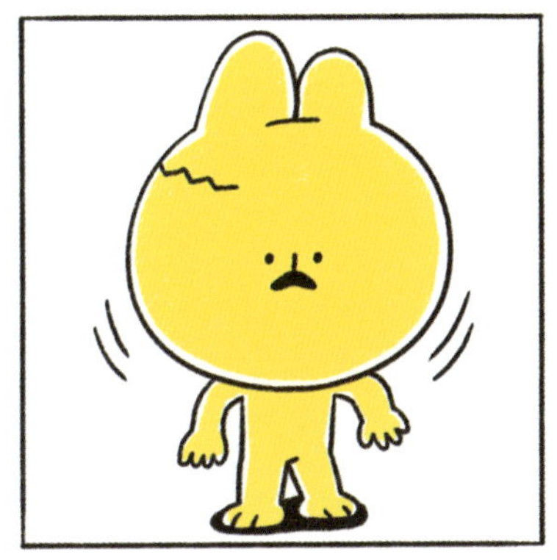

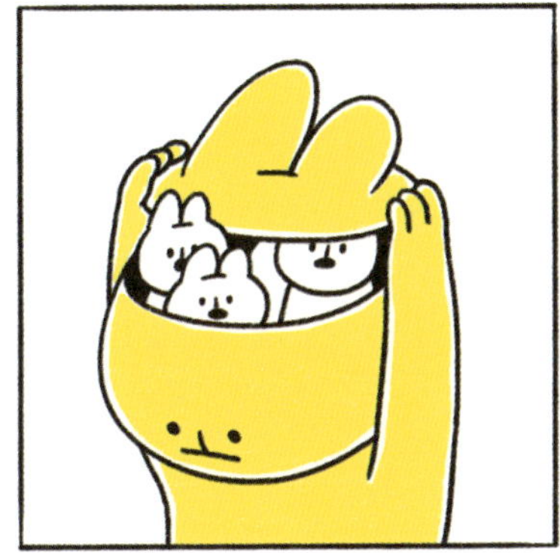

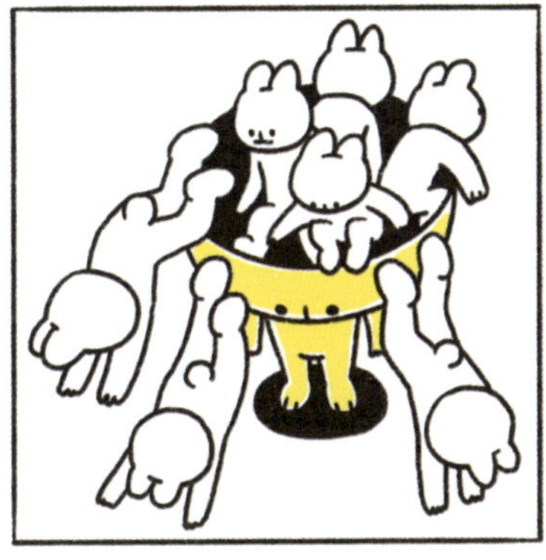

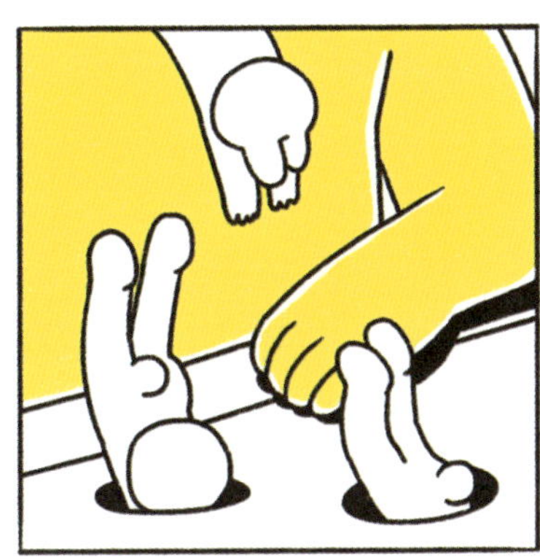

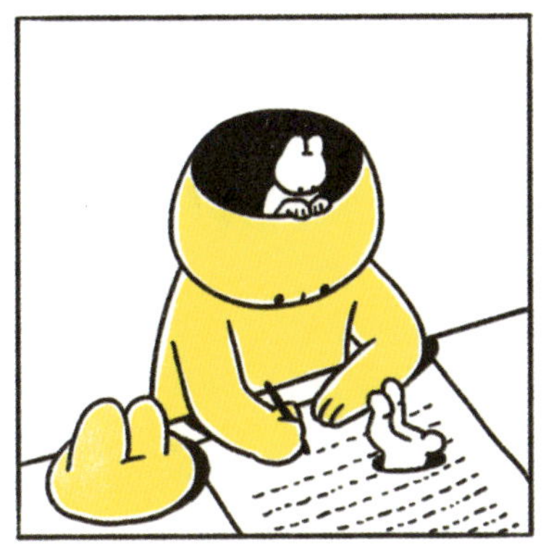

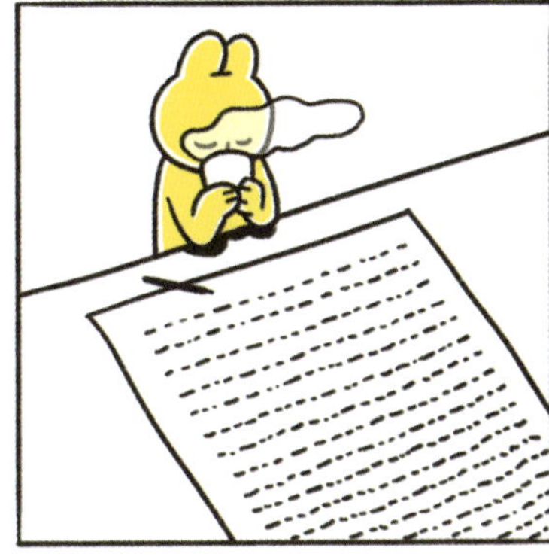

으로 점철돼 있었다. 제시된 글감은 '불행한 유년'이 아닌 어떤 수식어도 없는 '유년'이었음에도 대부분의 글이 아팠다. 다들 무언가를 잃었지만 그런 줄도 모른 채 살다가 이곳에 모여 글을 쓰면서 뜻하지 않게 발견한 눈치였다. '내가 뭔가를 잃었구나. 그게 무엇인지 잘은 모르겠지만 되찾고 싶어 하는 것이구나' 하며 당혹감과 애틋함, 연민을 느껴도 되는지에 대한 망설임이 흘렀다. 각자의 상실이 무엇에 대한 것인지는 몰라도 되찾고 싶다는 바람은 동일했고 열망은 강의실을 꽉 채웠다. 누구의 글도 평가하지 않았다. 감상을 말하지도 않았다. 함께 쓰고, 낭독하고, 들었다. 낭독이 끝나면 박수를 건네거나 낭독자의 등을 다독였다. 그다음 사람, 다음 사람, 마지막 사람까지 모두 읽고 나니 강의 시간을 이미 삼십 분이나 넘겼다. 하지만 누구도 시계를 보거나 자리를 뜨지 않았다.

예술은 치유력이 있다. 삶이 힘들 때 인간은 예술을 향해 마음의 방향을 튼다. 자기 치유력은 몰입을 통해 증폭되는데, 몰입의 상태는 예술 안에서 가장 쉽고 빠르게 도달했다. 그때 본 그림, 들었던 음악, 읽었던 글이 숨통을 트게 하고 삶을 잇도록 돕는다. 보는 그림에서 직접 그리는 그림, 듣기보다 부르는 노래, 읽기보다 쓰는 글이 될 때 더 강렬한 힘을 얻을 수 있다.

그날의 낭독 시간을 아직도 잊을 수 없다. 되는대로 쓴 글을 준비되지 않은 채로 얼떨결에 발표하는 동안 엉겁결에 쏟아낸 유년의 흉터가 신데렐라의 호박이 마차로 변신한 것처럼 잠시 동안 말끔한 자신으로 치료된 경험을 어떻게 잊을 수 있을까. 마차는 다시 호박으로 돌아왔지만 마차가 된 경험은 사라지지 않았다. 그것은 마법이지만 현실이었고, 수업에 모인 사람들은 달라진 현실로부터 맛본 해방감을 오래 유지하고 싶어 했다. 혼자가 아니었기 때문에 더욱 쉽게, 가볍게, 즐겁게 각자의 바람을 떠벌리고 응원했다. 글로 가득 찬 공간에서 서로의 사연을 몰라도 이해하고 이해받는 느낌을 공유할 수 있었던 건, 분명 공동의 몰입감을 가졌기 때문일 것이다.

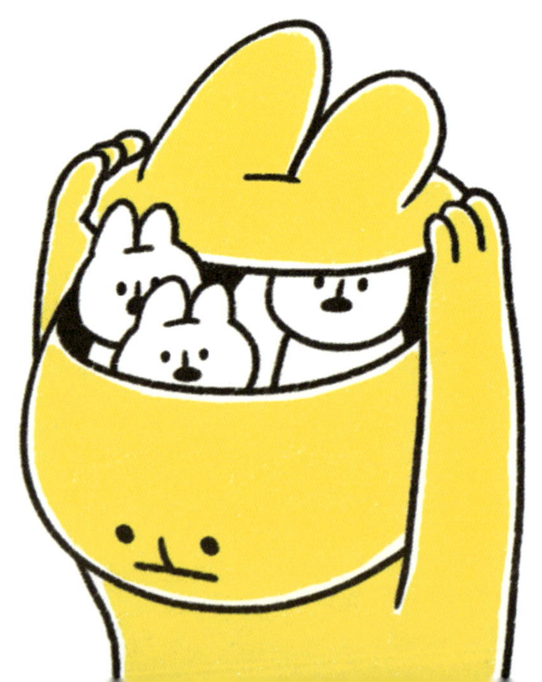

50TH MOMENT SUMMARY

안전하고 허용된 관계 안에서의
공동 창작이라는 몰입적 경험은
삶의 의미를 되새기고 긍정적인
사회적 연결감을 갖게 한다.

파트50

다시 삶을 구성하는 시간

　　살다보면 이유를 알 수 없는 감정들이 들끓고, 무언가 잘못된 것 같은데 어디서부터 손을 대야 할지 모를 때가 있다. 그럴 때 우리는 조용히 스스로를 돌아본다. '자기 성찰'은 부정적인 감정을 해소하기 위한 도구라기보다는 그 감정이 어디서 비롯됐는지 알아차리는 일이다. 그것이 불행인지 아닌지조차 명확하지 않은 상태에서 우리는 어렴풋이 불편한 감정을 끌어안고 살아간다. 그 안에서 진짜 중요한 질문은 이것이다. 지금의 나를 이루는 선택들은 정말 나의 의지였는가? 무심코 받아들인 타인의 잣대에 휘둘린 결과는 아니었는가?

　　자기 성찰은 나의 불완전함을 고치려는 시도가 아니다. 그것은 나를 바라보고 이해하며 함께 걸어가는 훈련이다. 세상을 탓하기 전에 내 안의 오해를 풀고 싶은 마음, 그 자세가 나를 성장하게 한다. 불편한 감정을 낱낱이 파헤치기보다 그 안에 들어 있는 나의 언어를 찾는 일이 쌓이고 쌓여 지금의 나를 인정할 수 있게 된다.

　　이러한 자기 이해의 시간은 곧 '행복'이라는 감정과도 이어진다. 행복은 멀리 있지 않고 지금의 나를 받아들이고 움직일 때 등장한다. 누군가가 나에게 선사해주기를 바랄 때보다 내가 나를 위해 일어날 때, 삶은 확실히 달라진다. 아주 사소한 움직임이라도 좋다. 좋아하는 맛의 디저트를 만든다거나 기분 좋은 생각을 하나 떠올리는 일, 혹은 어떤 일에 몰입하는 순간들 속에서 우리는 삶의 방향을 회복한다.

행복은 완성된 결과가 아닌 계속해서 구성해나가는 과정이다. 관계 속에서 나의 미성숙을 발견하고 그로 인해 다시 나아질 수 있다고 믿는 태도. 아이의 말 한마디에서 배움을 얻고, 누군가의 글에 반응하며 함께 울고 웃는 순간 속에서 행복이라는 감정이 얼마나 섬세하게 조율되고 있는지를 체감한다.

자기 성찰이 내면의 지형을 알아가는 일이라면, 행복은 그 위에 집을 짓는 일이다. 어느 날은 바람이 거세고, 어느 날은 태양이 뜨겁겠지만, 그 안에서 계속 살아갈 수 있도록 마음을 정비해나가는 것이다.

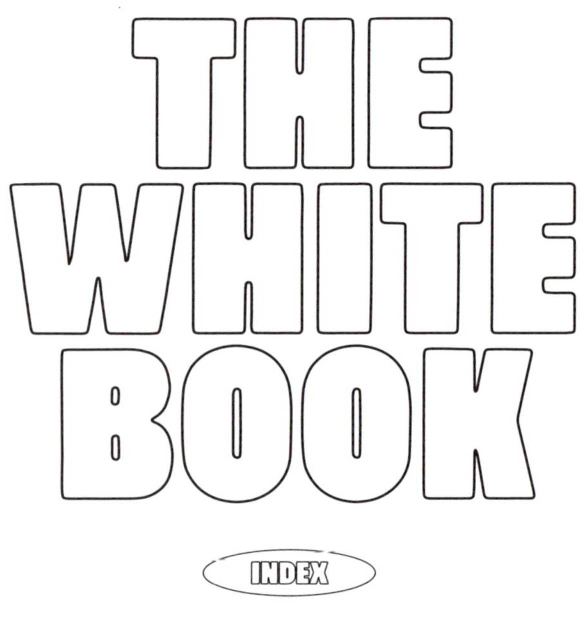

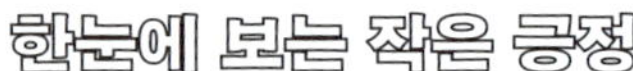

한눈에 보는 작은 궁정

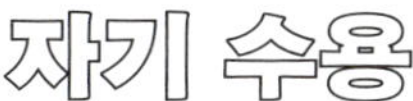

자기 수용

돌봄 033

"방치된 나를 알아차리고 다시 돌보기 위한 실천은 자기 회복의 시작이다."

인정 037

"결함을 인정하고 자신을 수용하는 과정이 가져오는 삶의 평온."

울기 041

"자기만의 방식으로 감정을 인정하고 다루는 기술의 쓸모."

쓰임 045

"사람은 숫자와 효용으로 판단할 수 없고, 사람 그 자체로 충분하다."

결점 049

"결점을 끌어안으면 삶은 가벼워지고 자신과 더 가까워진다."

탐색 053

"낯설고 당황스러운 상황에서 자기 반응을 부정하거나 왜곡시키지 않고 탐색하는 과정은 있는 그대로의 스스로를 수용하며 이해하는 기회가 된다."

한눈에 보는 작은 긍정

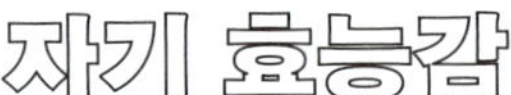

자기 효능감

면역 059

"스스로를 잘 돌보는 일이야말로 어떤 실패도 이겨낼 수 있는 힘의 바탕이다."

수습 063

"문제를 마주하고 스스로 해결하려는 노력은 자기 신뢰를 키우는 가장 빠르고 확실한 방법이다."

협업 067

"내면의 서로 다른 목소리를 조율하고 포용하면서 삶을 유연하게 이어간다."

자기 존중감

수고 073

"고된 시간을 견딘 자신에게 건넨 따뜻한 말이 나의 가치를 인정하게끔 한다."

도움 077

"조건 없는 베풂을 통해 자기 존재를 존중하는 힘은 삶의 내면을 지탱하는 기반이 된다."

신호 081

"정직한 자기 돌봄은 자기 존중을 훼손하는 타협은 거절하는 것을 전제한다."

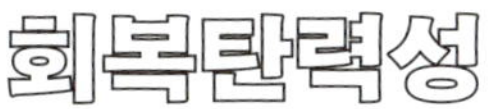

회복탄력성

여유 091

"스트레스 상황에서 챙기는 여유는 균형을 회복하려는 노력."

성장 095

"실패로부터 일어난 자신을 덧붙이고, 잇고, 고쳐가며 자기다움을 회복한다."

구원 099

"타인의 도움을 수용하면서 얻게 되는 삶에 대한 회복력."

해법 103

"유머와 긍정적 표현으로 마음을 다독일 때 훨씬 빠르게 회복되는 마음."

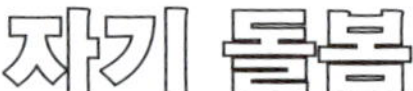

자기 돌봄

노동 109

"지친 마음은 손으로 할 수 있는 일을 통해 주도적으로 회복된다."

단합 113

"자기 비난이 이어진다 해도 나를 이해하고 다정하게 돌보고 싶은 마음."

전환 117

"일상 속 감각으로 발견한 가벼움이 나를 우울로부터 회복시키는 과정."

강점 기반 접근법

유연 123

"마음이 덜 소모되는 방식으로 목적지에 도달하게 만드는 자기만의 문제 해결 방법."

유쾌 127

"자신의 취약한 부분을 유쾌하게 인정하는 태도를 통해 마음의 긴장을 완화시켜
자기 이해와 내적 자원을 단단하게 하는 힘."

지속 131

"지속하는 노력 과정 자체가 강점이 되기도 한다."

희망

복구 141

"삶이 부서져도 정리하고 복구하는 모든 노력은 말 없는 희망이 내 안에 존재하고 있다는 증거."

시선 145

"무너진 자리에서 일어날 의미를 찾으려는 의지가 나의 진짜 생존력이다."

선택 149

"스스로 고통의 끝을 정할 수 있다는 희망은 삶을 버티게 하고, 희망을 유지하는 것은
주체적인 존재로 삶을 지속하게 돕는다."

변화 155

"자신이 선택한 작고 구체적인 행동은 삶을 변화시킬 희망이 된다."

틈새 159

"작은 변화의 가능성을 인식하고 정서적 유연성을 회복하는 과정에서
희망은 믿음직한 조력자 역할을 한다."

주관적 안녕감

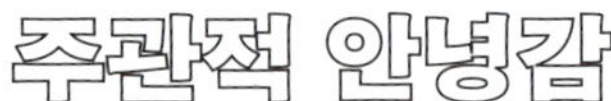

조절 165

"자신에게 불합리한 기대를 하지 않음으로써 불행하지 않기 위한 자기 관리를 할 수 있다."

행동 169

"움직임은 삶의 방향을 바꾸는 회복의 신호이자, 내가 나를 살아가게 만드는 분명한 가능성이다."

조우 173

"작고 사소한 것과의 조우를 통한 내적 평온과 감정의 회복으로 심리적 전환이 이뤄진다."

습득 177

"스스로의 안녕을 지키기 위한 자기 기준과 속도를 설정하고 습득해 삶의 균형을 맞춰간다."

조화 181

"타인의 시선을 수용하는 유연한 태도로 자기 내면의 변화를 받아들이는 과정은
심리적 통합을 이룰 수 있도록 돕는다."

감사

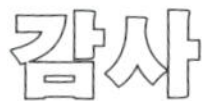

건강 191

"기적 같은 건강에 감사하는 마음은 내 삶을 더 활기차게 만든다."

인생 195

"지나간 모든 순간에 존재하다 사라진 것에 감사하며 현재의 의미를 되새긴다."

진전 199

"일상의 사소한 행위를 인식하고 감사하는 마음은 외부로부터 충족되지 않은 결핍감인 외로움을 심리적으로 완화해 자기 회복을 이루게 한다."

덕분 203

"타인과의 비교로 시작된 자신에 대한 재조명은 이미 가진 것에 대한 감사의 자각을 불러오고 삶을 개선하려는 힘으로 충분히 활용할 수 있다."

목표 설정

개선 209

"자기 문제를 정확히 인식하고 개선하려는 의지는 내면 성장의 목표이기도 하다."

해결 213

"뜻대로 되지 않는 순간에도 내게 맞는 방향으로 조금씩 나아가는 일의 의미."

관문 217

"명확하고 의미 있는 목표를 스스로 설정하고 실현해나가는 과정은 두려움을 견디게 하는
내적 추진력을 갖게 한다."

애증 221

"과정을 통해 배우고 즐기려는 내재적 동기를 기반으로 한 목표 지향성은 인지적 노력과 정서적
몰입을 이끌어 힘듦의 정도와 무관하게 지속적인 역할 수행과 긍정적 정체감 형성을 이끈다."

자기 성찰

질문 231

"어떤 상황에서도 스스로에게 물을 수만 있다면, 우리는 얼마든지 단과가 될 수 있다."

조언 235

"타인의 잣대와 판단 없이 스스로 따지고 이해하려는 태도는 불완전한 나를 더 나은 방향으로 이끈다."

진화 239

"타인과의 관계에서 나의 미성숙함을 발견하고 이를 토대로 스스로를 확장해나갈 수 있다."

냉소 243

"내가 다치지 않는 범위 안에서 활용하는 냉소는 뜨거운 압력을 낮추고 감정을 해소한다."

수용 247

"혼재된 감정을 지켜보고 끌어안으며 다시 살아가려는 마음의 방향을 스스로 정하는 시간."

파악 251

"지속적인 변화 속에서 스스로를 관찰하고 해석하는 주체로서 선택과 경험으로 구성된 나를 받아들이며 삶의 재구성과 통합을 이어갈 수 있다."

행복

주역 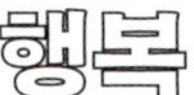 257

"지금 내 생각을 바꾸고 주체적으로 행동할 때 행복이 시작된다."

긍정 263

"기분 좋은 감정과 생각에서 비롯된 행복은 삶을 변화시키는 강력한 힘이다."

결실 267

"삶의 통제감을 회복하는 과정에서 행복의 다차원적 요소인 정서적 만족, 몰입, 의미를 경험한다."

함께 273

"안전하고 허용된 관계 안에서의 공동 창작이라는 몰입적 경험은 삶의 의미를 되새기고
긍정적인 사회적 연결감을 갖게 한다."

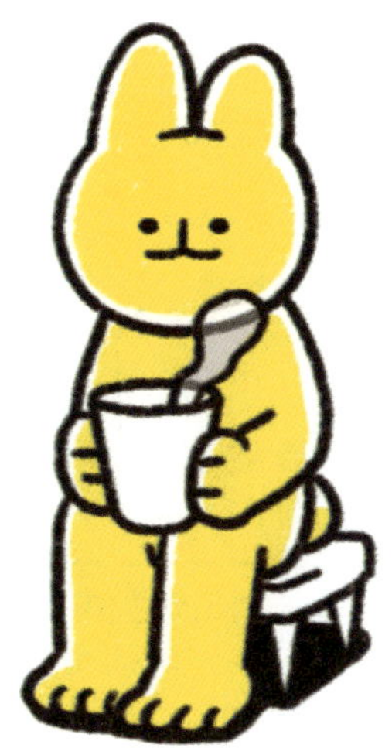

Editor's letter

잔잔하게 곁에 머무르는 부정감정을 잘 데리고 살고 싶어 매일같이 어르고 달래느라 분주했어요. 그러다 스스로에게 하얀 핀 조명을 비추는 설토 그림을 보고는 설레다 작가님의 '하얀 책'도 읽고 싶어졌습니다. 그렇게 시작한 이 책을 덮고 나니 어두운 쪽만 달래느라 애쓰던 마음이 하얀빛이 새어 들어오는 곳으로 기울며 누그러지는 걸 느껴요. 이제야 알아챈 작은 긍정이 내민 손을 꼭 잡고, 놓치지 않을 거예요. **성**

가끔 부정적인 감정들에 휩싸여 한 치 앞도 보이지 않는 것 같은 순간을 경험한 적 있으신가요? 저는 그럴 때마다 기분을 한순간에 밝혀줄 '스위치'를 간절히 찾았던 것 같아요. 이 책은 그런 저의 생각을 바꾸고, 새로운 사실을 알려줬어요. 부정적인 모습까지 끌어안고 나 자신을 긍정할 때, 검은 감정 사이로 희미한 긍정의 밝은 빛이 새어 들어온다는 것을요. 이 책과 함께 오늘부터 매일의 작은 긍정을 하나씩 발견해보면 어떨까요? **정**

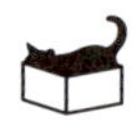

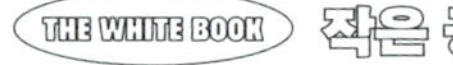

1판 1쇄 발행일 2025년 11월 24일

지은이 설레다
발행인 김학원
발행처 (주)휴머니스트출판그룹
출판등록 제313-2007-000007호(2007년 1월 5일)
주소 (03991) 서울시 마포구 동교로23길 76(연남동)
전화 02-335-4422　　**팩스** 02-334-3427
저자·독자 서비스 humanist@humanistbooks.com
홈페이지 www.humanistbooks.com
디자인 studio gomin　　**용지** 화인페이퍼　　**인쇄** 삼조인쇄　　**제본** 정민문화사

자기만의 방은 (주)휴머니스트출판그룹의 지식실용 브랜드입니다.

ISBN 979-11-7087-397-6 03810

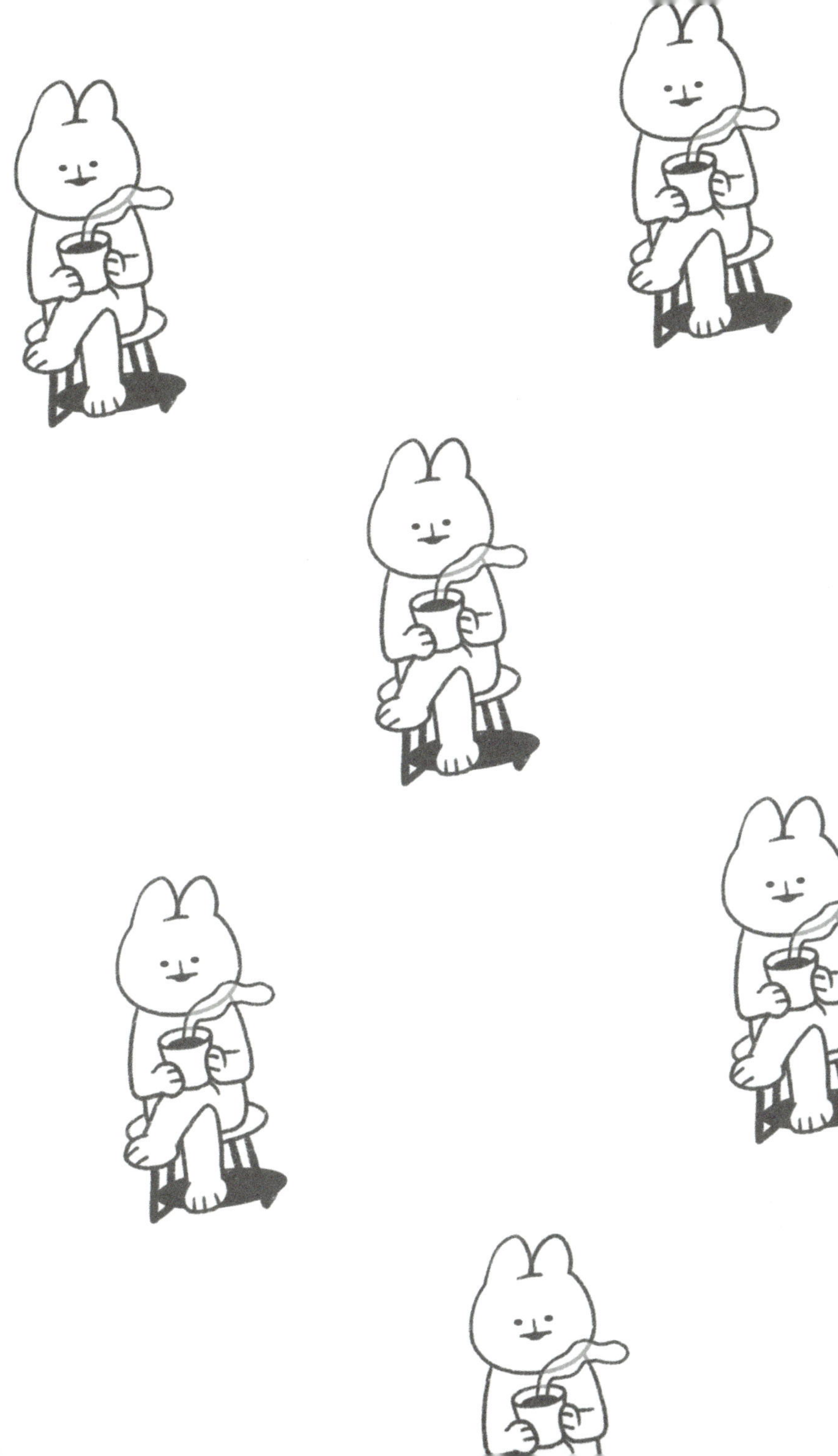

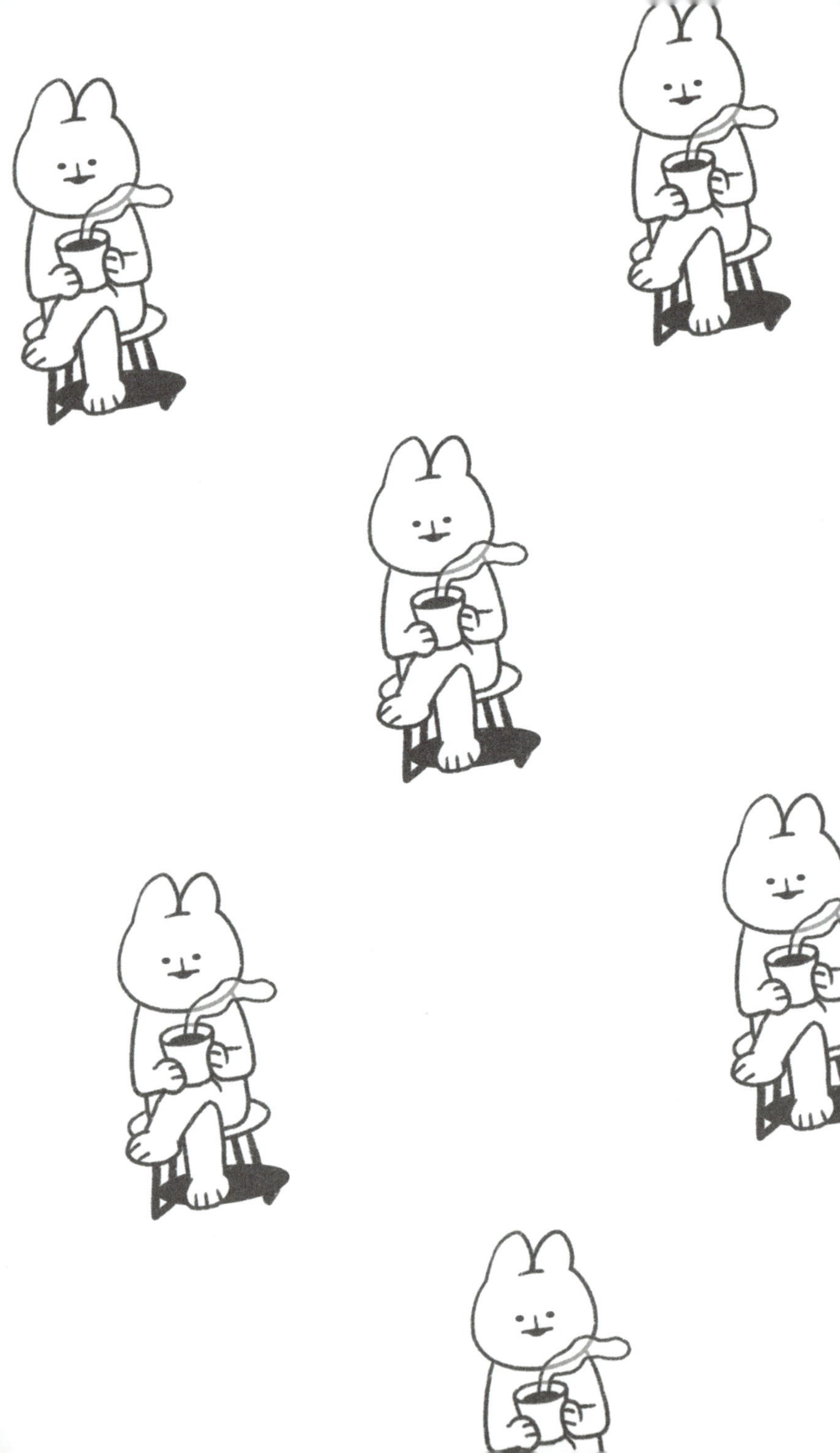